# LA DOUCE MAGIE DE NOËL

De la même autrice, aux éditions Charleston :
*La vie est belle et drôle à la fois*
*La vie a plus d'imagination que nous*
*Et nous danserons sous les flocons*
*Sous un ciel étoilé*
*Les Lettres de Rose*
*La Plage de la mariée*
*Le Jardin de l'oubli*
*Ceux qui voulaient voir la mer*
*La Femme au manteau violet*
*À la lumière de nos jours*
*Le Souffle des rêves*
*Un air d'éternité*
*Le Secret des Agapanthes - tome 1 : Flora & Joséphine*
*Le Secret des Agapanthes - tome 2 : Stella & Hortense*


76, boulevard Pasteur
75015 Paris – France
www.editionscharleston.fr

ISBN : 978-2-38529-410-6
Maquette : Camille Carlos

Pour suivre notre actualité, rejoignez-nous sur Facebook (Éditions.Charleston), sur Instagram (@editionscharleston) et sur TikTok (@editionscharleston) !

**Charleston s'engage pour une fabrication écoresponsable !** Amoureux des livres, nous sommes soucieux de l'impact de notre passion et choisissons nos imprimeurs avec la plus grande attention pour que nos ouvrages soient imprimés sur du papier issu de forêts gérées durablement.

Clarisse Sabard

# LA DOUCE MAGIE DE NOËL

Roman

POCHE CHARLESTON

*À mes cousines, Pascaline, Julie et Solène.*

*« Pour que la vie soit un conte de fées,*
*il suffit peut-être simplement d'y croire. »*
Walt Disney

# Prologue

*Vallenot, Alpes-de-Haute-Provence, février 2022*

Imprudente. Inconsciente. Déraisonnable. Voilà ce que mon père et Léna vont me dire. Mais qu'est-ce qui m'a pris, aussi ? Je ne me conduis jamais comme ça, d'habitude ! Bon, d'accord, je sais parfaitement ce qui m'a pris : un moment d'égarement aux traits séduisants et au sourire irrésistible, à vous en faire oublier de respirer. Un verre de trop pour me consoler parce que c'était mon anniversaire et que je n'avais rien prévu de particulier, et, par-dessus tout, le besoin de me sentir à nouveau désirée après ce que je venais de traverser. Et j'ai complètement perdu les pédales (et mes vêtements au passage). Je croyais ne plus jamais en entendre parler par la suite, que cette nuit merveilleuse et enfiévrée resterait bien enfouie dans un recoin de ma mémoire. Grossière erreur ! Quel genre d'imbécile ne s'aperçoit pas qu'un préservatif a craqué ? Moi, apparemment. Ce qui devait être une nuit sans conséquence va changer toute ma vie… C'est vertigineux, c'est de la pure folie.

— Pourvu que je ne fasse pas une grosse connerie ! je marmonne entre mes dents.

Malgré mes doutes, la certitude que je trouverai une solution s'est logée quelque part au fond de moi. J'en ai vu d'autres et, même si l'avenir est flou, ce qui m'arrive n'est pas un drame. C'est du moins ce dont j'essaie de me convaincre, alors que je m'engage sur l'allée menant au chalet que mon père a hérité de ses parents. Il y effectue en ce moment quelques travaux de rénovation dans le but de le louer, et je parie qu'il aura vite des locataires ; bordé d'une forêt de sapins qui débouche sur un paisible cours d'eau, cet endroit a tout pour plaire ! Charmant et bucolique quand il fait beau, il devient carrément féerique à l'arrivée de l'hiver et des premières neiges. Le lieu rêvé quand on adore Noël ! Noël… D'ici les prochaines fêtes, qui sait où je serai ? Je vais devoir abandonner le studio attenant à *L'Edelweiss*, le restaurant dans lequel je travaille, c'est inéluctable. Peut-être même démissionner et tout recommencer ailleurs, à zéro. Cette dernière perspective ne m'enchante guère, j'étais bien, moi, ici.

*Ça va aller, du calme*, je m'exhorte, tout en coupant le moteur.

Léna, ma plus proche amie, fronce les sourcils en me voyant sortir de la voiture. Je lui ai demandé de rejoindre mon père afin de leur faire part de la nouvelle. Assise à côté des outils de mon père, sur les marches en bois du porche, elle se relève brusquement.

— Émeline, est-ce que tout va bien ? m'interroge-t-elle, inquiète.

— Léna m'a dit que tu devais nous parler, il n'y a rien de grave ? renchérit mon père.

Je secoue la tête pour le rassurer.

— Non, tout va bien, Pap', dis-je en utilisant le surnom que je lui donnais étant petite.

Embarrassée, je fourre mes mains dans les poches de ma veste. Je me fais l'impression d'être une adolescente sur le point de confesser une énorme bêtise. Ce qui n'est pas tout à fait faux, quand on y pense, à part que j'ai vingt-neuf ans.

— Donc… ta maladie n'est pas de retour ? s'enquiert-il, sur ses gardes.

Je déglutis en saisissant l'angoisse qu'il a dû ressentir en m'attendant. Cette maladie à laquelle il fait allusion, c'est le cancer de la thyroïde à un stade assez avancé que j'ai dû affronter il y a deux ans. À cette époque, je n'avais plus vu mon père depuis près d'une quinzaine d'années, à cause de son alcoolisme. La maladie m'a finalement convaincue de lui donner une seconde chance et je suis revenue m'installer dans notre village de montagne. Papa n'a plus bu une goutte d'alcool depuis mon retour et nous partageons beaucoup de moments ensemble, comme le ferait n'importe quelle fille avec son père. Toutefois, je redoute le choc que pourrait entraîner mon annonce. C'est aussi pour ça que j'ai sollicité la présence de Léna.

Prenant une grande inspiration, je lui réponds :

— Non, ce n'est pas à cause du cancer que j'ai pris rendez-vous chez le docteur. À vrai dire, je suis même en pleine forme : je suis enceinte de presque deux mois.

— Quoi ? s'exclame Léna.

La surprise de mon père est également manifeste. Les yeux écarquillés, il ouvre la bouche et la referme à deux reprises, avant de réussir à articuler :

— Tu es… enceinte ?

— Oui. Ce n'était pas prévu, pour être honnête. Je réalise à peine.

— Waouh, souffle Léna, sidérée. Là, tout de suite, j'ai une bonne dizaine de questions qui me traversent la tête. Mais d'abord, la plus importante : est-ce que tu vas garder le bébé ?

J'acquiesce. Lorsque le premier test m'a confirmé ma grossesse, mon réflexe a été de me renseigner pour avorter. C'était un coup de massue, élever un enfant en solo et en travaillant comme serveuse dans un restaurant de montagne, ce n'est pas ce que j'appellerais partir du bon pied. Pourtant, après une bonne nuit de sommeil, je me suis faite à cette idée. Est-ce le fait d'avoir eu peur de mourir quand on m'a diagnostiqué mon cancer ? Un désir irrépressible de célébrer la vie ? Un an plus tôt, j'aurais mis un terme à cette grossesse sans hésiter. Là, je me sens prête à donner tout l'amour du monde à cet enfant.

— J'ai conscience que tout ne sera pas parfait, mais je le garde, oui.

Léna, qui a elle-même accouché le mois dernier, s'avance pour m'enlacer.

— Alors, toutes mes félicitations, ma belle ! Tu verras, à part les vergetures et les biberons en pleine nuit, c'est plutôt chouette, crois-en mon expérience.

Mon père me sourit lui aussi. L'émotion étire les pattes d'oie qui bordent ses iris d'un bleu de Chine semblable au mien.

— C'est incroyable, bafouille-t-il en frottant sa moustache grisonnante. Mais… À ma connaissance, tu n'as pas de petit ami, si ?

*Nous y voilà.*

Crispée, je clarifie la situation :

— Non, je ne vois personne. Ce bébé est le fruit d'une aventure d'un soir. Le père a vécu une séparation douloureuse et ne compte pas s'engager avec qui ce soit, alors…

— Attends, c'est Jérôme ? lance Léna, incrédule.

— Ton collègue ? enchaîne Papa sur le même ton. Bah merde, je n'aurais pas cru… Vous êtes proches, c'est vrai, mais…

Je les interromps, agitant les mains devant moi.

— Stop ! On laisse Jérôme en dehors de ça. Ce n'est pas lui. C'est... C'est Théo.

Les yeux noisette de Léna s'arrondissent à nouveau sous le coup de l'étonnement.

— Tu veux parler du journaliste qui draguait tout ce qui bouge ?

Bon, présenté ainsi, c'est sûr que ce n'est pas très glorieux. De passage en décembre pour un reportage sur la station de ski du village, Théo s'est en effet montré quelque peu charmeur envers la gent féminine. S'il a pas mal flirté, je suis en revanche la seule avec qui il a franchi le pas. Enfin, je crois. J'espère.

— C'est ce Théo, oui, dis-je en grimaçant. Vous comprendrez pourquoi ça complique la donne. Il risque de tomber des nues.

— Tu l'as mis au courant ? me demande mon père.

Opinant du chef, je sors mon portable de ma poche pour leur faire lire le message que je lui ai envoyé tout à l'heure sur Messenger, juste avant de les rejoindre.

— Nous n'avons pas échangé nos numéros de téléphone, mais j'ai déniché son compte Facebook. C'est moyen de lui apprendre ça de cette manière, mais c'est mieux que rien, je suppose.

Léna observe un instant la photo de profil de Théo, dont la silhouette se découpe de dos, dans l'obscurité d'un coucher de soleil en bord de mer.

— Tu crois qu'il va accepter la situation ?

— Je n'en ai aucune idée. D'après ce que j'ai compris, il n'a pas l'intention de se caser. J'assumerai toute seule, s'il le faut, conclus-je en haussant les épaules.

Soudain, le visage de mon père se rembrunit. Il est sans doute en train de me qualifier mentalement d'inconsciente.

— Si ce type vit à Paris, j'imagine que tu comptes retourner vivre auprès de ta mère pour t'en rapprocher ?

Je m'empresse de le détromper.

— Non, je n'ai pas envie de repartir en Bretagne. Je me sens chez moi, ici. En revanche, si je perds mon emploi, eh bien, c'est sûr qu'il me faudra reconsidérer cette perspective…

— Tu ne perdras pas ton boulot, m'affirme Léna, catégorique. Clément ne ferait pas une chose pareille.

Je la remercie d'un sourire. Léna étant mariée à mon patron, je sais que je peux lui faire confiance. Le problème n'est pas entièrement résolu pour autant.

— Je dois néanmoins regarder la réalité en face : je ne pourrai bientôt plus rester dans mon studio, il sera trop petit. Je n'ai que peu d'options, et… OK, je flippe complètement.

Mon père pose sa main sur mon épaule.

— Émeline…

— Oui, je sais. Je me suis comportée comme une imbécile.

— Ce n'est pas ce que j'allais dire. Écoute-moi, ma fille : toi et moi, on a raté pas mal de choses ensemble, mais ce dont je suis sûr, c'est que tu as traversé des épreuves bien plus compliquées que celle-ci. Ça va aller, cesse de t'inquiéter.

À ma grande stupéfaction, il se tourne vers le chalet qu'il englobe d'un large mouvement du bras.

— Je voulais te réserver la surprise, mais tu me contrains à lever le suspense : je n'ai jamais projeté de louer cette maison à qui que ce soit. C'est pour toi que je la rénove. Si tu es d'accord, tu peux emménager dès que les travaux seront achevés.

Les larmes envahissent aussitôt mes yeux. Si devenir mère célibataire n'a jamais fait partie de mes plans, ce chalet est en revanche typiquement le genre d'endroit où, dans mes rêves les plus fous, je me voyais vieillir en compagnie des personnes que j'aime le plus au monde. Ça fait très gnangnan, mais c'est vrai. Et, au fond, ça me froissait d'imaginer de parfaits inconnus dans cette maison. Waouh, mon père m'offre un cadeau inestimable !

Un sanglot de gratitude m'échappe alors que j'essaie de répondre :

— Oh, Papa !

Il m'ouvre les bras et je m'y réfugie sans une once d'hésitation.

— Ah, non, ne pleure pas. Je fais ça pour que tu sois heureuse, pas pour te rendre triste, me dit-il d'une voix rauque.

— Merci, je murmure.

Il me plante un baiser sur le haut du crâne.

— Le bébé et toi serez très bien, ici. Oh, mon Dieu, je n'en reviens pas ! Je vais être grand-père, ajoute-t-il, ému.

Je ris pour endiguer une nouvelle salve de larmes.

— On dirait bien, oui.

— C'est absolument génial ! se réjouit Léna, en m'enlaçant pour la seconde fois. Bravo !

Leur joie me met un peu de baume au cœur. Quelle que soit la façon dont Théo réagira à la lecture de mon message, je sais que je serai soutenue et bien entourée. C'est tout ce qui compte.

# 1

# Émeline

*Dimanche 27 novembre 2022*

Il est un peu plus de vingt heures lorsque Léna me dépose devant chez moi. La nuit est tombée depuis un moment et je soupire de bonheur en contemplant la guirlande lumineuse que mon père a installée sur l'avant-toit du chalet, au-dessus du porche d'entrée.

— C'est très joli, admire Léna. Tu savais que j'ai longtemps détesté cette période de l'année ?

J'esquisse un sourire en coin.

— Oui, tu me l'as raconté avant-hier, quand nous n'arrivions pas à fermer l'œil. On peut dire que tu te rattrapes, tu as dévalisé autant de stands que moi !

C'est simple, la voiture déborde de paquets ! C'était loin d'être gagné, au départ ; Léna a mis plusieurs semaines à me convaincre de partir avec elle tout un week-end pour une virée shopping entre filles et sans enfants, sur le célèbre marché de Noël de Colmar.

Soit trois jours entiers loin de mon bébé, Cara, qui aura trois mois dans deux semaines. Malgré la promesse d'une trêve bénéfique loin de notre rôle de mère, je n'étais pas très emballée de laisser ma fille ; mais mon père s'étant spontanément proposé pour s'occuper d'elle en mon absence, j'avoue que je n'ai pas résisté longtemps à l'idée d'enchaîner deux nuits complètes. Le rêve !

— Nos maisons seront les plus jolies du village une fois décorées, me répond Léna. On a passé un super week-end !

— Tu veux dire, dès l'instant où on a cessé de culpabiliser d'avoir laissé nos bébés ici pour prendre du temps pour nous ? C'est vrai, j'admets que c'était sympa.

En réalité, Léna et moi avons failli rebrousser chemin dès notre arrivée à Colmar, vendredi soir. Après huit heures de route, la fatigue ne nous aidant pas, nous nous sommes retrouvées complètement paniquées, la sensation d'être d'horribles mères chevillée au corps. Il a fallu que Clément la menace de demander le divorce si elle rentrait sans avoir profité des festivités et que la réceptionniste de l'hôtel me confirme que notre réservation n'était pas remboursable pour que l'on accepte de rester sur place. La première nuit a été affreuse. Aucune de nous n'a réussi à trouver le sommeil. J'étais persuadée d'entendre Cara pleurer toutes les dix minutes. Léna, quant à elle, était certaine qu'Elias, onze mois, lui reprocherait un jour de l'avoir abandonné. Nous avons finalement à peu près réussi à maintenir nos angoisses à distance en nous gavant de vin chaud, de bretzels et d'achats compulsifs. Beaucoup d'achats compulsifs. Mais je suis soulagée d'être enfin rentrée à la maison.

— Je t'offre un verre ?

Léna s'empresse de décliner :

— C'est gentil, mais je vais plutôt filer chez moi et m'adonner à une séance de sniffage de bébé dans les règles de l'art. Ma vie en dépend, là.

— Tu as raison, dis-je en me détachant pour attraper les dizaines de sacs que j'ai empilés sur les sièges arrière. Je compte suivre exactement le même programme et me coucher tôt, je reprends le travail demain.

— C'est vrai que ton congé maternité arrive à son terme ! se souvient-elle soudain. Nous n'en avons même pas discuté, je suis une amie en carton. Comment tu te sens ?

— Je te mentirais si je prétendais ne pas avoir un petit pincement au cœur… D'un autre côté, il me tarde de côtoyer à nouveau des personnes qui n'arborent pas une tétine rose bonbon en guise d'accessoire mode incontournable.

— Oh, je ne doute pas que ça te fera le plus grand bien de retourner travailler, m'affirme Léna. En fait, c'est par rapport à Jérôme que je te posais la question.

Malgré moi, je lâche un petit rire gêné. Théo n'ayant jamais répondu à mon message et les habitants de notre village étant très friands de ragots, ces derniers ont très vite attribué à mon collègue la paternité de Cara. Compte tenu de notre proximité et de ma grossesse surprise, c'était inévitable, d'autant plus que je n'ai pas estimé utile de me fendre d'un communiqué sur la place publique. Qui a besoin de connaître les détails de mon aventure avec Théo ? Seuls Léna, mon père et Jérôme sont au courant et ils m'ont juré de garder le secret. Quant à Rémi et Clément, mes patrons, ils semblent se moquer complètement des rumeurs. En apprenant que j'étais enceinte, ils se sont montrés compréhensifs et n'ont pas insisté pour que je leur confirme ou non si Jérôme avait quelque chose à voir là-dedans. Léna en a peut-être parlé à Clément ; après tout, c'est son mari. Dans tous les cas, mes patrons font preuve d'une discrétion presque insolite, comparé aux autres villageois.

Mes sacs accrochés aux poignets, je réponds à Léna :

— Jérôme prend les ragots avec indifférence. Il ne dément rien, ne confirme rien non plus. De toute façon, personne n'a osé lui poser la question de vive voix, alors il est d'avis de laisser courir.

Et je lui en suis extrêmement reconnaissante. Je comprendrais que mon collègue désire couper court aux potins et m'incite à révéler le vent phénoménal que m'a collé Théo.

— Quoi qu'il en soit, je te trouve très courageuse, me confie Léna. Et je suis contente que Jérôme te soutienne, c'est mieux de travailler dans ces conditions. Bon, on se voit à la réunion du comité, demain soir ?

— Évidemment, qu'on s'y verra ! J'ai hâte d'apprendre ce qu'ils nous réservent pour les fêtes, je sens que ça va être exceptionnel.

— Ma grand-mère m'a balancé deux ou trois infos, tu vas adorer ! conclut-elle, avant de redémarrer sa voiture. À demain !

En pénétrant dans la maison, je m'arrête un instant pour contempler la scène qui se déroule sous mes yeux. Mon père ayant abattu les murs du vestibule afin d'agrandir le salon, on arrive directement dans cette grande pièce au plafond voûté, avec ses poutres apparentes et son plancher recouvert de tapis colorés. Les yeux ronds comme des billes, vêtue d'un pyjama vert orné de mini-sapins, ma fille gigote dans son transat tandis que mon père, la bouche ouverte et la tête renversée sur le dossier du canapé en velours grenat, ronfle comme s'il n'avait pas dormi depuis plusieurs nuits. Ce qui doit être le cas, d'ailleurs, mon adorable petit monstre a dû y veiller ! Sans un bruit, je me dirige vers Cara et la sors de son siège pour la serrer contre moi.

— Tu m'as manqué, ma princesse d'amour !

En guise de réponse, ma fille produit une série de petits cris aigus qui raniment aussitôt mon père.

— Oui, oui… Papi est là, ma puce, bredouille-t-il, à moitié hagard.

Il se rend compte de ma présence en m'entendant pouffer et tente aussitôt de se ressaisir.

— Ah ! Tu es rentrée, constate-t-il en se relevant du sofa. Nous t'attendions.

— Nous ? je répète, moqueuse. J'ai la nette impression que ta petite-fille tient mieux le choc que toi !

— Pourtant, elle dormait quand je me suis assis. J'ai juste fermé les yeux une seconde et… Ton canapé est traître, aussi. Tu veux manger quelque chose ? Il reste du poulet.

À contrecœur, j'ôte mes lèvres de l'épais duvet blond qui recouvre la tête de Cara. En l'espace de trois mois, son odeur de shampooing pour bébé est devenue mon parfum préféré. Tout en la reposant dans son transat, je décline la proposition de mon père.

— Léna et moi avons grignoté des sandwichs en route. Je vais plutôt préparer du chocolat chaud, si ça te dit. Avec des marshmallows dessus.

— Vendu ! acquiesce-t-il, la mine gourmande.

Moins de quinze minutes plus tard, nos mugs entre les mains, mon père et moi sommes installés par terre, sur des coussins, face à la cheminée où de grosses bûches crépitent en réchauffant la pièce. Les déboires de ma première nuit à Colmar ne manquent pas de provoquer son hilarité.

— Pourquoi est-ce que ça ne m'étonne pas de toi ? s'esclaffe-t-il à la fin de mon récit. Tu penses survivre à la reprise du travail ?

Les jambes étendues devant moi et les yeux rivés sur mes chaussettes à motifs sucre d'orge, je lui fais signe que oui.

— Ce ne sera pas pareil puisque je retrouverai Cara après ma journée de boulot.

Mon père avale un marshmallow avec gloutonnerie, puis il reprend :

— C'est bien que les garçons te permettent de revenir à temps partiel. Tu pourras te consacrer à ton projet.

— C'est vrai, mais je ne veux pas m'emballer pour rien. Il n'est pas question d'entreprendre quoi que ce soit sans étudier à fond chaque paramètre : le coût financier, les calculs à anticiper sur la durée. Je tiens à être sûre de moi et de la faisabilité de mon idée.

C'est peut-être utopique, mais j'adorerais être à la tête de ma propre boîte, à l'avenir. Ce qui me plairait vraiment, ce serait de mettre ma passion pour les fêtes de fin d'année au service des autres. Organiser des soirées de Noël pour les entreprises, m'occuper de la décoration chez des professionnels ou des particuliers, le tout sur mesure, en fonction du client… La graine germe en moi depuis un petit moment. Cependant, ce n'est pas quelque chose à prendre à la légère. Je dois étudier le marché ainsi que des milliers d'autres détails tout en élevant ma fille. Pour me lancer, il faudrait que je parvienne à réunir entre cinq et huit mille euros rien que pour l'acquisition des premières fournitures. Or, j'ai beau économiser chaque pourboire, acheter au maximum de la seconde main, je suis loin du compte. Je sais que mon père ne rechignerait pas à me prêter une partie de la somme, mais je refuse d'abuser de sa générosité alors qu'il ne me fait déjà pas payer de loyer pour le chalet. Je préfère m'armer de patience, quitte à attendre plusieurs années avant que mon projet ne prenne forme. La vie n'est pas l'un de ces réconfortants téléfilms de Noël où tout s'arrange comme par magie… Même si parfois, elle le devrait.

— Je ne m'en fais pas, tu as toutes les ressources nécessaires en toi, m'encourage mon père avant d'étouffer un bâillement.

— Tu es épuisé, tu devrais rester dormir ici. Ton week-end n'a pas dû être de tout repos, je suis désolée.

Il écarte ma remarque d'un revers de la main.

— Bah ! Je savais où je mettais les pieds en te proposant de garder Cara. Tu n'as pas fait tes nuits avant l'âge de six mois, je suppose que c'est héréditaire, ces trucs-là.

— Six mois… La vache ! Avec un peu de chance, son entrée à la crèche résoudra le problème.

— Je te le souhaite, me répond-il en soufflant sur sa tasse. Mais tu sais, tu n'es pas obligée de la mettre dans cet endroit. Je peux m'arranger pour la garder.

Je réprime un sourire moqueur. Au ton qu'il vient d'employer, on pourrait croire que je vais envoyer ma fille dans un tripot clandestin. J'avale une gorgée de chocolat et secoue fermement la tête.

— Il n'est pas question que tu ralentisses le boulot pour consacrer tes journées au baby-sitting, Papa, nous en avons déjà parlé. Ton entreprise passe un cap important, je sais que tu as envie de t'y impliquer et c'est normal.

Après une carrière de guide de montagne, mon père s'est lancé l'an passé dans les randonnées à motoneige. La retraite, très peu pour lui ! Fort de son succès (les touristes raffolent de la motoneige), il a décidé d'élargir son offre en proposant également des balades en traîneau. Sa rencontre avec Mounia, fraîchement installée dans la région avec un attelage de huskies, y est sans doute pour beaucoup. Bien qu'il s'en défende, il semble avoir un faible pour elle… Je lui donne un petit coup d'épaule.

— Tu ne voudrais pas faire fuir Mounia en étant sans cesse accaparé par un bébé, si ?

— N'importe quoi, bougonne-t-il, en rougissant cependant légèrement. Mais bon, c'est toi qui vois. Les crèches sont de véritables nids à microbes.

— S'il n'y a que ça, je te confierai Cara quand la gastro l'empêchera de retrouver ses potes de couches-culottes ! Tu veux que je te montre mes achats ? J'ai pris de quoi décorer tout le village.

Tandis que je commence à déballer avec soin le contenu de mes sacs, mon téléphone se met à sonner. En reconnaissant *La Marche impériale*, le thème de Dark Vador que j'ai attribué aux appels de ma mère, mon père se fige, une peluche bonhomme en pain d'épice entre les mains.

— Ah, Angela, murmure-t-il. J'avoue que je suis surpris qu'elle n'ait pas débarqué ce week-end pour vérifier que je m'occupais correctement de la petite.

Oui, depuis leur divorce, les relations entre mes parents sont plutôt houleuses. J'avais treize ans lorsqu'ils se sont séparés, peu après le décès tragique de mon frère aîné, victime d'un accident de la route. Le chagrin a poussé mon père à se réfugier dans la bouteille et il n'a pas cherché à se battre quand ma mère, lassée de le voir ivre un soir sur deux, a choisi de refaire sa vie avec moi en Bretagne. J'aurais voulu que la naissance de ma fille apaise les choses, mais c'est l'inverse qui s'est produit.

— N'exagère pas, Papa, elle a ses limites quand même.

Je fais bonne figure mais, en réalité, si ma mère s'est abstenue de faire irruption chez moi, c'est uniquement parce que je le lui ai interdit.

— Bien sûr qu'elle a ses limites, ricane mon père, elle a juste souvent tendance à les ignorer. Tu devrais lui répondre avant qu'elle ne nous envoie l'armée.

Puisqu'il ne fait pas mine de bouger, je décroche et pars m'isoler dans la salle de bains.

— Bonsoir, Maman, dis-je en refermant la porte derrière moi. Comment ça va ?

— C'est plutôt à moi de te poser la question, réplique-t-elle sans s'embarrasser du superflu. Tu es bien rentrée ? Cara n'a pas trop souffert de ton absence ? La savoir avec ton père m'a donné des insomnies.

Et c'est parti pour l'interrogatoire en règle ! Je me pince l'arête du nez et réprime un grognement agacé.

— Tout s'est déroulé à merveille, Maman. Ma fille a encore ses deux bras et ses deux jambes ; quant à Papa, il est fatigué mais content. Oh, et aucun des deux n'a bu d'alcool, si c'est ce que tu veux savoir, j'ajoute, ironique.

— Je t'en prie, soupire-t-elle, tu n'es pas obligée de te montrer sarcastique. Je me suis inquiétée.

— Papa a parfaitement géré, sois rassurée.

— Je lui fais autant confiance qu'à un chat chargé de surveiller un poisson rouge, proteste-t-elle avec force. Cela ne m'aurait pas dérangé de me libérer pour le week-end, tu le sais.

— Ça aurait été ridicule de traverser la France pour rester si peu de temps.

— Tu l'as bien traversée pour te rendre en Alsace ! C'était bien, d'ailleurs ? s'enquiert-elle, se radoucissant un peu.

Soulagée de l'entendre changer de sujet, je ne lui dissimule pas le plaisir que j'ai eu à déambuler au gré des allées bondées du marché de Noël de Colmar.

— L'ambiance est incroyable, je n'ai qu'une envie à présent, celle de décorer mon sapin.

— Je te reconnais bien là, me répond-elle d'une voix neutre. À propos, je présume que tu n'as pas l'intention de nous rendre visite pour les fêtes ?

Mince, je vais encore devoir marcher sur des œufs. Après le décès de mon frère, ma mère n'a plus jamais vraiment célébré Noël. Il faut dire que c'était son truc, à Willy. Dès que les vacances de décembre se profilaient, il fonçait tête baissée dans les festivités de fin d'année et s'en donnait à cœur joie, nous entraînant avec lui dans sa frénésie de guirlandes clignotantes et de chocolats chauds que nous buvions en ornant le sapin. J'aurais tant aimé pouvoir prendre le relais et faire perdurer la tradition ! Mais je crois que c'était trop douloureux pour nous tous, et peut-être davantage encore pour ma mère. Willy est décédé de façon brutale, à l'âge de dix-sept ans, alors qu'il rentrait à scooter de chez un copain. L'homme qui l'a percuté en perdant le contrôle de son véhicule était un collègue de mon père, apprécié de tous dans le village. Ce drame a été un cataclysme.

En quittant Vallenot, ce n'est pas seulement l'alcoolisme de Papa que ma mère a fui, mais tous ses souvenirs de Willy. Ils étaient soudain devenus intolérables. Comment l'en blâmer ? Remariée avec Pascal, qu'elle a rencontré à la banque où elle a été recrutée lors de notre emménagement à Rennes, Maman se contente désormais d'un repas de convenance dans sa belle-famille le 25 décembre. Quand j'étais adolescente, cela m'était difficile de voir la frénésie de mes copines quand elles me racontaient par le menu tout ce qu'elles avaient fait pour Noël. Ça me manquait cruellement de n'avoir plus personne avec qui partager cette magie. Depuis, je me suis rattrapée en collectionnant avec ferveur les mugs et divers accessoires consacrés à cette fête, et je compte bien transmettre le virus à ma fille. Autant dire que je n'ai pas particulièrement envie de subir un déjeuner sans joie chez ma mère pour le premier Noël de Cara.

Heureusement, mes excuses se révèlent inutiles.

— Oh, non, Maman, je ne pourrai pas venir. J'ai explosé mon budget à Colmar, et puis je reprends le travail demain. Il serait prématuré de demander un congé à mes patrons.

— C'est ce qu'il me semblait, déclare-t-elle d'un air satisfait.

*Ouf, elle n'avait pas vraiment envie que je vienne.*

— C'est pourquoi, continue-t-elle, j'ai réservé un chalet à la station de ski. Pascal est très enthousiaste, il adore la montagne, et ça nous permettra de passer Noël ensemble.

*Hein ???*

— Attends, Maman… Tu as fait quoi ?

J'ai peut-être mal compris. La montagne, c'est vaste, il n'y a pas que Vallenot, dans les Alpes.

— Tu es surprise, pas vrai ? me lance-t-elle, fière de son effet. Je me doutais que tu ne pourrais pas te libérer, ma chérie, alors j'ai décidé de venir jusqu'à toi. Nous arriverons le 10 décembre afin de profiter au maximum. Je suis tellement contente à l'idée de passer du temps avec ma petite-fille !

— Mais… je croyais que tu n'aimais pas Noël ! dis-je, stupéfaite.

— Eh bien, je suis grand-mère, à présent, et je n'ai pas vu Cara depuis sa naissance. C'est le moment de prendre sur moi pour faire d'une pierre deux coups.

Nom de nom, il ne manquait plus que ça ! Ma mère, ici, pour les fêtes ? Ce n'était pas franchement prévu au programme.

— Tu oublies Papa, je lui oppose. Il n'est pas question que je le laisse seul le jour de Noël.

— Et je ne te le demande pas. Je m'alignerai sur votre programme. Si je peux faire un effort, ton père doit bien en être capable lui aussi, non ?

Après avoir raccroché, je quitte la salle de bains dans un état second. Imaginer mes parents réunis pour les fêtes m'enchante à peu près autant que l'idée de revivre mon accouchement. Entre les piques de ma mère et mon père qui démarre au quart de tour, cela risque de tourner au calvaire. Le pire, c'est qu'il va falloir que je prévienne Papa… En le rejoignant dans le salon, je le trouve à nouveau endormi sur le canapé. Il a même pris soin de débarrasser nos mugs et d'aller coucher Cara dans son berceau pendant que j'étais au téléphone. N'ayant pas le cœur de le réveiller pour lui imposer une conversation désagréable, je le recouvre d'un plaid, puis je file prendre une douche avant de me glisser dans mon lit avec un épisode de *Gilmore Girls* qui, je l'espère, me changera les idées.

# 2

# Émeline

Je suis vannée. Ma nuit a été courte et le restaurant n'a pas désempli de la journée. Mon seul moment de répit a été la fermeture après le service de midi : deux heures sans entendre de messes basses sur mon passage, sans le moindre regard inquisiteur rivé sur moi ou sur Jérôme. Cette accalmie n'a hélas pas duré ; dès la réouverture à seize heures, les curieux ont de nouveau afflué. Je n'avais jamais vu autant de clients désireux de boire un petit café en plein après-midi où, d'ordinaire, c'est calme. Les ragots sont bons pour les affaires ! Il n'empêche que je suis bien contente d'avoir terminé pour aujourd'hui. Alors que je me hisse sur un tabouret de bar, Jérôme, songeur, frotte sa courte barbe châtain entre son pouce et son index.

— Bon, même si nous avons clairement été épiés par tout le monde, ça me fait plaisir que tu sois de retour, me déclare-t-il. Ma coéquipière de choc m'avait manqué.

Je le sens un peu contrarié, sous son ton amical.

— Oui, moi aussi, je suis heureuse d'être là. Mais je crois qu'il va être temps de faire une mise au point, ça ne va pas pouvoir durer ainsi éternellement. Le texto que tu as reçu tout à l'heure, c'était Albane ?

Jérôme pose un chocolat chaud devant moi et acquiesce.

— Ouais, ça devient compliqué, soupire-t-il. Quelqu'un lui a encore parlé de mon supposé lien avec Cara ce matin. Du coup, elle exige de connaître la vérité. Je lui ai répondu que je ne suis pas son père, mais elle refuse de me croire.

Cela ne m'étonne pas, hélas. L'ex-femme de Jérôme me bat froid depuis plusieurs semaines, ce qui me peine beaucoup étant donné que c'est grâce à elle, ainsi qu'à ses sœurs Valentine et Chloé, que j'ai trouvé le courage de faire le premier pas vers mon père quand je suis revenue à Vallenot.

— Je peux aller en discuter avec elle, si tu veux. Elle m'écoutera peut-être.

— On verra si cela se révèle nécessaire. Au moins, les mamies du club de tricot ne nous ont pas bombardés de questions, relativise-t-il en désignant du menton le groupe de tricoteuses ayant élu domicile à une table du fond.

Je touille mon chocolat, un sourire en coin.

— Je me demande ce que ça cache… D'ordinaire, il n'y a pas pires commères qu'elles. J'aperçois Jacotte, d'ailleurs, fais-je remarquer en reconnaissant la grand-mère de Léna.

Jérôme s'étant lui-même chargé de leur commande, je n'avais pas encore vu la vieille dame, qui fait semblant de compter les mailles de l'écharpe qu'elle est en train de tricoter tout en nous scrutant en douce par-dessus ses lunettes.

— C'est elle qui dirige le gang, affirme Jérôme d'un air très sérieux.

— Mmm, je vois. Elle est sûrement apparentée à Al Capone. En attendant, elle est aussi présidente du comité des fêtes ; ce serait bien qu'elle ne démarre pas la réunion en retard, à force de nous espionner.

— Tu y vas ? s'enquiert mon collègue. D'après ce que j'ai saisi, ils vont faire des annonces intéressantes. Selon Clément, les commerçants pourraient être mis à contribution pour le grand concours annuel de Noël.

— Noël, c'est mon truc, pas question de rater ça.

Je marque une pause en trempant les lèvres dans ma boisson, qui m'arrache une grimace. Pas terrible du tout ! Est-ce qu'on sert vraiment ce truc insipide aux clients ?

— Merde, ce chocolat manque d'onctuosité. Il a un goût de flotte, on devrait l'améliorer.

Jérôme brandit ses mains devant lui en signe d'impuissance.

— Je n'y peux rien, Émeline. Le chocolat chaud n'est apparemment pas la priorité en ce moment, avec le lait de poule de Clément qui fera son retour la semaine prochaine.

— Sérieusement ? je proteste. Il faut varier l'offre, c'est important. Tout le monde n'aime pas le lait de poule.

— *Tu* n'aimes pas le lait de poule, rectifie Jérôme en se marrant. On doit faire un point avec les gars vendredi matin, tu pourras toujours évoquer le sujet.

Et j'y compte bien. À la fin du mois, les vacances vont nous amener pas mal de touristes, puis une deuxième vague débarquera en février. Si mes patrons ont créé une formule « goûter » incluant une boisson chaude et, au choix, une gaufre ou des pancakes, les clients ont besoin d'un breuvage réconfortant après avoir dévalé les pentes, pas de ce chocolat sans goût qui leur donnera envie de fuir et leur fera regretter le Starbucks.

— Alerte ! Attaque imminente ! me souffle Jérôme, tandis que Jacotte, qui vient de remballer ses affaires, se dirige droit vers nous.

Il me fausse lâchement compagnie pour débarrasser une table plus loin, et la mamie aux cheveux acajou se plante à côté de moi, un grand sourire aux lèvres. Priant pour que mon père vienne vite me récupérer, je m'enquiers :

— Tout va bien pour vous, Jacotte ? Comment se porte Lulu ?

Atteint de la maladie de Parkinson, son mari ne marche presque plus, ce qui ne l'empêche pas de prendre activement part à la vie du village.

— Comme un gosse de cinq ans ! me répond-elle avec humour. Il peste tous les deux jours contre son fauteuil roulant, mais cet idiot s'amuse à défier les petits vieux sur le marché en leur assurant qu'il se déplace plus vite qu'eux, à présent. Si je ne le retenais pas, il serait capable d'organiser une course.

Je pouffe bien malgré moi. Elle est comme ça, Jacotte, du genre à dire tout ce qui lui traverse l'esprit, sans aucun filtre. Grâce à elle, son mari vit mieux sa maladie, c'est évident. J'aurais adoré avoir des grands-parents comme eux, avec des rides du sourire formant de grandes parenthèses autour de la bouche. Les miens, que je n'ai pas connus très longtemps, arboraient toujours des mines trop sérieuses à mon goût.

— Alors, ça y est, te voilà de retour à *L'Edelweiss*, reprend Jacotte d'un air entendu.

Devinant où elle veut en venir à glisser un œil peu subtil vers Jérôme, j'opine du chef.

— Oui, ça manquait de présence féminine dans le coin depuis mon congé maternité. En parlant de ça, vous avez délocalisé le club de tricot ? Je croyais que vous aviez un local.

— C'est juste pour aujourd'hui. La chaudière a rendu l'âme, nous n'avons plus de chauffage, mais les travaux auront lieu cette semaine. Comment va ta petite princesse ? Tu l'as mise à la crèche ?

— Elle ira en janvier, à la rentrée. En attendant, mon père joue les baby-sitters. Ah ! Le voici justement !

Soulagée de le voir apparaître, ma fille emmitouflée comme un Esquimau dans ses bras, je bondis de mon tabouret dès qu'il referme la porte du restaurant. Étant donné que nous allons ensemble au comité des fêtes, nous avons jugé préférable de laisser ma voiture à la maison ce matin. Autant économiser l'essence et réduire notre empreinte carbone.

— Salut, Pierrot ! lance Jérôme, en revenant vers nous, son torchon négligemment posé sur son épaule. Et bonjour, joli bébé !

Pensive, Jacotte le regarde caresser tendrement la joue de Cara. Je peux presque entendre les rouages se mettre en mouvement dans son cerveau et je me contiens pour ne pas éclater de rire quand ses yeux vont et viennent du visage de ma fille à celui de Jérôme, à la façon d'un scanner.

— Eh bien, on peut dire qu'elle te ressemble, Émeline, souligne-t-elle, une fois son examen terminé. La couleur des yeux peut encore changer, mais vous avez les mêmes cheveux blonds, le même petit nez en trompette. Elle est magnifique !

Semblant apprécier les compliments de Jacotte, Cara se met à gigoter en babillant lorsque je la récupère.

— Et c'est qu'elle est très éveillée, en plus ! gazouille la vieille dame, aux anges. Les enfants évoluent vite de nos jours, tu as sûrement constaté ça avec tes deux aînés, Jérôme.

Je rêve, ou elle vient d'insister sur « tes deux aînés » ?

— Euh… Oui. Oui, c'est vrai, bafouille celui-ci, aussi embarrassé que moi.

Face à notre gêne plus que palpable, mon père décide d'abréger le supplice.

— Et si on y allait ? La réunion commence dans vingt minutes. Est-ce qu'on vous emmène, Jacotte ?

La mamie nous fait signe que ce ne sera pas la peine.

— Léna m'attend sur le parking pour m'y conduire, c'est mon *Hubert* personnel. On se retrouve sur place, à tout à l'heure !

*

La petite salle des fêtes est déjà pleine lorsque mon père et moi pénétrons dans le bâtiment, situé à la sortie du village. Parmi la trentaine de chaises pliantes, nous en trouvons néanmoins trois vides, au dernier rang. Léna nous rejoint sans attendre. Tandis que je me contorsionne pour déboutonner mon manteau sans réveiller ma fille, endormie dans son porte-bébé, mon amie me demande comment j'ai géré la reprise du boulot.

— C'était bien. Très instructif aussi, je ne pensais pas avoir autant manqué aux clients, dis-je sans maquiller l'ironie dans ma voix. Ton mec va doubler son chiffre d'affaires grâce à mon retour, tu crois que c'est trop tôt pour réclamer une augmentation ?

Le nez froncé, Léna m'adresse un sourire navré.

— C'était si horrible que ça ?

— À peine. Ça m'a fait du bien, en réalité, le travail m'avait manqué.

Jacotte et les autres membres du comité grimpent sur l'estrade, où un pupitre et six sièges ont été placés. En sa qualité de présidente, Jacotte s'installe derrière le pupitre et relit brièvement ses notes avant de s'adresser à l'assemblée. Elle démarre par un bilan annuel fait de chiffres ennuyeux à mourir, puis un homme prend le relais pour évoquer la participation record au concours d'escalade, qui a eu lieu en septembre dernier, et les prochains films qui seront diffusés au ciné-club (*Charlie et la Chocolaterie* et l'incontournable *Gremlins*). Enfin, Jacotte rend hommage à Odette, la doyenne du village, décédée au printemps dernier, au lendemain de ses cent ans.

— Nous nous souviendrons avec émotion de l'admirable énergie dont elle a fait preuve tout au long de sa vie, de sa passion pour le cinéma et de son amour inconditionnel pour sa chienne, Pupuce.

À la mention de l'animal, quelques rires attendris se font entendre. Pupuce étant un bouledogue, certes adorable, Odette dépensait une fortune en désodorisants de toutes sortes afin de camoufler certaines odeurs persistantes. Désormais, c'est Rémi et sa femme, Valentine, qui se ruinent en bougies parfumées puisqu'ils ont adopté la chienne orpheline. Clément leur a strictement interdit de lui laisser passer la porte du restaurant ; Pupuce est une menace atomique sur pattes.

— Odette, poursuit Jacotte, était une femme pleine de surprises. Elle se remémorait souvent avec tendresse la demande en mariage de son Maurice, en haut d'une grande roue. Pour elle, c'était le summum du romantisme.

— On la comprend, soupire d'un air rêveur l'épouse du directeur de l'école, assise trois rangs devant nous.

Jacotte lui répond par un clin d'œil et reprend :

— Son plus grand regret, justement, était de n'avoir jamais vu de grande roue sur notre marché de Noël. C'est pourquoi elle a légué au comité une somme d'argent plutôt rondelette, qui ne pourra être utilisée qu'à la seule fin d'en installer une.

Son annonce est d'abord accueillie par un silence stupéfait. Puis, très vite, des exclamations à la fois enthousiastes et incrédules se font entendre.

— C'est un peu ridicule, non ? proteste soudain quelqu'un. La place du marché est beaucoup trop petite pour une grande roue.

— Rassurez-vous, nous ne misons pas sur le London Eye, rétorque Jacotte. Il existe des modèles de taille modeste. Celui que nous avons déniché s'adaptera parfaitement à notre village, tout en nous offrant une jolie vue sur les montagnes et la vallée.

— C'est super ! me souffle Léna, déjà impatiente de tester la nouvelle attraction.

J'acquiesce et me joins aux applaudissements joyeux qui ponctuent le discours de Jacotte, mais je n'en pense pas moins. Avec mon vertige, il me faudrait une bonne anesthésie générale pour me faire grimper sur une grande roue ! Satisfaite de son effet, Jacotte cède la place au maire, qui enchaîne sur le sujet que nous attendions tous : le concours de Noël. Cette année, les trois commerçants ayant créé la plus belle vitrine seront récompensés.

— Afin que le résultat reste impartial, poursuit la jeune élue, ce sont les dix-sept élèves de la classe de CM2 qui voteront, juste avant le début des vacances scolaires.

Un jury composé d'enfants… Voilà qui est intéressant ! J'imagine déjà la façon dont je pourrais décorer *L'Edelweiss* pour leur plaire. Des guirlandes, des accroches lumineuses, des jouets. Il faudra que j'en réfère à Rémi et Clément, d'autant plus que les lots sont très attrayants. Le grand gagnant remportera un soin thalasso et verra sa décoration publiée dans le journal le plus lu de la région (atout non négligeable pour mon futur projet professionnel). Les deuxième et troisième remporteront pour leur part un panier garni de chocolats et…

— Notre nouvelle fleuriste propose de vous faire gagner une superbe composition florale, annonce le maire. Permettez-moi d'accueillir Marjorie Hoa.

À l'instar des trente autres personnes présentes dans la salle, je tends le cou pour apercevoir la commerçante fraîchement débarquée. Vêtue d'un jean brut et d'un pull marine qu'elle porte par-dessus une chemise bleu ciel, la fleuriste n'a pas plus de trente-cinq ans. Elle est grande, élancée et ses cheveux noir de jais coupés au carré sont parfaitement lisses sous son béret bordeaux. Ses yeux sombres, en amande, trahissent ses origines asiatiques. La jeune femme s'installe derrière le pupitre et se présente. Originaire de la région parisienne, elle a connu le village grâce à l'un de ses amis, qui a récemment séjourné chez nous, et elle a eu envie d'y prendre un nouveau départ. Sa boutique, située dans l'ancienne épicerie qui borde la rue principale, ouvrira juste avant Noël, dès que les travaux seront terminés.

— Comptez-vous participer au concours de la plus belle vitrine ? lui demande Jacotte lorsque Marjorie a terminé.

— Ce n'est pas exclu, répond celle-ci, un sourire mutin flottant sur ses lèvres.

Ludovic, le vendeur de sapins un peu dragueur sur les bords, se lève de son siège et lance à la nouvelle :

— Et que se passera-t-il si vous terminez troisième ? Vous remporterez votre propre bouquet de fleurs ?

La fleuriste émet un léger gloussement, puis déclare d'un ton très assuré :

— Désolée, mais j'aime trop le chocolat pour me contenter de la troisième place.

Léna et moi échangeons un regard admiratif.

— Je suis fan de sa repartie, dis-je à voix basse.

— Moi aussi, approuve mon amie. Il faudra qu'on aille lui rende visite à sa boutique, je suis très curieuse de savoir ce qui l'a poussée à emménager ici. Et puis, elle a l'air sympa.

— Tant qu'elle n'oublie pas que c'est ma décoration qui gagnera, je suppose qu'elle l'est, oui.

Mon père étouffe un rire.

— Je plains les autres commerçants qui se lanceront dans la compétition, ils ignorent dans quel cauchemar ils vont s'embarquer, avec toi pour principale adversaire.

— Noël est une affaire sérieuse, Papa.

Dans l'intervalle, la fleuriste a quitté l'estrade, laissant Jacotte clore la séance. La salle se vide alors très rapidement, à l'exception d'une dizaine de personnes discutant autour du buffet composé de chips et de cacahuètes, et de notre petit groupe.

La grand-mère de Léna s'approche de moi et m'interroge :

— J'ai oublié de te poser la question au restaurant, est-ce que tout s'est bien passé avec Gaston ?

Peu avant mon accouchement, désireuse de m'impliquer dans la vie associative du village, j'ai adhéré au Vallenot Social Club, dans l'espoir de sympathiser avec d'autres mamans et d'y organiser un café-poussettes pour nous retrouver une fois par semaine. Je me suis vite aperçue que l'association est surtout constituée de personnes âgées, si bien que mon idée est tombée à l'eau. En revanche, quand Jacotte m'a demandé si je pouvais remplacer temporairement la belle-mère de Rémi (partie à New York préparer le mariage d'une de ses filles) pour l'aide aux personnes isolées, je n'ai pas hésité une seconde malgré mon planning chargé. Je n'ai jamais oublié les bénévoles qui s'appliquaient à redonner le sourire et le moral aux malades du cancer quand j'ai commencé les traitements pour ma thyroïde ; il me semble logique d'offrir un peu de mon temps en retour. Et puis, mon rôle consiste seulement à passer une fois par semaine chez Gaston, un vieux monsieur acariâtre, et à vérifier qu'il ne manque de rien, ce n'est pas grand-chose.

— Gaston ne m'a pas accueillie à bras ouverts, dis-je à Jacotte, mais il s'est montré poli.

— Vraiment ? s'exclame-t-elle, surprise. Donc, tu ne verrais pas d'inconvénient à continuer d'assurer l'intérim pendant que Sophie est en Amérique ? Vous êtes manifestement les deux seules à savoir le brosser dans le sens du poil.

Tout le monde m'avait prévenue que le personnage était désagréable et mal embouché, c'est pourquoi aucun membre de l'association ne voulait s'y coller. À les écouter, il conserverait dans son salon un morceau de doigt qu'il aurait perdu durant la guerre d'Algérie et s'amuserait à effrayer avec un fusil quiconque ose mettre un pied sur sa propriété. À mon grand étonnement, le vieil homme qui m'a reçue était grincheux mais tout à fait gérable.

— Aucun problème pour moi, ça me fait plaisir. Je voudrais lui apporter des chocolats la prochaine fois, j'ai cru comprendre qu'il adore ça. Qu'en pensez-vous ? Sa fiche n'indique aucun problème de diabète.

— Tu es un ange de douceur, ma belle, voilà ce que j'en pense.

Jacotte se tourne ensuite vers Léna pour lui parler, quand je reçois un message de ma mère sur mon portable.

Coucou ma chérie, as-tu prévenu ton père de ma venue ? Comment l'a-t-il pris ?

Évidemment, je n'ai pas encore trouvé l'occasion d'aborder cet épineux sujet avec lui. J'attendais le moment propice. Je sais que Papa ne se mettra pas en colère, pour autant ça m'étonnerait qu'il saute de joie. À la maternité, j'étais chargée de le prévenir par SMS quand la voie était libre pour qu'il vienne me voir sans risquer de croiser ma mère. Je ne vais tout de même pas m'épuiser à réitérer l'expérience durant deux longues semaines !

— On y va ? me demande-t-il. L'heure du prochain biberon approche.

Comme pour abonder dans son sens, ma fille commence à grogner. Si je ne la nourris pas d'ici dix minutes, ses vocalises feront probablement exploser tous les verres se trouvant dans les environs. Je boutonne nos manteaux lorsqu'un père et son fils nous frôlent pour sortir de la salle.

— Ça va être super génial, la grande roue ! s'extasie le petit garçon. On pourra monter tout en haut ?

— J'y compte bien, champion ! réplique le père, en lui ébouriffant les cheveux.

Attendrie, je les suis un court instant du regard. Puis mon cœur se fait lourd dans ma poitrine quand je songe que ma fille ne connaîtra jamais de tels moments avec son père. Enfin, son père… Géniteur est un mot qui convient bien mieux. Mais aussi, sacré connard. J'ai beau jouer les filles fortes, c'est parfois dur à digérer. Pourtant, j'ai fini par m'habituer à cette idée, et je me battrai comme une lionne pour que Cara grandisse dans un foyer épanouissant. Tant pis si ce foyer n'a rien de parfait ni d'ordinaire, il sera plein d'amour et c'est l'essentiel. Si Lorelai Gilmore, l'héroïne de ma série préférée, y est arrivée, ça doit bien être à ma portée.

— Tu as l'air préoccupée, relève mon père tandis que nous regagnons la voiture. Ça va ?

— Oh, je… Non, ce n'est rien.

Je ne vais pas m'appesantir sur mon sort de mère célibataire. Jetant machinalement un dernier coup d'œil au texto de ma mère, je lâche, en priant pour ne pas provoquer un scandale :

— En fait… Maman sera là pour les fêtes.

Durant deux ou trois secondes, mon père fixe le vide devant lui sans émettre le moindre commentaire, aussi hébété que si je venais de lui apprendre l'imminence de la fin du monde. Oups, j'aurais au moins pu y mettre les formes !

— Je sais que je te prends au dépourvu, mais dis quelque chose, Papa.

Alors que je m'attends à ce qu'il pousse les hauts cris, il hausse les épaules et déclare d'une voix égale :

— On est dans un pays libre, ta mère fait ce qu'elle veut.

## 3

# Théo

Les sourcils en l'air, ma mère repose doucement l'étiquette du vase hors de prix qu'elle était en train d'étudier et me dévisage, dubitative.

— Tu n'y songes pas sérieusement, Théo, n'est-ce pas ?

J'étais à peu près sûr qu'elle réagirait ainsi. Elle devient très prévisible quand il s'agit de son passé. La première fois, déjà, mon initiative ne lui avait pas vraiment plu. Feignant la nonchalance, je lui réponds :

— J'y songe aussi sérieusement que toi, tu envisages de mettre trois cents euros dans un vase destiné à ta belle-sœur que tu n'apprécies pas plus que ça.

— Époque Napoléon III, se justifie-t-elle en désignant l'étiquette. Mais je vais y réfléchir, tu as raison. Je suppose que ta tante n'a pas besoin d'un nouveau vase pour Noël. Un foulard en soie fera tout aussi bien l'affaire.

Je secoue la tête, désespéré.

— Tu vois, il est nécessaire que je retourne à Vallenot. Ton excès de générosité dissimule un manque évident, que tu tentes maladroitement de combler en offrant aux autres des choses inutiles.

— Aurais-tu décroché un poste au sein d'une revue psychologique sans que j'en sois informée ? rétorque-t-elle, piquée au vif. Allons poursuivre cette discussion autour d'un déjeuner, je meurs de faim et ça ne m'aide pas à me décider.

Pas mécontent de pouvoir enfin m'échapper du magasin d'antiquités dans lequel elle m'a entraîné dans le but de commencer ses cadeaux de Noël, je la suis sur le trottoir en direction de notre petit restaurant favori, situé à deux pas. Je connais Vincennes comme ma poche puisque j'y ai grandi, dans une coquette maison du quartier des Vignerons, l'un des plus prisés de la ville. À la tête d'une florissante entreprise de systèmes d'alarme fondée par mon père, mes parents adorent leur vie ici, ils ne l'échangeraient pour rien au monde. À tel point que ma mère a du mal à comprendre pourquoi je persiste à rester dans mon deux-pièces parisien plutôt que m'installer près d'eux… Même si, pour l'instant, la seule chose qui la préoccupe réellement, c'est mon prochain départ pour les Alpes. Je vois bien qu'elle est contrariée, ses yeux verts sont plus sombres que d'habitude. Une fois nos salades Cobb commandées, elle me regarde en poussant un long soupir.

— Je ne vois pas ce que tu espères trouver là-bas, Théo, me dit-elle en dénouant son écharpe rose vif. Mon père t'a fait comprendre que ce n'était pas la peine d'insister, alors quoi ?

— Je ne m'y suis pas très bien pris, la dernière fois. J'ai débarqué sans prévenir, sans rien avoir préparé, parce que j'étais obnubilé par mon reportage. Là, c'est différent.

Le serveur nous apporte nos boissons, j'en profite pour marquer une pause. Évoquer les événements de l'an passé me met mal à l'aise. Après m'être fait plaquer par ma fiancée (qui a choisi le douloureux cliché de partir avec celui que je considérais comme l'un de mes meilleurs potes, Sam) à quelques mois de notre mariage, j'ai ressenti le besoin de m'isoler quelque temps. Sur une impulsion, j'ai annoncé à ma rédactrice en chef que je partais pour préparer un papier sur un petit village de montagne. Elle n'y a vu que du feu et a accepté de me payer pour tester les diverses activités des stations de ski et écrire sur le sujet. Ce qu'elle ignorait, en revanche, c'est que je n'avais pas choisi cet endroit au hasard : Vallenot est le village dans lequel vit mon grand-père, que je n'ai jamais connu puisque ma mère et lui ne se parlent plus. Et ce dernier m'a ordonné de déguerpir lorsque je me suis présenté chez lui en espérant nouer des liens.

— En quoi est-ce différent ? reprend ma mère. Oh, suis-je bête ; tu vas me dire que tu n'es plus journaliste et que tu auras davantage de temps devant toi puisque tu ne fais que filer un coup de main à Marjorie.

— C'est la vérité. Marjo compte sur moi, je ne peux pas la laisser tomber.

Marjorie est ma meilleure amie. Ma complice de tous les instants depuis nos douze ans, celle qui imitait la signature de ma mère quand je séchais les cours de chimie, celle avec qui je n'avais pas honte d'avoir les pétoches devant le film *Destination finale* ou de chanter du Garou et du Céline Dion au karaoké. Celle qui m'a récupéré en miettes quand Jade m'a quitté pour Sam et que je n'arrivais pas à articuler une seule parole sans m'étouffer dans mes sanglots. On nous a souvent charriés et prédit que nous finirions par nous marier, tous les deux, mais Marjorie est au-delà de ça. Elle est la sœur que je n'ai jamais eue, tout simplement. Quand elle s'est sentie prête pour ouvrir la boutique de fleurs dont elle me rebattait les oreilles depuis nos années lycée, mais qu'il lui manquait encore l'endroit idéal, je n'ai pas hésité une seconde avant de lui montrer mes photos de Vallenot. Marjo traversait une phase de remise en question elle aussi, elle n'avait pas beaucoup d'économies à investir, et elle voulait s'établir dans un village digne d'un téléfilm de Noël sans pour autant quitter le pays. Le reste est allé très vite : en se rendant sur place, à la fin de l'été, pour visiter un local disponible, elle a été conquise. Le compromis de vente a rapidement suivi. Je me sens fier d'avoir un peu contribué à la réalisation de son projet, c'est pourquoi j'ai l'intention de la rejoindre ces prochains jours. Si Marjorie veut pouvoir ouvrir la semaine avant Noël, elle a besoin de moi pour finaliser les derniers travaux.

Un morceau d'avocat planté sur sa fourchette, ma mère affiche une moue peu convaincue.

— Marjorie avait un bon poste en tant que responsable régionale de cette enseigne de lingerie. Tout plaquer du jour au lendemain comme elle l'a fait est une grosse prise de risque… Le jeu en vaut-il vraiment la chandelle ?

— C'était son rêve, Maman, bien sûr que cela en vaut la peine ! Et puis, je te rappelle que toi aussi, tu as tout quitté, un jour.

— Oui, enfin, je ne suis pas non plus allée m'enterrer dans un trou paumé. C'était pour rejoindre ton père et je savais où je mettais les pieds, l'époque n'était pas la même. Il me semble que tu as mieux à faire que partir plusieurs semaines, surtout en ce moment. Je présume que tu n'as toujours aucune piste, pour le travail ? m'interroge-t-elle sur un ton empli d'une inquiétude toute maternelle.

Je prends une gorgée d'eau pétillante.

— J'ai frappé à toutes les portes, mais ça n'a rien donné, je suis grillé partout. J'imagine qu'avoir collé mon poing sur la figure de Sam ne plaide pas en ma faveur.

Je ne regrette pas mon geste, mais c'est vrai que j'aurais pu essayer de me contenir. Voir Sam nommé nouveau rédacteur en chef du magazine pour lequel nous bossions tous les deux était déjà assez humiliant en soi, néanmoins j'évitais autant que possible de le croiser. Jusqu'à cette fois où, en pleine réunion de rédaction, il a jugé bon de nous informer de la grossesse de Jade, son regard narquois rivé droit sur moi. Notre rupture résultant en partie de mon incapacité à concevoir avec Jade ce bébé qu'elle désirait tant, ça m'a rendu furieux. Le coup est parti tout seul dans la mâchoire de Sam. Réaction qui ne me ressemble guère, mais j'étais aveuglé par la rage. Sam avait fait exprès de me provoquer, je n'en doute pas. À présent, plus un seul journal ne souhaite m'embaucher, et je ne peux m'en prendre qu'à moi-même.

Ma mère repose sa fourchette, puis sa serviette, et elle se redresse, les deux coudes en appui sur la table.

— J'ai beau ne pas encourager la violence, Sam l'avait mérité, décrète-t-elle. Écoute, Théo, je sais que tu te sens un peu perdu après l'année que tu viens de traverser, mais ton père serait prêt à t'offrir un poste dans l'entreprise. Tu devrais considérer cette opportunité.

Je remue fermement la tête. Cette rengaine, je l'ai entendue une dizaine de fois depuis mon licenciement. J'admire la réussite de mon père, et le succès des alarmes ultra-sophistiquées qu'il a mises au point ; toutefois, sécuriser les banques et les musées n'est pas ce que j'envisage pour mon avenir.

— Ce n'est pas ce que je veux, Maman. Je désire me rendre utile, j'ignore encore comment, mais pas de cette façon. Ces quelques semaines chez Marjorie me permettront sûrement d'y voir plus clair.

D'un air las, ma mère joint les mains devant son visage subtilement maquillé.

— C'est toi qui vois, capitule-t-elle. Tu as prévu de partir quand ?

— Je prends la route vendredi matin, tôt.

— D'accord… Je ne saisis toujours pas pourquoi tu tiens tant à aller voir mon père, mais permets-moi de te rappeler qu'il est l'être le plus buté sur cette Terre et totalement fermé à la conversation.

Je ne réponds pas, me contentant de terminer mon assiette. Je ne laisserai pas tomber tant que je n'aurai pas eu une franche discussion avec mon grand-père, qu'il soit têtu n'y changera rien. Quant aux raisons qui me poussent à agir de la sorte… Eh bien, elle n'a pas besoin de les connaître pour l'instant.

— Tu seras rentré pour Noël, au moins ?

— Bien sûr, je m'empresse de la rassurer. Sauf si d'ici là, Papa et toi êtes conviés à Vallenot, qui sait ?

— Alors là, tu rêves, mon chéri ! réplique-t-elle, les yeux levés au plafond. Mon père est bien trop fier pour faire le premier pas vers moi.

J'étouffe un rire. Moi qui me suis toujours demandé de qui ma mère tenait ce trait de caractère, maintenant je le sais. Tapotant la table du bout des doigts, je relève, taquin :

— Au final, vous n'êtes pas si différents que tu as l'air de le croire.

Ma remarque a beau me valoir un coup de serviette, je prends le pari d'arriver à les réconcilier tous les deux avant la fin de l'année. Le compte à rebours est lancé.

# 4

# Théo

*Vendredi 2 décembre*

Je suis arrivé à Vallenot depuis une heure et je n'en reviens pas de mesurer à quel point le village m'a manqué. Malgré la fatigue du trajet, je me suis mis à sourire à la vue des montagnes de grès se dressant, majestueuses, au-dessus de la vallée, rempli d'un incroyable sentiment de familiarité et d'appartenance. Je n'y ai pourtant séjourné qu'une quinzaine de jours, l'an dernier, mais certains endroits nous marquent à jamais une fois qu'on les a découverts. Ce petit coin paisible en fait assurément partie. Le soleil de décembre s'est déjà couché derrière les montagnes lorsque Marjorie termine de me faire visiter les lieux.

— Ta boutique va être dingue ! je lâche, admiratif. *L'Atelier floral* portera bien son nom.

Elle a pensé à tout dans les moindres détails, dessiné les plans elle-même pour être certaine qu'ils correspondent à ce qu'elle a en tête depuis toujours : un univers bohème et poétique. Parquet clair vieilli juste ce qu'il faut, touches de rose poudré et de blanc pour les meubles, du bambou et du bois naturel pour les accessoires, des bouquets mis en scène au millimètre près.

— Merci, Théo, souffle-t-elle en se laissant tomber dans un fauteuil fraîchement livré la veille. Je savais qu'il y aurait beaucoup de boulot, mais c'est fatigant. Plus d'une fois, il m'a semblé que les murs allaient s'écrouler sur moi… Enfin, surtout quand j'ai failli en abattre un qui est porteur, glousse-t-elle. Heureusement que l'électricien s'en est rendu compte.

Je balaie la pièce du regard. Marjorie est courageuse d'avoir mené ce travail colossal, sans l'aide de personne. Elle a obtenu le bâtiment pour une bouchée de pain, car il nécessitait une complète remise à neuf. Si des ouvriers spécialisés se sont occupés de la plomberie et de l'électricité, elle a assumé le reste toute seule. Les cernes sous ses yeux ne mentent pas, elle est épuisée.

— Franchement, tu as assuré. Si j'ai bien compris, il te reste les peintures et une partie du logement ?

Étirant ses bras devant elle, Marjorie acquiesce.

— Oui. Il faudra que j'envoie les photos à ma mère quand ce sera terminé, car elle ne viendra pas de sitôt, elle n'a pas réussi à déplacer ses cours, ajoute-t-elle, avec une pointe de dépit. C'était prévisible, à l'approche des fêtes, mais j'aurais adoré la voir ici pour Noël.

La mère de Marjorie étant professeure de yoga, les réservations explosent toujours en fin d'année ; malgré tout, je comprends sa déception. Quant à son père, il est décédé voilà six ans, emporté par une crise cardiaque.

— Au pire, nous fêterons Noël ensemble ! je lui propose. En attendant, je m'attelle aux peintures dès demain matin. Toi, tu as besoin de te reposer. Une bonne grasse matinée te fera le plus grand bien.

Marjorie se relève d'un bond du fauteuil et agite son index face à moi.

— Il n'est pas question que tu trimes comme un esclave, proteste-t-elle. La peinture attendra bien deux ou trois jours. Et puis, je dois me pencher sur la décoration de la vitrine : j'ai décidé de participer au concours de Noël du village.

Je ne peux me retenir d'éclater de rire.

— Le concours de Noël, toi ? Purée ! Les autres participants sont-ils prévenus que tu es la pire mauvaise perdante de l'univers ?

Je grimace en me souvenant de longues parties de *Risk* ayant tourné en sa défaveur. Marjo n'était pas du style à envoyer valser le plateau de jeu d'un revers de la main, mais ce n'était pas loin. Prompte à m'accuser de tricher, elle était de mauvaise foi quand je gagnais, n'hésitant pas à refaire les règles à sa façon.

Sans ménagement, elle me flanque une tape sur l'épaule et s'exclame, de son timbre grave et chaleureux :

— Hé, je ne suis plus comme ça ! Je suis une adulte mature et responsable, maintenant. Je suis propriétaire de ma boutique ! Bon sang, Théo, tu y crois ?

Exaltée, elle sautille sur place et désigne les lieux d'un large mouvement du bras. Je lui souris, réjoui pour elle, bien qu'un fugace sentiment de découragement me noue l'estomac ; Marjorie a enfin trouvé sa place, elle a pris le taureau par les cornes pour faire ce qui lui plaît vraiment, alors que moi, je reste là, sclérosé dans mes doutes et mes angoisses. Quelle sorte d'avenir peut bien m'attendre, entre mes incertitudes professionnelles et mes problèmes d'infertilité ? Mais je m'en veux aussitôt, Marjo n'a pas à subir ce coup de cafard malvenu. Je me sens idiot de ressentir de la jalousie envers ma meilleure amie.

*C'est juste la fatigue, mec, respire.*

— Tu vas tout déchirer ! lui prédis-je, en tapant ma main contre la sienne.

— J'y compte bien ! Allez, viens, me dit-elle en indiquant l'escalier qui mène à son appartement. Tu as mérité une bière après toute cette route.

Une vingtaine de minutes plus tard, j'ai rangé mes affaires dans la chambre d'amis, je suis douché, vêtu de vêtements chauds et je me sens déjà beaucoup mieux. Je rejoins Marjorie dans le coin cuisine qu'elle a aménagé dans la grande pièce principale. Un plan de travail sobrement peint en beige et blanc est accolé à l'évier, suivent un piano de cuisson noir et tout le nécessaire électroménager dans des tons assortis. Mon amie a recouvert une partie de la crédence de carreaux ciment à motifs étoilés et disposé ses plantes vertes un peu partout sur les étagères. En prenant place sur l'une des quatre chaises disposées autour de la table, je remarque le paravent qui marque la séparation avec le salon.

— J'aime beaucoup ce que tu as fait. C'est lumineux et on s'y sent à l'aise.

— Merci ! Ils appellent ça boho chic sur les réseaux sociaux, m'apprend-elle, on reste dans l'esprit de la boutique. Je n'ai pu terminer que la cuisine et la salle de bains pour l'instant, c'est tellement long de tout rénover.

Elle dépose nos bières et un bol de chips sur la table, puis nous trinquons à elle, à la prochaine ouverture de *L'Atelier floral* et à son nouveau départ dans la vie. Je lui redis combien elle m'épate.

— Tout recommencer dans un endroit où tu ne connais personne, chapeau !

Elle hausse les épaules, comme si ce n'était rien du tout.

— Honnêtement, Théo, si je ne m'étais pas remué le popotin, je me serais noyée dans une routine et un job qui ne me convenaient pas. Jamais je n'aurais eu le cran de me lancer en restant à Paris, à écouter tous ceux qui m'assenaient que c'était impossible. Là, je n'ai plus le choix. En plus, je l'aime bien, ce village.

— Tu as rencontré du monde, depuis que tu es ici ?

— Je ne suis pas beaucoup sortie, avec les travaux, mais j'ai participé à la réunion du comité des fêtes. Ils étaient ravis que je propose une composition florale comme lot pour le concours. Les gens du coin sont sympas, tu avais raison.

— Pas de beau mec célibataire en vue ? fais-je, malicieux.

— Laisse tomber, je préfère me concentrer sur ma boutique, c'est mieux.

Je hoche la tête, guère étonné. Avec son regard profond et sa personnalité piquante, Marjorie plaît beaucoup aux hommes, c'est un fait. Cependant, elle n'a toujours pas trouvé celui capable de l'aimer suffisamment pour avoir envie de s'engager et de la soutenir dans ses ambitions. Le dernier en date voulait bien acheter une maison avec elle, à condition de rester en région parisienne et qu'elle renonce à se mettre à son compte ; selon lui, ce n'était pas compatible avec une vie de famille. Il a vite compris à qui il avait affaire.

Je rebondis avec humour :

— De toute façon, je ne suis pas certain que tu sois au bon endroit pour rencontrer un type à la fois célibataire, fréquentable et pas trop vieux.

— Non, pas vraiment, me concède-t-elle en piochant dans le bol une généreuse poignée de chips au fromage. Oh, par contre, j'ai reçu la visite de deux filles très cool, Léna et Émeline. Tu les connais ?

À la mention d'Émeline, mon cœur marque un arrêt. L'an passé, la jolie serveuse blonde de *L'Edelweiss* m'a complètement fait fondre. Alors que j'étais encore paumé après ma rupture avec Jade, le courant est très vite passé entre nous. Nos discussions étaient naturelles, nos rires aussi... Et nos baisers d'une rare intensité, je dois bien l'admettre, même si ça sonne comme une de ces niaiseries de comédies romantiques. Notre aventure est toutefois restée éphémère, car je ne me sentais pas encore prêt pour m'investir dans une relation sérieuse. Avec le recul, je m'en mords les doigts. Au cours de ces derniers mois, j'ai souvent repensé à Émeline, à la douceur de ses gestes, à son sourire si lumineux. A-t-elle réussi à se réconcilier avec son père, comme elle le souhaitait ? Plusieurs fois j'ai été tenté de prendre de ses nouvelles, mais à quoi bon ? Elle a sa vie, j'ai la mienne.

Marjorie m'observe attentivement, les sourcils froncés. Je me rends compte qu'elle attend ma réponse.

— Euh, oui, je me souviens d'elles. Léna est mariée avec l'un des gérants du restaurant dont je t'ai parlé et Émeline travaille pour eux. J'ignorais qu'elle vivait encore ici, elle n'était pas sûre de rester quand je suis venu.

Je me tais avant d'en dire trop. Marjorie est ma confidente, elle sait que j'ai un peu déconné en flirtant avec la moitié des jeunes femmes du coin, mais elle n'a pas besoin de connaître tous les détails de cette soirée karaoké à l'issue de laquelle Émeline et moi avons sérieusement dérapé. Quelle nuit incroyable !

Sentant mes joues s'enflammer, je refoule bien vite ce souvenir et demande, en espérant paraître naturel :

— Elles vont bien ?

Si ma meilleure amie se doute de quoi que ce soit, elle n'en montre rien.

— Oh, oui, elles voulaient me souhaiter la bienvenue, j'ai trouvé ça adorable de leur part. Nous n'avons pas trop eu le temps de faire connaissance car le plombier s'est pointé au même moment, mais elles m'ont proposé de passer boire un coup à *L'Edelweiss,* à l'occasion. On pourrait y aller ce soir, qu'en penses-tu ?

*Merci, mais non merci.*

J'adorerais revoir Émeline, là n'est pas le problème, mais pas maintenant, pas avec Marjorie dans les parages. J'imagine que c'est le prix à payer au bout de tant d'années d'amitié, mais Marjo lit bien trop facilement en moi, elle détecterait tout de suite ce qui s'est passé entre la serveuse et moi.

— Plus tard, peut-être ? je propose. Je suis claqué d'avoir roulé dix heures d'affilée et j'aimerais d'abord passer chez mon grand-père, histoire de tâter le terrain.

— Bien sûr, mon chou, c'est normal. À propos, Jackie O n'a pas trop mal réagi ?

C'est ainsi qu'elle surnomme ma mère, en raison de son style très classe à la Jackie Kennedy-Onassis.

— Jackie O m'a prédit que je fonçais droit dans le mur, mais tu me connais ; je suis persévérant. Même si elle préférerait s'enfoncer des piques à brochettes dans les yeux plutôt que de l'admettre, mon grand-père lui manque.

Et, de façon très égoïste, je ressens moi aussi une certaine forme de manque. Je n'ai jamais su ce que ça faisait, d'avoir un grand-père dans sa vie, un bonhomme solide et rieur qu'on a envie d'épater, qui vous encourage dans ce que vous entreprenez et vous aide à vous relever quand vous tombez. Le père de mon père étant mort quand j'avais trois ans, je ne garde aucun souvenir de lui.

— Tu restes plus longtemps, cette fois, ton initiative a davantage de chances de porter ses fruits, m'encourage Marjorie. Mais préserve-toi, quand même. Si tu veux que je t'accompagne…

— C'est gentil, mais ce ne sera pas nécessaire. Sur ce coup-là, j'ai besoin d'être seul. Gaston se braquera de plus belle si on débarque tous les deux, il m'a paru… clairement sauvage, disons.

— D'accoooord, lâche-t-elle, les yeux écarquillés. Tu sais quoi ? Je suis une grosse dégonflée, alors si par « clairement sauvage » tu entends qu'il pourrait nous accueillir la carabine à la main, tu as raison, je vais rester ici et nous décongeler une pizza pour dîner. Je la mangerai en pleurant à chaudes larmes si par malheur tu ne survivais pas à vos retrouvailles.

Incapable de résister à son inégalable sens de la dérision, je me lève pour la serrer dans mes bras.

— C'est tellement bon de te retrouver, Marjo !

# 5

# Émeline

— Comment ça, tu veux attendre ta mère pour le sapin ? rouspète mon père. Tu m'as dit toi-même qu'elle ne fêtait plus Noël.

D'un geste agacé, je repose ma tasse de café puis me lève pour couper la musique et récupérer mon portable relié aux enceintes de la chaîne hifi. D'ordinaire, j'aime me réveiller tranquillement en prenant mon petit déjeuner avec un fond sonore (ce matin, j'ai choisi les classiques de Noël de Sinatra), mais avec mon père qui fait les cent pas à travers toute la pièce en bougonnant dans sa moustache, on repassera pour le réveil en douceur. Je me disais bien que c'était curieux qu'il n'ait pas bronché, lundi soir, quand je lui ai révélé que ma mère venait pour les fêtes. Visiblement, il a l'intention de se rattraper en se rebiffant dès que je proposerai des activités communes. Génial.

Je me retourne vers lui afin d'expliquer, pour la seconde fois :

— Je n'ai pas envie que Maman ait l'impression d'être mise à l'écart, d'accord ? Elle voudra peut-être faire un tour sur le marché de Noël et participer à la décoration, qui sait ?

Il renifle, sceptique.

— On ferait mieux de s'en occuper nous-mêmes ce week-end, au moins ce sera fait dans la bonne humeur. En plus, les gens vont se ruer chez Ludovic pour dénicher le plus bel arbre, on n'aura plus beaucoup de choix si on laisse passer une semaine entière.

Mince, je n'avais pas songé à ça ! Pour notre premier Noël au chalet, j'ai à cœur d'acheter un sapin naturel, le plus touffu possible et qui ne se déplumera pas en un clin d'œil. Ma liste de critères est à peu près la même que celle de l'intégralité du village, alors nous avons effectivement intérêt à nous grouiller.

— Bon, réfléchissons, dis-je en remontant une couverture sur le petit corps potelé de ma fille, qui vient de s'endormir après son premier biberon du matin. Rien ne nous empêche de choisir le sapin demain après-midi puisque je ne travaille pas, mais je préfère proposer à Maman de nous aider à le décorer, sinon elle va se sentir rejetée.

Cette solution me semble être le meilleur compromis. De toute façon, à sept heures du matin, mes neurones sont encore trop ankylosés et j'ai une réunion avec mes patrons dans trente minutes, juste avant l'ouverture de *L'Edelweiss*. Je n'ai pas le temps de m'étendre davantage sur le problème.

— Faisons ça, acquiesce mon père sans grande conviction. J'espère juste qu'Angela ne va pas chipoter sur les détails, une branche trop basse ou une guirlande pas assez belle à son goût. Ma patience a des limites.

*La mienne aussi. Est-il trop tard pour que je change de pays et d'apparence physique ?*

Je réprime un soupir tout en attrapant mon manteau pour sortir.

— Je ne crois pas qu'elle s'impliquera à ce point, et j'ai bien l'intention de faire le maximum avant qu'elle soit là. Les villages lumineux sont toujours au grenier ?

— Je n'y ai pas touché, me confirme-t-il. Je dois même en avoir un ou deux chez moi, je te les apporterai.

— Super, on s'y met dans la semaine. Il faut que je file avant d'être en retard, Pap'. N'oublie pas qu'après mon service, je passe chez ce vieux monsieur, Gaston. Je n'en aurai pas pour très longtemps. Et encore merci d'avoir accepté de te lever aux aurores pour garder Cara.

J'arrive au restaurant pile à l'heure pour la réunion. Les températures ont sacrément chuté dans la nuit et la route est blanche de givre, si bien que j'ai roulé au pas de peur de déraper. J'apprécie ce genre de spectacle hivernal, mais pas quand je suis au volant.

— Bonjour, les gars ! je lance en rejoignant mes patrons et Jérôme assis à une table. Quel froid, ce matin !

— Je t'ai préparé un cappuccino pour te réchauffer, m'indique Jérôme en me désignant une tasse fumante. Mais je n'ai pas réussi à te dessiner un flocon avec la mousse.

Je le remercie et prends place à côté de lui, face à Rémi et Clément. Les deux frères pourraient être jumeaux tant ils se ressemblent, avec leurs yeux et leurs cheveux bruns assortis à leur barbe. Seule la lueur de malice qui pétille de façon quasi permanente dans le regard de Rémi permettrait à un inconnu de les différencier. Clément est le plus sérieux des deux.

— Alors, commence ce dernier en me regardant, ça fait cinq jours que tu es de retour parmi nous. Comment te sens-tu ? Est-ce que tu parviens à trouver un équilibre entre ton travail et le bébé ?

Son intonation bienveillante me rappelle combien je suis chanceuse de bosser avec des personnes si humaines.

— Je suis très heureuse d'avoir repris. Le contact avec les clients m'avait manqué et la souplesse de mes horaires me permet de profiter de Cara. Franchement, qui n'aimerait pas travailler pour vous ?

Et je ne suis pas en train d'en faire des caisses. Les habitués sont certes un peu fouineurs sur les bords, mais *L'Edelweiss* est un endroit que j'adore. Grâce à sa décoration à la fois rustique et douillette, nombreux sont les villageois qui aiment se retrouver là, le soir, dans cette ambiance conviviale, pour échanger autour d'un burger ou d'un verre. Les garçons organisent souvent des soirées à thèmes, ils ont su fidéliser leur clientèle et faire du restaurant un lieu populaire. Si je n'arrivais pas à concrétiser mon projet, cela ne me dérangerait pas de continuer à travailler pour eux. Nous avons une belle alchimie professionnelle et je me sens bien dans cet endroit.

Rémi se redresse pour prendre la parole à son tour.

— En tout cas, sache que nous sommes ravis de t'avoir auprès de nous. Tout le monde avait hâte que tu reviennes.

— Merci.

— On a noté que tu aimerais nous faire participer au concours de Noël, poursuit-il. Dans l'absolu, nous ne sommes pas contre, un peu de publicité ne nuit à personne. Tu as des idées précises ?

J'acquiesce d'un énergique hochement de tête.

— J'en ai plein ! Étant donné que nous ne possédons pas de vitrine à proprement parler, j'ai pensé que nous pourrions reculer les deux tables qui sont contre la baie vitrée, côté rue, pour y placer notre scène de Noël. J'imagine un beau sapin plein de féerie, entouré d'un train électrique et de jouets anciens. Ça parlera obligatoirement aux enfants qui voteront.

Même s'il était déjà au courant de mes plans, Jérôme ne réfrène pas son enthousiasme.

— Les gosses vont adorer, c'est clair, et leurs parents aussi, parie-t-il. Sans parler des touristes en quête de la photo parfaite pour les réseaux sociaux ! Rien de mieux qu'une scène de Noël.

Clément reste silencieux un instant, soupesant l'argument. Je sais qu'il n'est pas très friand de tout ça, mais Léna l'a convaincu d'ouvrir une page Instagram dédiée au restaurant, qu'elle met régulièrement à jour.

— On pourrait gagner en visibilité, nous concède-t-il. D'ailleurs, Jacotte a réussi à mobiliser le journal local, un correspondant viendra interviewer les participants. Tu te sens capable de te prêter au jeu, Émeline ?

— À fond ! On va mettre le paquet. Reste à dénicher des jouets anciens ; mon père en a conservé quelques-uns de son enfance, mais ce ne sera pas suffisant.

— La grand-mère de Léna aura sûrement ce qu'il faut, m'assure Clément. On dîne chez elle dimanche, je lui demanderai. Tu penses pouvoir te libérer jeudi soir prochain pour tout mettre en place ? On fermera exceptionnellement, c'est le soir où on a le moins de monde en général. À deux jours du début du concours, ça me paraît bien.

— C'est parfait pour moi.

Le concours démarrant avec l'inauguration du marché de Noël, il ne sert à rien de décorer trop tôt, je n'ai pas envie d'inciter des commerçants peu scrupuleux à me piquer mes idées. Oui, je prends cette compétition très au sérieux.

— Très bien, approuve Rémi, satisfait, on peut à présent passer au nouveau menu de décembre.

Tartiflette et burger montagnard seront à l'honneur pour cette période festive, j'en salive à l'avance. Une alternative végétarienne sera également proposée.

— Sans oublier le lait de poule, notre boisson incontournable de la saison, se félicite Clément. Nous en servirons l'après-midi et le soir. C'est bon pour vous ?

Jérôme se met à toussoter, inclinant ostensiblement la tête dans ma direction. Bonjour la subtilité !

— Oui ? s'enquiert notre patron, sur la réserve.

Tous les regards sont désormais fixés sur moi. Je tente un sourire angélique pour faire comme si je ne m'apprêtais pas du tout à casser l'ambiance, puis je m'éclaircis la voix.

— Euh… En fait, je me disais qu'il serait peut-être temps de varier l'offre. Il ne s'agit pas de tout révolutionner, mais tout le monde n'aime pas forcément le lait de poule. C'est particulier, quand même.

Moi qui ne voulais pas le braquer, c'est raté ; Clément me jauge avec l'air de se demander si je suis ironique ou sérieuse.

— Particulier ? répète-t-il. J'espère que tu plaisantes, Émeline. Les clients raffolent de mon lait de poule, le concept est original en plus. On n'en trouve pas à chaque coin de rue.

— Certes, mais cela ne va plus tarder. As-tu vu un téléfilm ou lu un livre de Noël, récemment ? Le lait de poule est mentionné partout, c'est devenu tendance.

— Raison de plus pour le maintenir à la carte, m'oppose-t-il, pragmatique. J'ai été l'un des premiers à en faire, dois-je te le rappeler ?

Bon sang, ce n'est pas gagné, là ! Déterminée à lui prouver que j'ai raison, j'adopte une autre approche.

— Je ne te dis pas que tu ne dois plus vendre de lait de poule, Clément, mais juste qu'il ne faut pas négliger les autres boissons d'hiver. Notre chocolat chaud, par exemple, n'a pas grand-chose de réconfortant ; il suffirait pourtant d'y ajouter du bon lait pour le rendre onctueux et de saupoudrer des morceaux de cookies par-dessus pour parfaire la gourmandise. Ce n'est rien et tu rendrais tes clients heureux.

Voyant l'expression contrariée de Clément, je me tais, consciente que ma tirade pourrait bien me valoir des ennuis. Mon patron a beau être humain, il n'en reste pas moins susceptible dès que l'on émet la moindre objection sur sa cuisine. J'aurais dû passer par Léna pour lui soumettre mes suggestions ; sa femme a moins de risques de se faire virer que son employée. Devant mon air déconcerté, Rémi semble me prendre en pitié.

— Émeline n'a pas tout à fait tort, déclare-t-il en fixant son frère. Tu es réputé pour ton lait de poule, mais rien ne t'empêche d'exceller aussi dans d'autres boissons. On a déjà investi dans une buse vapeur pour dessiner sur le cappuccino, ce serait la suite logique.

Je le remercie en silence d'un battement de cils, d'autant plus que je suis la seule à *L'Edelweiss* à réussir des dessins en forme de cœur ou de feuilles sur la mousse des cappuccinos. Les défis créatifs ne m'effraient pas, bien au contraire.

— Qu'est-ce que tu en penses, toi, Jérôme ? veut savoir Clément.

— Hé, pourquoi est-ce à moi de jouer les arbitres ? fait mine de se révolter mon collègue. Je suis celui qui a le moins de revendications, ici. Mais si tu insistes, d'accord, j'avoue qu'une petite touche en plus ne serait pas du luxe.

Clément nous détaille d'une telle façon que je suis sûre qu'il va refuser. Au moins, on aura essayé. Pourtant, contre toute attente, il se déride soudain et l'ombre d'un sourire naît sur son visage.

— OK, à trois contre un, je m'incline, nous accorde-t-il. On va améliorer ce chocolat, je refuse que les clients quittent le restaurant en ayant quelque chose à redire sur la qualité des consommations. D'autres suggestions, Émeline ?

J'hésite entre pousser un gros soupir de soulagement ou me ratatiner sur ma chaise. J'ai bien pensé à d'autres choses, comme une option chantilly et brisures de pain d'épice pour accompagner le café *latte*, mais je ne voudrais surtout pas concurrencer le célèbre lait de poule de Clément. Autant y aller mollo.

— Je crois que c'est tout pour l'instant. Si tu veux, je peux m'occuper des cookies qui agrémenteront le chocolat chaud, ce n'est pas bien long à faire.

— Non, je vais en préparer plusieurs plaques et on testera la recette lundi. En fonction du succès, j'ajusterai ou non la quantité. Allez, il est l'heure d'ouvrir, nous signale-t-il en en se relevant.

Rassurée qu'il ne l'ait pas trop mal pris, au bout du compte, je me lève à mon tour et ose un ultime trait d'humour :

— Au fait, on ne s'est pas mis d'accord sur le montant de ma commission si on vend plus de chocolat chaud que de lait de poule. On devrait en discuter, non ?

— N'exagère pas, Émeline, ou je te vire, conclut-il, amusé, tandis que Jérôme s'éloigne pour ouvrir la porte aux premiers clients et que Rémi passe derrière le bar dans un grand éclat de rire.

*

Il est un peu plus de dix-huit heures lorsque je rejoins ma voiture, à la fin de mon service. La journée a filé et il me tarde de rentrer chez moi pour retrouver mon bébé, mais je dois d'abord me rendre chez Gaston. Acceptera-t-il de me recevoir, aujourd'hui ? J'ai bien remarqué que ma visite ne l'emballait pas plus que ça, la dernière fois, bien qu'il soit resté poli. J'ai pris des chocolats, j'espère que cela suffira pour l'amadouer. Je me demande pourquoi il est si sauvage… C'est sans doute dû à la solitude.

La traversée du bourg me redonne cependant le sourire. Sur la place, les ouvriers municipaux s'activent pour les préparatifs du marché de Noël. Il leur reste une semaine pour terminer de monter les chalets lumineux, ainsi que l'immense sapin bientôt scintillant de mille feux. Je suis impatiente de me plonger dans cette ambiance fantastique ! Au fond, un imposant espace vide laisse deviner l'emplacement de la future grande roue ; j'ai l'impression que ça va être l'événement du siècle, à Vallenot ! Le journal en a déjà parlé, l'attraction ne manquera pas d'attirer les adolescents et les curieux des villages alentour. Clément va me détester, mais il faut absolument que je lui suggère d'ajouter une cuve ou deux de chocolat chaud sur le stand de *L'Edelweiss*, où sa famille sert chaque année du lait de poule durant les festivités.

Les gens se régaleraient, ça ferait du bénéfice en plus pour le restaurant.

J'en suis là de mes réflexions quand j'atteins le chemin pentu et cahoteux conduisant à la maison de Gaston. J'ignore depuis combien de temps la chaussée n'a pas été entretenue, mais elle est envahie de cailloux et de branches mortes tombées des arbres qui entourent la propriété. Bien que mon rôle ne consiste pas à fourrer le nez dans ses affaires, j'ai bien envie de lui proposer de contacter la mairie pour l'aider à faire un peu de nettoyage avant que le chemin ne devienne impraticable. En coupant le moteur, je fronce les sourcils, intriguée par une voiture garée dans la cour, une Nissan hybride d'un blanc immaculé qui tranche nettement avec ma vieille Opel au pare-chocs cabossé. À qui peut-elle appartenir ? À ma connaissance, Gaston ne reçoit jamais personne, à l'exception d'une aide à domicile qui ne passe que les lundis et les jeudis matin. Peut-être qu'un autre bénévole a décidé de venir sans m'en informer ? Je descends de la voiture et me dirige vers la maison. Il fait nuit noire, mais la faible lueur d'une lampe filtre à travers les lames des volets du salon. Toutefois, je ne perçois aucun bruit, aucun signe de vie. C'est bizarre… Pourvu qu'il ne soit rien arrivé à Gaston ! La boule au ventre, je sonne à la porte sans attendre. La voix du vieil homme se met alors à rugir derrière le battant, me faisant sursauter :

— Fiche le camp, je t'ai dit ! Tu n'as rien à faire là !

Je recule d'un pas prudent en entendant son courroux. Il semble sacrément en pétard ! Jacotte m'a prévenue que Gaston pouvait parfois se montrer virulent. Pour autant, il n'est pas question que je prenne mes jambes à mon cou. De mon timbre le plus avenant, je tente de le calmer :

— Monsieur Baratier, c'est moi, Émeline. Je vous avais promis de vous rendre visite ce soir, vous vous rappelez ?

Un vague marmonnement parvient jusqu'à mes oreilles. Que suis-je censée faire, si Gaston refuse de m'ouvrir la porte ? Partir, je présume. Il fait un froid glacial, je ne vais pas attendre de geler sur place. Au moins, je sais qu'il est vivant.

— Tu es toute seule ? me lance enfin le vieillard, sur ses gardes.

Par réflexe, je jette un coup d'œil autour de moi.

— Oui, je suis seule. Enfin, il y a bien une voiture garée là, mais…

— Je veux qu'il parte ! gronde à nouveau Gaston, sans me laisser finir. Dis-lui de s'en aller et de retourner d'où il vient ou je sors l'artillerie ! J'en suis capable.

Mais de qui parle-t-il, à la fin ? J'ai beau plisser les yeux, je ne distingue personne dans la Nissan, donc à moins que son propriétaire ne soit avec Gaston, je ne vois aucune explication. Je m'apprête à lui demander plus de précisions quand un mouvement, à ma gauche, attire mon regard. Sous le halo de la lune, une silhouette masculine se dessine. Un caban en laine gris clair, un col roulé noir, une masse de cheveux blonds. Et deux yeux, d'un bleu indéchiffrable, qui se posent sur moi.

Mon cœur se fige, ma respiration reste coincée dans ma gorge. Mon ventre se noue. Je ne crois pas pouvoir être plus mortifiée.

*Pourquoi ? Comment ? Ce n'est pas vraiment en train d'arriver, si ?*

Pourtant, il est bien réel et s'approche lentement de moi. Sur les charbons ardents, je me force à respirer pour reprendre mon calme. Ce n'est surtout pas le moment de faire une crise de panique alors que, face à moi, se tient le père de ma fille.

# 6

# Théo

— Théo ? Mais qu'est-ce que tu fais ici ?

Sous l'éclairage automatique du perron, Émeline me dévisage, aussi pâle que si elle venait de croiser un fantôme. Bon, d'une certaine manière, j'imagine c'est un peu ce que je représente pour elle… Mais de là à me fixer avec cette expression pleine d'effroi ? Sa réaction me fiche un coup à l'estomac. On s'entendait plutôt bien, la dernière fois qu'on s'est vus. Soudain, je réalise que j'ai dû lui coller la trouille en débarquant sans crier gare. Quel abruti je fais, parfois !

— Pardon, je ne voulais pas te faire peur, dis-je pour m'excuser.

— Je suis surprise, c'est tout, se défend-elle aussitôt. Je ne m'attendais pas à tomber sur toi.

— Ouais, je m'en doute… Mon grand-père refuse de me voir, alors je me suis replié quelques minutes dans le jardin dans l'espoir qu'il change d'avis.

Les paupières subitement arrondies façon hibou, Émeline porte une main gantée à sa bouche.

— Quoi ? Gaston est… ton grand-père ? répète-t-elle, abasourdie.

Cette révélation paraît la choquer. Cela dit, je ne peux m'en prendre qu'à moi-même, étant donné que je n'ai jamais évoqué mes liens familiaux l'an passé, quand tout le village pensait que je n'étais qu'un simple journaliste en reportage.

J'opine du chef.

— C'est une longue histoire, les choses sont compliquées. Et toi, alors, qu'est-ce qui t'amène chez lui ? J'ignorais que tu le connaissais.

Émeline me lance un coup d'œil hostile.

— Eh bien, je viens chaque semaine m'assurer que ton grand-père va bien, puisque sa famille fait visiblement peu de cas de lui, m'assène-t-elle sans ménagement.

Waouh, je ne sais pas ce que j'ai fait pour mériter ainsi ses foudres, mais elle est furieuse contre moi, ça ne fait aucun doute. Je tente de désamorcer la bombe qu'elle vient de me balancer :

— Je comprends que tu voies les choses ainsi… Pourtant, je fais mon possible pour qu'il en soit autrement, tu peux me croire.

Peu convaincue, Émeline croise les bras sur son manteau bleu électrique.

— Les faits sont là, ton grand-père compte parmi les personnes isolées à qui les bénévoles rendent visite. Je ne me souviens pas t'avoir vu beaucoup dans les parages, ces temps-ci, à moins que je me trompe ?

Je masque un sourire en me faisant la réflexion qu'elle est toujours aussi belle, même agacée, avec les joues empourprées et les mèches blondes qui s'échappent de ses cheveux tressés sous son bonnet blanc. Mais je ne lui dis rien, à l'évidence elle le prendrait mal si je me remettais à flirter avec elle dans le froid, devant la porte désespérément close de mon grand-père qu'elle m'accuse de négliger. À la place, je fais profil bas en agitant mes mains devant moi, dans un geste de reddition.

— Bon, mon sort est réglé : tu me juges et lui ne me laissera pas la moindre chance. Je n'ai plus qu'à partir, non ?

— Ça dépend, réfléchit-elle, les yeux baissés sur la poignée de la porte. Pourquoi refuse-t-il de t'ouvrir, au juste ?

Ça vient de moi ou elle fuit mon regard ? J'espère qu'elle n'est pas mal à l'aise à cause de ce qu'il s'est passé entre nous. Je ne la connais pas beaucoup, mais Émeline n'est pas du genre à se laisser intimider, si mes souvenirs sont bons. Je frissonne en me rappelant soudain le contact de sa peau si douce contre la mienne… À moins que ce soit juste le froid mordant qui s'insinue à travers mes vêtements, on se croirait au pôle Nord, ici ! Un léger nuage blanc s'échappe de ma bouche lorsque je lui réponds :

— Je risque de me transformer en glaçon si je te raconte l'histoire en détail, donc, pour résumer, ma mère et mon grand-père sont fâchés depuis des lustres. Je n'ai aucune relation avec lui, et ce n'est pas faute d'avoir essayé de reprendre contact, en vain. Je sais que j'ai l'air de poursuivre des chimères, mais je suis déterminé à comprendre comment la situation a pu s'envenimer à ce point.

— Peuh ! moufte Gaston, derrière la porte.

Prenant le parti de l'ignorer, Émeline relève son visage vers moi.

— Désolée, je n'étais pas au courant. Ta démarche est honorable. Il ne voit personne, tu sais, ta présence pourrait lui faire du bien.

Je lâche un rire sans joie.

— Encore faudrait-il réussir à l'en convaincre. Je suppose qu'il ne t'a jamais parlé de nous ?

— C'est seulement la deuxième fois que je viens chez lui ; je ne fais que remplacer la mère de Valentine. Gaston ne s'est pas montré particulièrement loquace la semaine dernière, mais j'ai une idée, attends-moi ici.

À mon grand étonnement, Émeline file vers sa voiture, qui a sans doute connu des jours meilleurs, puis elle en ouvre le coffre dont elle sort un fin carton de forme allongée. Lorsqu'elle revient, je hausse les sourcils en comprenant que ce qu'elle a entre les mains n'est autre que…

— Un calendrier de l'Avent ?

— Tout à fait ! acquiesce-t-elle. Ton grand-père a un faible pour le chocolat, il aime en grignoter un carré, le soir devant la télé. Je parie que ça lui fera plaisir.

Je ne peux me retenir de m'esclaffer. Offrir un calendrier de l'Avent à un vieil homme acariâtre, il n'y avait qu'elle pour envisager cela !

— Tu penses réellement que ces chocolats suffiront à le convaincre de nous ouvrir ?

— Non, mais on ne perd rien à tester, affirme-t-elle, avant de se tourner à nouveau vers la porte. Gaston, vous êtes toujours là ?

Depuis le premier étage, une voix rogue et pleine de hargne nous répond :

— Mais vous allez me foutre la paix, nom de Dieu ? Dégagez, et plus vite que ça !

Émeline s'apprête à rétorquer lorsqu'une clémentine atterrit brusquement par terre, entre nous.

— Vous êtes sérieux, là ? je lâche, en contemplant le fruit à moitié écrasé.

Gaston réplique par un nouveau jet de projectiles. En l'espace de quelques secondes, c'est une véritable pluie de clémentines qui s'abat sur nous. La vache ! L'une d'elles me tombe en plein sur le nez, me forçant à me réfugier sous la marquise de l'entrée. Furieuse, Émeline lève la tête en direction de la fenêtre par laquelle Gaston nous bombarde.

— Aïe ! s'exclame-t-elle, touchée à l'épaule. Non, mais franchement, vous n'avez pas honte, à votre âge, de gaspiller ces fruits ?

Elle a du cran, je dois l'admettre.

— J'avais prévenu, continue de tempêter Gaston. Ne me forcez pas à sévir.

— Et quelle est la prochaine étape ? renchérit Émeline. Nous tirer dessus et finir vos jours en prison ? Écoutez, il fait très froid dehors et je ne vais pas pouvoir m'éterniser. Alors je vais ramasser ces fichues clémentines et les déposer devant votre porte avec les chocolats, parce que je suis encore trop gentille. Votre comportement est détestable, j'espère que Jacotte trouvera un autre bénévole pour vous rendre visite. Pour ma part, je jette l'éponge, vous avez gagné.

Cette fille est incroyable ! Même en situation de crise, face à mon coriace de grand-père, elle conserve son répondant. Hélas, en dépit des efforts qu'elle déploie, Gaston ne bouge pas d'un iota. Il n'est visiblement pas prêt à capituler, mais au moins, il ne nous jette plus rien. Il doit être à court de clémentines.

— Je n'ai rien contre toi, petite, semble-t-il se radoucir. C'est juste lui que je ne veux pas voir ici. Ce n'est pourtant pas compliqué à comprendre, bordel !

Bon sang, je commence à fatiguer. Mon nez me fait un peu mal, et la perspective de partager une pizza avec Marjorie devant un bon film me paraît nettement préférable à celle de rester dehors par des températures négatives, à attendre que ce vieil asocial décide de m'achever par balles. Ma mère m'avait pourtant mis en garde sur son côté borné ! Je n'imaginais pas que c'était à un tel point. Résolu à écourter cette scène plutôt gênante, je m'approche à mon tour de la porte et me racle la gorge.

— D'accord, Gaston, je m'en vais. J'aurais aimé vous parler, vraiment. Peut-être que vous accepterez de m'entendre une prochaine fois.

J'accueille par une grimace confuse le regard navré qu'Émeline pose sur moi. Il est de circonstance, certes, mais je ressens une certaine humiliation à devoir supplier mon grand-père comme un gamin.

— Tu dois me trouver pitoyable.

Elle me sonde un instant et la gravité de son expression me déstabilise autant que le trouble que je lis dans ses yeux. Qu'a-t-elle donc fait de son sourire désarmant ? Finalement, elle déglutit et me répond :

— Non, c'est lui qui est bien trop rabat-joie. Vous êtes une sacrée tête de mule, Gaston ! reprend-elle à son attention. Vous n'en avez pas marre, de passer pour un sauvage ? Cela ne vous engage à rien d'écouter ce que Théo est venu vous dire.

Éperdu de reconnaissance, j'articule un « merci » muet. Émeline me déroute avec son attitude à la fois froide et compatissante, mais je suis très touché par son aide.

C'est alors que l'extraordinaire se produit ; le déclic du verrou se fait entendre. Je crois qu'Émeline suspend son souffle tandis que mon cœur cogne très fort dans ma poitrine au moment où la porte s'ouvre. De taille moyenne, la carrure large et des cheveux blancs m'évoquant des broussailles qui auraient poussé par touffes éparses, mon grand-père se tient dans l'embrasure. Ses yeux brun foncé nous lorgnent d'un air de méfiance butée. Je jurerais qu'il se fait violence pour ne pas nous claquer le battant au nez. Émeline ne lui en laisse cependant pas l'occasion. Le plus naturellement du monde, elle l'aborde, comme s'il ne venait pas de nous bombarder de clémentines :

— Ah, quand même ! Je suis contente de vous voir, bonsoir, Gaston ! Tenez, voici vos chocolats, et défense de tricher, c'est un seul par soir.

Dans un geste empressé, elle lui tend le calendrier de l'Avent.

— Mmm, grommelle mon grand-père en guise de réponse.

Il me glisse un coup d'œil en coin, avant de revenir à Émeline.

— Avez-vous besoin de quelque chose en particulier ? s'enquiert-elle. Je dois filer, car je ne suis pas en avance, mais je repasserai la semaine prochaine.

— Non, ça va. Je ne voulais pas te faire perdre ton temps. Rentre retrouver ta fille.

Émeline se décompose soudain. C'est drôle, elle ne m'avait jamais dit qu'elle avait un enfant.

— Euh, oui, bien sûr, balbutie-t-elle en passant nerveusement sa main sur son bonnet. À bientôt, Gaston. Et on arrête de balancer des fruits à la figure des gens, d'accord ?

Et elle s'enfuit, sans même me saluer. Médusé, je la regarde monter dans sa voiture et s'éloigner dans l'obscurité. Je n'ai pas le loisir de m'interroger sur ce qui vient de se dérouler, car mon grand-père toussote, me ramenant brusquement à la réalité. Il me détaille, les sourcils froncés, attendant de toute évidence que je m'exprime le premier. C'est tellement étrange de me tenir enfin devant lui que j'en oublie tous les mots que j'avais préparés. Au bout du compte, c'est lui qui se décide à briser la glace.

— Tu n'es pas du genre à te décourager, hein, gamin ? me dit-il, d'une voix rauque et défiante, teintée d'accent provençal.

Il va peut-être me détester pour ça, mais c'est avec ironie que je rebondis :

— Il faut croire que l'entêtement est un trait de caractère commun à la famille. Pardon d'insister, mais j'avais besoin de vous voir.

— Pourquoi ? Ta mère va bien ?

Je souris. Le fait qu'il s'en soucie me laisse supposer que je n'ai pas tort d'espérer qu'ils puissent un jour régler leurs différends.

— Oui, elle va très bien, ce n'est pas à son sujet que je suis là. Enfin, plus ou moins. Je voudrais juste… discuter avec vous.

Revêche, Gaston se gratte le menton, puis il pousse un soupir d'exaspération.

— Je ne vois pas trop ce que tu pourrais avoir à me dire, fiston. De toute façon, je n'ai pas envie de t'écouter ce soir, lâche-t-il sans aucun détour. Tu me prends au dépourvu, et je n'aime pas trop ça. Mais comme tu t'accroches, je vais quand même t'accorder le bénéfice du doute ; tu n'as qu'à revenir mardi après-midi. Tu finiras bien par comprendre que je n'ai rien à t'apporter.

— Ça, j'en jugerai par moi-même, je réplique, soulagé qu'il accepte enfin de me recevoir.

Sans prononcer une parole de plus, il m'adresse un bref signe de la tête et referme la porte de sa maison, me laissant là, planté sur son perron. Frigorifié, je jette un dernier regard derrière moi, puis je me presse vers ma voiture. L'heure qui vient de s'écouler était l'une des plus étranges de toute mon existence.

*

— Bombe de neige artificielle, boules violine et rose poudré, guirlandes lumineuses, sucres d'orge pour le comptoir, la liste est complète, énumère Marjorie le lendemain, alors que nous nous apprêtons à prendre la route pour acheter les dernières fournitures nécessaires à la décoration de sa vitrine.

— Parfait, on peut y aller, dis-je tout en m'efforçant de réprimer un bâillement.

Il est neuf heures et j'avoue que je n'aurais pas été contre une grasse matinée. Marjo et moi nous sommes couchés tard, après avoir dévoré notre pizza devant *Breakfast Club* (oui, outre les fleurs, ma meilleure amie a une passion pour les films des années 1980), puisqu'elle a voulu tout savoir sur mon très bref entretien avec mon grand-père. Si elle a beaucoup ri quand je lui ai raconté l'avalanche de clémentines que j'ai reçues sur la tronche en guise de bienvenue, je n'ai en revanche pas mentionné le rôle tenu par Émeline dans cette histoire. L'avoir revue m'a troublé plus que de raison et je sais que je me serais trahi rien qu'en citant son prénom.

Un vent glacial nous accueille quand nous mettons le nez dehors. À ce rythme, je ne serais pas étonné que la neige s'invite plus tôt que prévu. Il ne pleut pas, c'est toujours ça, et le soleil fait une timide apparition à travers les nuages, bien que ses faibles rayons ne suffisent pas à réchauffer l'atmosphère.

— On prend ma voiture ? me propose Marjorie, tandis que je ferme mon manteau.

— Ça me convient ! Je n'ai plus envie de toucher un volant avant au moins un siècle, avec les kilomètres parcourus hier.

— Je te promets que la première chose qu'on fera en arrivant sera d'aller boire un bon caf... Oh ! s'interrompt-elle, en consultant son téléphone qui vient de se mettre à sonner. Je dois répondre, c'est un fournisseur important.

Me souvenant qu'elle attend une grosse livraison pour le début de semaine prochaine, j'acquiesce, compréhensif.

— Bien sûr, prends cet appel. Je vais me promener un peu en attendant, on se retrouve ici dans dix minutes.

Pouce en l'air, Marjo décroche et se réfugie dans sa voiture pour parler à son interlocuteur. Pendant ce temps, je décide de marcher jusqu'à la petite boutique de souvenirs, au bout de la rue. Lors de mon dernier séjour à Vallenot, le magasin était tenu par Sophie, la bénévole qu'Émeline remplace auprès de mon grand-père. À l'époque, il était plus ou moins question qu'elle prenne sa retraite et passe la main à l'une de ses filles, Albane. C'est vraisemblablement ce qui s'est produit car, dès que l'harmonieux tintement du carillon se fait entendre, cette dernière émerge de la réserve pour venir à ma rencontre. En me découvrant à l'entrée de la boutique, Albane plisse ses yeux marron comme pour mieux me resituer, puis elle s'exclame :

— Bah, ça alors ! James Bond est de retour !

Je ricane en l'entendant utiliser le surnom dont m'avait affublé sa sœur jumelle, Chloé (que j'ai lamentablement tenté de séduire avant Émeline), puis je la salue avec chaleur.

— Eh oui, me revoilà ! La nouvelle fleuriste est ma meilleure amie, je l'aide à s'installer. Comment vas-tu ? Je vois que tu as repris le commerce de ta mère, en définitive.

La jeune femme opine du chef, tout sourire. Elle me paraît cent fois plus épanouie que l'an dernier, où elle venait de se séparer de son mari, Jérôme.

— C'est chouette, hein ? me répond-elle en écartant les bras pour me désigner le magasin, qu'elle a entièrement reconfiguré. Je m'éclate comme jamais et les affaires sont florissantes, je n'ai pas à me plaindre. Tu as besoin de conseils pour tes cadeaux de Noël ?

— Pas ce matin, non. Mais je reviendrai, c'est certain ; ma mère adore les objets en grès et je vois que tu en as, là-bas, dis-je en repérant une ravissante théière couleur vert d'eau et manifestement peinte à la main. Tes sœurs vont bien ?

— Tout va pour le mieux, Chloé et Matthew se marient à New York la veille de Noël. On ne fera pas plus romantique que des photos de mariés sous la neige à Central Park ! s'extasie-t-elle. Mes parents sont déjà sur place, on les rejoint le premier jour des vacances.

— C'est formidable ! Tu les féliciteras de ma part.

— Je n'y manquerai pas, me promet-elle. Quant à Valentine, elle enseigne toujours en maternelle. Elle aimerait que Rémi lève le pied, entre son activité de pompier bénévole et *L'Edelweiss,* mais à présent qu'Émeline a repris le boulot il va pouvoir souffler.

Je fronce les sourcils, un peu perdu.

— Ah bon ? Émeline s'était arrêtée de travailler ?

Albane replace une mèche de son court carré roux derrière son oreille.

— Oh, c'est vrai que tu débarques à peine, tu n'es sans doute pas au courant ; Émeline a eu un bébé.

Un bébé ? Nom de Dieu, je regrette de ne pas être assis. La nouvelle me sidère. Voilà qui explique les paroles de Gaston, hier soir, quand il lui a enjoint d'aller retrouver « sa fille ». Je déglutis avant de parvenir à répondre :

— En effet, je l'ignorais. Euh… Ça fait longtemps ?

— Elle a accouché en septembre, me confie Albane, le visage soudain fermé. L'identité du père reste un grand mystère, mais d'après les rumeurs, ce serait Jérôme, mon ex-mari.

Bon sang, j'en reste interdit. Je me rappelle très bien Jérôme, le serveur du restaurant : c'est un type agréable et à l'aise avec tout le monde. Il semblait bien s'entendre avec Émeline, mais je n'aurais pas pensé que… Pourquoi Albane parle-t-elle de rumeurs, au fait ? Elle n'en est pas certaine ? Je lui pose la question pour en avoir le cœur net.

— Jérôme m'a juré que c'est faux, me répond Albane, sans conviction. Mais franchement, mis à part lui, qui d'autre ?

*Pas moi, en tout cas. Ce n'est pas le genre de cadeau que je risque de laisser derrière moi.*

Par chance, je n'ai pas à me creuser la cervelle pour trouver une repartie adaptée car un client pousse la porte de la boutique, me fournissant l'excuse rêvée pour me dérober à cette conversation sans paraître malpoli.

— Bon, eh bien, ça m'a fait plaisir de te voir, Albane ! Je me sauve, Marjorie m'attend, mais je reviens vite, promis. À bientôt !

Durant les quelques mètres qui me séparent du parking, je ne peux m'empêcher de ressasser ce qu'Albane vient de m'apprendre. Un doute affreux me taraude : est-ce que Jérôme et Émeline se fréquentaient déjà lorsque nous avons couché ensemble ? Si tel est le cas, elle me l'a sciemment caché. L'idée qu'elle ait pu le tromper avec moi me répugne. Certes, j'étais réfractaire à toute forme d'engagement, à l'époque, pour autant cela ne signifie pas que je cautionne l'infidélité.

— Ça va, Théo ? me demande Marjorie au moment où je la rejoins dans sa voiture. Tu n'as pas l'air dans ton assiette.

— Ce n'est rien, juste un peu de fatigue. Je n'ai pas assez dormi. Ton coup de fil s'est bien déroulé ?

— Oui, super, acquiesce-t-elle, contente. Ma livraison sera là dans les temps et ils m'ont ajouté un bonus. Tu sais quoi ? On va aller boire un café à *L'Edelweiss* avant notre shopping.

Un café à *L'Edelweiss.* Évidemment. Elle ne pouvait pas choisir pire.

## 7

## Émeline

— Tu vas devoir avoir une discussion avec lui, Émeline, c'est inévitable.

Le verdict de Jérôme, après que je lui ai relaté ma rencontre inopinée avec Théo, me fait grimacer. Nous sommes seuls tous les deux, en train de préparer l'ouverture de *L'Edelweiss*, Clément étant enfermé en cuisine avec Guns N'Roses en fond sonore. En d'autres termes, c'est le moment idéal pour débriefer à propos d'hier soir.

— Mais imagine que Théo n'ait jamais lu mon message, en réalité ? je suggère, désespérée. Ça va être très embarrassant.

Jérôme secoue la tête.

— Justement, cela te permettrait d'en avoir le cœur net. Si on part du principe qu'il n'est pas au courant, ce serait malhonnête d'agir autrement. Les grosses cachotteries n'amènent rien de bon, tu peux me croire.

— Oui, j'en suis bien consciente. Seulement, ce n'est pas logique, puisque le message est marqué comme

« lu ». Je suis perdue… Pourquoi est-ce que ça se produit maintenant ?

— Parce que l'Univers, ce grand arnaqueur, en a décidé ainsi, s'efforce de dédramatiser Jérôme. Qu'est-ce que tu redoutes le plus, en lui parlant ? Une scène ?

— Plus ou moins… Je suis terrifiée à l'idée qu'il puisse penser que j'ai fait exprès de tomber enceinte. Quelle horreur.

— Oui, enfin, tu n'y es pour rien si la capote a craqué, raisonne mon collègue. Le principal, c'est de crever l'abcès entre vous.

Je pousse un profond soupir. C'est un tel bazar ! Je n'en ai presque pas dormi de la nuit. Je ne suis pas sûre que l'onde de choc qui m'a frappée en me retrouvant nez à nez avec Théo se soit totalement évanouie, d'ailleurs. La première chose que j'ai faite en rentrant chez moi, hier, a été d'ouvrir Messenger afin de vérifier pour la cinquantième fois si mon message avait été vu ou non. D'après l'icône située au bas de la page, oui. Pourtant, Théo s'est comporté le plus naturellement du monde envers moi ; je ne sais plus que penser. Compte piraté ? Une petite amie jalouse qui aurait intercepté mon message avant de l'effacer dans la foulée de son côté ? Outre cette énigme, je suis restée bloquée sur le fait que, si Théo est le petit-fils de Gaston, cela signifie que le vieil homme est l'arrière-grand-père de ma fille. Je n'arrive vraiment pas à assimiler le concept.

— J'aurais dû lui parler dès hier soir, suis-je bien forcée de reconnaître. Mais je n'étais pas préparée à une confrontation si soudaine. Et puis, la situation explosive avec son grand-père n'était pas très propice aux révélations, à mon avis.

— Un bon point pour toi, admet Jérôme, ce n'était certainement pas le bon moment. Mais de là à détaler comme un cancrelat… C'était un poil exagéré, non ?

Son image n'aide en rien mon amour-propre, mais je suis plutôt d'accord avec lui. Une partie de moi est rouge de honte à l'idée de m'être enfuie dès l'instant où Gaston a mentionné ma fille. En même temps, je ne pouvais pas balancer de but en blanc à Théo : « Tiens, ton grand-père fait bien d'aborder le sujet, tu es justement le géniteur de mon bébé ! » Ou bien si ? Je ne sais plus, je déteste quand les choses échappent à mon contrôle.

— Tu penses que je pourrais facilement dégoter un sosie pour lui parler à ma place ? je demande, consternée par mes propres émotions. Ou un hologramme, c'est à la mode, non ? OK, je suis pathétique.

Jérôme rit, puis il pose une main affectueuse sur mon épaule.

— Ne sois pas trop dure envers toi-même. Tu as fait au mieux en lui envoyant ce message sur les réseaux sociaux, à défaut de savoir comment le contacter autrement. Tu n'as rien à te reprocher.

Je me fends d'un sourire de brave petit soldat.

— Merci. Tu as raison, je ne vois pas ce que j'aurais pu faire de plus, à part aller m'enchaîner à son bureau pour le forcer à m'écouter, ce qui aurait été très humiliant. Peut-être que ça se passera bien, qui sait ?

— Bien sûr que oui. Tu t'es relevée de bien pire que ça. Bon, il est l'heure d'ouvrir, constate-t-il en consultant sa montre. Je nous mets Ed Sheeran pour débuter la journée ?

— Oh, oui ! je glapis avec la ferveur d'une groupie. Tu es un véritable ami, tu le sais ?

Oui, Ed Sheeran est mon chanteur favori et je suis une indécrottable midinette. Alors que la salle s'emplit de l'entêtant *Shape of You*, j'attaque le boulot en fredonnant, remontée à bloc. Les premiers habitués se pressent pour commander leur café et, comme chaque jour, c'est de bon cœur que je discute avec eux de la pluie et du beau temps. Ce matin, le concours de Noël monopolise toutes les conversations. Apparemment, Albane compte aussi participer avec sa boutique de souvenirs. Tout le monde se demande si cela ne va pas créer une méga dispute familiale, puisque sa sœur, Valentine, est en couple avec l'un de mes patrons. Tout ce dont je suis sûre, c'est qu'Albane sera redoutable. Son esprit de compétition est particulièrement affûté ; elle ne nous fera pas de cadeau, encore moins si elle est toujours persuadée que son ex est le père de Cara.

Perché sur un tabouret de bar, Ludovic, le vendeur de sapins, me demande où j'en suis dans l'élaboration de ma décoration.

— Tu as prévu de casser la baraque ?

— Oui, quelle question ! dis-je en posant une tasse de café devant lui. À propos, je passerai te voir dans l'après-midi pour les sapins.

Ses lèvres s'étirent aussitôt en un sourire enjôleur.

— Je te le répète, tu es la bienvenue quand tu veux, ma belle.

Son intonation pleine de sous-entendus me fait lever les yeux au ciel. Ludovic a la drague un peu lourdingue parfois. J'ignore si c'est lié à mon statut de mère célibataire ou à ma poitrine qui a tendance à s'affirmer depuis ma grossesse (je penche très sérieusement pour cette seconde option), mais c'est sur ma personne que Ludo a jeté son dévolu ces derniers temps. Il n'est pas méchant, mais pour moi, il est aussi neutre que peut l'être la couleur beige : vêtements pratiques, sans aucune recherche de style, barbe de beaucoup trop de jours, cheveux souvent trop longs et parfois gras. Le seul élément remarquable chez lui est sa pingrerie légendaire, qui ne contribue pas à le rendre attirant à mes yeux puisqu'il ne fait aucun effort pour prendre soin de lui (trop cher, sans doute). Ajoutons à cela ses réflexions dignes d'un ado libidineux – merci, mais pas pour moi !

Guère désireuse de l'encourager dans sa parade nuptiale, je reviens au sujet initial :

— À tout hasard, aurais-tu un sapin de taille raisonnable mais assez touffu, pour la vitrine ? Mon père m'accompagnera avec sa remorque afin que je puisse en choisir deux, un pour la maison et l'autre pour le restaurant.

— Oui, tu trouveras ton bonheur, on est encore tôt dans la saison, là. C'est bien que tu places la barre haut, car Albane ne lésine pas sur les moyens.

Cette remarque me fait tiquer.

— Tu es au moins la troisième personne à me le dire. Que fait-elle de si spécial ?

Non, ce n'est pas de l'espionnage. Je demande à titre informatif, c'est tout. Ludo se penche vers moi d'un air de conspirateur.

— Elle a gardé cet immense renne que sa mère avait exposé l'an dernier, celui qu'elle ne pouvait pas voir en peinture. Les gamins l'adorent, c'est un gros atout. Accroche-toi, ma belle !

Et crotte ! Pourquoi n'ai-je pas moi-même songé à un tel accessoire pour ma vitrine ? Vexée, je rétorque un peu sèchement :

— Albane est douée, c'est indiscutable, mais moi, j'aime vraiment Noël. Ça fera toute la différence.

Mon thème jouera en ma faveur, j'en suis convaincue. Hier soir, mon père m'a remis un carton contenant ses vieux jouets, qui sont en parfait état. Il a aussi retrouvé une voiturette rouge à pédales, qu'il nous apportera au restaurant jeudi. J'espère en mettre plein la vue aux enfants chargés de voter et, surtout, aux journalistes qui nous rendront visite. C'est le moment ou jamais de prouver que Noël, c'est mon domaine. Pas celui d'Albane.

— On va gagner, prophétise Jérôme. Mon ex a de la ressource, mais elle ne fait pas le poids face à la plus fervente admiratrice du Père Noël.

— La plus fervente admiratrice du Père Noël, répète Ludo, songeur. Tiens donc ! Est-ce que ça signifie qu'en me laissant pousser la barbe, j'aurais une chance que tu acceptes un rencard avec moi, Émeline ?

— Dis donc, tu n'as pas une entreprise à faire tourner, toi ? je réplique, en scrutant ostensiblement l'heure.

Quelques minutes plus tard, Super-Dragueur a levé le camp et je peux vaquer à mes occupations. Je suis en train de préparer un énième café pour un client quand la porte du restaurant s'ouvre sans que j'y prête vraiment attention. Le coup de coude que me balance Jérôme manque de me faire échapper tasse et soucoupe.

— Reste naturelle, Théo est là, me souffle-t-il.

Quoi ? Je me pétrifie, la tasse en l'air, tel un robot victime d'un bug. Plus naturelle, tu meurs. Est-ce que Jérôme serait du style à faire des poissons d'avril en décembre ? Il est déconneur, mais pas à ce point.

*OK. Pas de panique.*

Dans un sursaut instinctif, je me reprends pour ne pas perdre la face et vais servir son expresso à mon client installé en salle, puis je reviens sur mes pas d'une démarche que j'espère normale. Théo et la nouvelle fleuriste sont assis au bout du comptoir,

Jérôme s'occupe déjà de leur commande. Tous deux ont gardé leurs manteaux, ce qui signifie qu'ils n'ont pas l'intention de s'éterniser. Tant mieux. Théo chuchote quelque chose à la jeune femme, qui réagit par un grand éclat de rire assorti d'une légère tape sur le poignet. Sont-ils en couple ?

— Oh, bonjour ! m'interpelle Marjorie, d'une voix amicale, en me reconnaissant.

— Bonjour, Marjorie, dis-je en plaquant un sourire poli sur mon visage.

Ma voix est tendue, ma posture raide. Le regard de Théo braqué droit sur moi ne me facilite pas la tâche. Je lui adresse un bref signe de la tête.

— Tu vas bien ? me demande-t-il en me saluant.

*Pas mal, mais tu es le père de ma fille. Tu aimerais en discuter ?*

Hmm, un peu trop brutal.

— Je vais très bien, merci. Alors, comment ça s'est terminé, hier, avec ton grand-père ?

J'aurais pu ne pas le lui demander, mais je m'en soucie sincèrement. Après tout, je retourne chez Gaston dans quelques jours, j'aimerais mieux savoir si je dois enfiler une armure avant. En entendant ma question, Marjorie se tourne vers Théo, surprise.

— Émeline se trouvait chez Gaston en tant que bénévole, lui explique-t-il, pas très à l'aise. L'association dont elle fait partie vient en aide aux personnes isolées.

La jeune femme me regarde, pleine de sympathie.

— Oh, c'est super que de telles initiatives existent ! Tu ne me l'avais pas dit, Théo, conclut-elle en arquant un sourcil taquin dans sa direction.

Durant un très bref instant, un échange silencieux semble passer entre eux. Théo s'empresse de revenir à moi.

— Gaston n'a pas encore rendu les armes, m'indique-t-il, mais il n'est pas totalement fermé. Il accepte de me recevoir mardi.

— C'est cool. Je suis contente pour toi.

La discussion se tarit, je ne vois pas quoi ajouter. Un air étonné peint sur le visage, Jérôme fait alors mine de découvrir :

— Tu as de la famille dans les parages, comme ça ?

Ce type force mon admiration, il mériterait presque un Oscar. Théo opine du chef.

— Oui, mon grand-père a toujours vécu à Vallenot, mais je ne le connais pour ainsi dire pas du tout. J'essaie de renouer des liens avec lui. Et Marjorie est ma meilleure amie, ajoute-t-il en désignant la jeune femme.

— Je supporte cet énergumène depuis le collège ! précise cette dernière en affichant une expression faussement blasée.

Bon, tous les deux sont très complices, pas de doute, mais je ne dirais pas qu'ils sont amoureux. Non que ça me fasse quoi que ce soit, mais si ma fille doit avoir un père, j'aimerais mieux que l'on n'ajoute pas tout de suite une belle-mère dans l'équation. Est-ce que je devrais proposer un rendez-vous à Théo pour lui annoncer la nouvelle ? Il est évident qu'il nous faudra un minimum d'intimité. Un scandale sur la place publique, entre la grande roue et le stand de lait de poule, non merci.

— C'est beau, une si longue amitié ! répond Jérôme, pendant que je suis perdue dans mes pensées. Les travaux avancent comme il faut, dans la boutique ?

— Oui, affirme Marjorie, en soufflant sur son thé brûlant. Il reste les peintures à peaufiner, mais grâce à Théo, je serai prête à temps pour l'ouverture. J'ai hâte !

— J'espère que tout le monde a été sympa avec vous, les anciens ont parfois tendance à regarder les nouveaux venus d'un œil suspicieux.

Marjorie lui adresse un franc sourire.

— Les gens sont adorables, je n'ai eu que des encouragements. Deux ou trois balourds ont bien tenté de se rendre intéressants en prétendant qu'ils s'attendaient plutôt à ce que j'ouvre un restaurant chinois, mais bon, c'est habituel quand on a des origines vietnamiennes.

Je fronce les sourcils, navrée d'entendre ça.

— N'importe quoi. Tant que ces imbéciles et leurs idées préconçues ne vous font pas détester l'ambiance du village… On a réellement besoin d'une fleuriste.

— Aucun risque, déclare-t-elle dans un petit rire, il m'en faut plus pour me rebuter. Vraiment, j'adore cet endroit, c'est aussi charmant que me l'avait décrit Théo.

Jérôme se tourne alors vers ce dernier.

— Ton reportage était super, le félicite-t-il. Tu as si bien vanté nos mérites que les réservations ont explosé, cette année !

Non, mais je rêve ! Il ne veut pas le complimenter pour le beau bébé qu'il m'a fait, tant qu'il y est ?

— Mon article n'y est sans doute pas pour grand-chose, minimise Théo. La réputation de la station de ski n'est plus à faire, j'en garde d'excellents souvenirs.

Quelque chose dans sa voix me pousse à hasarder un œil vers lui. Mauvais plan. Nos regards se rencontrent et le sien est toujours aussi… *pfiou…* électrisant. Ses yeux bleu lagon me sondent avec une telle force que j'en ai le souffle coupé. Se pourrait-il qu'il n'ait réellement pas lu mon message ?

Je sens mon ventre se nouer rien qu'à cette possibilité. Je m'humecte les lèvres, prête à balancer le premier prétexte venu pour filer en cuisine, quand Léna et Jacotte font leur entrée. La première lance un « bonjour » si chaleureux que Théo et Marjorie se retournent pour la saluer à leur tour. Léna ne masque pas son étonnement en remarquant Théo, sur lequel Jacotte fonce immédiatement à la vitesse d'un missile.

— Revoilà le prince charmant ! s'exclame-t-elle. Bonjour, beau gosse !

Son franc-parler a le mérite de faire marrer tout le monde.

— Jacotte ! Quel plaisir de vous revoir ! répond Théo. Vous êtes toujours aussi élégante, ce brushing vous va à merveille.

Flattée, la grand-mère de Léna fait bouffer sa mise en plis.

— Tu es un sacré fayot, se rengorge-t-elle, mais je prends le compliment. Quel bon vent t'amène, trésor ? Tu te languissais de nous ou tu dois écrire un nouvel article ?

À moitié effarée, Léna me rejoint derrière le bar sous couvert de se servir un thé. Tout en préparant le traditionnel cappuccino de Jacotte, j'écoute Théo lui relater qu'il ne travaille plus pour la presse. Ça alors ! Depuis combien de temps ? Il m'est cependant impossible d'en saisir davantage car Léna se plante à côté de moi pour me chuchoter :

— Qu'est-ce qu'il fiche ici ? Il est revenu pour Cara ?

— Je ne sais pas. Apparemment, il est ami avec Marjorie, dis-je en tentant de me concentrer sur le flocon que je dessine dans la mousse du cappuccino.

— Tu ne l'as pas sommé de s'expliquer ?

— Non.

Dieu merci, le café de Jacotte est prêt, ce qui me permet d'interrompre nos messes basses, que Théo et Marjorie risquent de trouver suspectes. Pendant que Jérôme s'affaire dans la salle, la vieille dame est en train de montrer aux deux amis des photos du bébé de Léna sur son portable. Ils ont la politesse de s'extasier à chaque cliché.

— Laisse-les respirer un peu, Mamie, intervient Léna. Ce n'est pas grave si deux ou trois personnes sur cette planète n'ont pas l'occasion d'admirer Elias.

— Bien sûr que c'est grave, s'indigne Jacotte. Un si beau pitchoune, ce serait un crime de ne pas le contempler ! Et toi, Émeline, comment va ton adorable Cara ?

Sourire attendri de Marjorie, brusque silence de Théo. Puis, une voix de souris, qui ressemble étrangement à la mienne :

— Euh, elle va bien. Elle est avec mon père, là.

— Vous devriez la voir, avec ses grands yeux bleus, poursuit Jacotte, à l'attention de son auditoire. Ce bébé est un vrai petit soleil !

— Félicitations, prononce Théo.

Je suis incapable de déchiffrer la gravité de son timbre, mais ses mains sont agrippées au rebord du comptoir et il me regarde à nouveau comme s'il essayait de percer mes pensées. Le sol va bien finir par m'engloutir, non ?

— Tu as sûrement une photo sur ton téléphone ? m'encourage Jacotte.

*Sortez-moi de là !*

Je peine à masquer ma gêne.

— Bon, assez parlé de nos progénitures ! me sauve Léna. On va devenir comme ces mamans atrocement ennuyeuses, sinon. Tu es venue déposer des flyers pour le cinéma, au départ, Mamie, pas pour discuter layette.

Soulagée et pleine de reconnaissance envers mon amie, je tends les mains vers Jacotte.

— Donnez-les-moi, on va les disposer un peu partout. Les réservations sont ouvertes ?

— Oui, mais ça ne démarre pas fort, admet-elle tristement. Nous avons pourtant sélectionné des films qui plaisent au plus grand nombre, je ne vois pas ce qui cloche.

Repoussant sa tasse vide, Marjorie s'empare d'un prospectus pour le lire.

— Regarde, Théo, une projection des *Gremlins* ! Je suis tellement fan de ce film.

— Moi aussi ! ne puis-je m'empêcher de renchérir. C'est dommage que ça ne prenne pas, qui n'aime pas Gizmo et ses congénères méchants et débiles ? Est-ce que l'entrée serait trop chère ?

— Quatre euros, ça ne me paraît pas grand-chose comparé aux tarifs des grandes salles, objecte Jérôme en nous rejoignant.

À son tour, Théo étudie le flyer, sur lequel apparaissent les affiches des séances proposées tous les samedis du mois.

— Vous ne croyez pas que le problème pourrait venir du fait que les gens n'ont pas envie de payer pour des films qu'ils pourraient voir depuis leur canapé sans rien débourser ? déclare-t-il avec le sérieux d'un analyste financier.

Marjorie esquisse une moue perplexe.

— Attends, on parle de films cultissimes, là ! Le rendu est différent sur grand écran, ça vaut le détour.

— Il en faut plus que ça pour faire déplacer les foules, Marjo.

Le front plissé, Léna s'enquiert :

— Tu veux dire qu'il manque une touche supplémentaire pour rendre l'ensemble attrayant ?

Théo acquiesce d'un signe de tête. Une touche supplémentaire... Oui, mais comme quoi ? On ne parle pas d'une fête d'entreprise, là, mais d'un petit cinéma de village. Un cinéma... Oh ! Prise d'une subite inspiration, je lance :

— Du pop-corn ! On devrait installer un stand à l'entrée du ciné-club et faire du bon, du vrai pop-corn. Un chariot un peu à l'ancienne, avec un auvent à rayures rouges et blanches et des contenants assortis, vous voyez le genre ?

— Mais oui ! s'exclame Léna en faisant claquer ses doigts. Du pop-corn, ce n'est pas compliqué à faire et peu coûteux, en plus. Il nous faudrait juste un bénévole pour le servir. Le seul hic... Eh bien, c'est que nous n'avons pas de machine.

À l'énoncé de cette réalité, son enthousiasme fond comme neige au soleil. Le mien avec.

— C'est vrai, sans matériel, je ne vois pas comment faire. Désolée, ce n'était pas une bonne idée.

— Au contraire, elle est excellente, m'assure Théo. On trouve des machines à très bon rapport qualité-prix.

— Comment tu sais ça, toi ? l'interroge Marjorie.

— Le journal en avait loué une à l'occasion d'une soirée, j'avais regardé les tarifs par curiosité.

Ragaillardie par cette perspective, Jacotte se redresse, un large sourire aux lèvres.

— Je vais me renseigner de ce pas ! La trésorerie du Vallenot Social Club est dans le vert, nous parviendrons bien à dégager un budget supplémentaire. Merci Théo, mon *creuche* pour toi était amplement justifié.

— Vous allez me faire rougir, Jacotte.

— Je t'accompagne, Mamie, répond Léna, sans pouvoir se retenir de lui faire les gros yeux.

Alors que je commençais à désespérer de les voir s'en aller, Marjorie et Théo se lèvent enfin eux aussi.

— On file également, je dois acheter les décorations pour ma vitrine de Noël, nous glisse la fleuriste.

Jérôme saute sur l'occasion pour lui recommander quelques bonnes adresses. J'entends Théo m'interpeller :

— Émeline ?

Nous y voilà. C'est là qu'il va me demander s'il existe un lien entre ma fille et la partie de jambes en l'air à laquelle nous nous sommes adonnés à Noël dernier. Ou m'annoncer qu'il a bien lu mon message mais qu'il n'en a rien à faire. Je tourne vers lui un visage interrogateur.

— Oui ?

*Faites que ce soit rapide et sans douleur, pitié.*

À ma grande surprise, Théo fouille dans la poche de son manteau et me tend un billet de dix euros.

— C'est pour nos consommations, se sent-il obligé de préciser, face à mon expression ahurie.

— Oh, oui, bien sûr. Je te rends la monnaie.

La honte, je ne sais plus où me mettre ! Théo expire un petit rire nerveux et reprend :

— Non, ce n'est pas la peine. Tu n'es pas obligée d'accepter, mais je me disais que ça pourrait être sympa, à l'occasion, de nous voir pour… eh bien, discuter.

Discuter ? Il sait. Ou peut-être pas. L'an passé, sa conception du verbe discuter signifiait approximativement « Ton lit ou le mien ? », ne l'oublions pas. En proie à une atroce envie de me ratatiner sur moi-même, je me fais toutefois violence pour relever le menton afin de paraître plus confiante, puis je réplique :

— Euh, ouais, pourquoi pas.

D'accord, ma réponse n'était pas censée sortir avec cette intonation blasée, à la limite du désagréable, mais à l'évidence, je ne contrôle plus rien. Théo me considère une seconde, sur le point d'ajouter quelque chose, puis il se ravise. Sans prononcer un mot de plus, il me jette un dernier regard déconcerté et récupère Marjorie pour partir. Et merde, quelle idiote je suis ! Ça promet pour la suite…

## 8

## Théo

*Mardi 6 décembre*

— « Un peu tendu de retourner chez Gaston », me singe Marjorie, moqueuse. Hashtag gros mytho, ouais ! Dis-moi plutôt ce qui s'est passé avec la jolie serveuse de *L'Edelweiss.*

— Rien du tout, je marmonne en reposant mon rouleau plein de peinture rose poudré dans le bac.

En vérité, je n'ai absolument pas envie de parler d'Émeline. Son indifférence envers moi me déstabilise. Pourquoi se montre-t-elle si froide, d'un coup ? Certes, c'était peut-être maladroit de ma part de lui proposer de nous revoir, mais je n'ai nullement l'intention de lui faire des avances, non, je veux juste… redorer mon blason, j'imagine. Nous étions soûls tous les deux quand nous avons couché ensemble, l'an passé – avec le recul, je redoute qu'elle puisse supposer que je profite des filles éméchées. J'ignore pourquoi son opinion m'importe autant, mais j'aimerais qu'elle sache que je vaux mieux que ça. Contrairement à ce que je viens d'affirmer à Marjorie, j'ai à peine songé à mon grand-père, au cours de ces dernières quarante-huit heures, tant l'attitude d'Émeline m'a dérouté – c'est dire !

Les bras chargés de guirlandes, Marjo traverse la pièce et s'assoit sur un carton pour me toiser d'un air réprobateur, mais je ne plie pas. Agacée, elle commence à énumérer sur ses doigts :

— Tu m'as laissé choisir les décorations toute seule, tu as décliné par deux fois ma proposition d'aller boire des cocktails en ville et, pour couronner le tout, tu n'as sorti aucune réplique de *Piège de cristal* quand on l'a regardé hier soir, alors que tu les connais par cœur. Bref, tu es bizarre depuis notre passage à *L'Edelweiss*. J'en déduis donc que tu as eu une aventure avec Émeline.

Je soupire. J'aurais dû me douter qu'elle me grillerait très vite. Sachant qu'elle ne lâchera rien, je lève les mains en signe de reddition.

— D'accord, d'accord. J'avoue tout. On a passé une nuit ensemble lors de mon premier séjour ici.

— Je l'aurais parié ! s'esclaffe-t-elle. Non seulement tu as omis de me dire que tu l'avais croisée chez Gaston, mais en plus, tu la bouffais littéralement du regard alors que le sien se posait partout, sauf sur ton visage. Pardonne-moi, hein, mais l'attraction entre vous sauterait même aux yeux d'un enfant de trois ans.

Je secoue la tête.

— Je t'arrête tout de suite, Marjo, il n'y a rien d'envisageable. Au cas où tu l'aurais oublié, Émeline vient d'avoir un bébé et il y a de fortes chances que Jérôme, son collègue, en soit le père.

— Je n'ai pourtant pas eu le sentiment qu'ils sont en couple, objecte-t-elle. Tu as eu un coup de foudre pour elle, c'est ça ?

— Mais non, enfin ! je proteste aussitôt. Une seule nuit, ce n'est pas suffisant pour connaître une personne au point de tomber amoureux.

Pourtant, mes sentiments sont un peu plus ambivalents. La connexion entre nous était incroyable, il ne servirait à rien de le nier. J'en ai gardé un souvenir aussi dingue que précieux. Si l'un d'entre nous avait laissé une ouverture quant à une potentielle histoire, je pense que j'aurais tenté ma chance. Ce que je me garde bien de préciser à Marjorie.

— Nous avons flirté ensemble un soir où le restaurant organisait un karaoké, et ça s'est terminé dans son lit, je reprends. Mais nous ne nous sommes fait aucune promesse, il était explicite pour nous deux que c'était sans lendemain. Le problème, c'est que, maintenant, j'ai l'impression qu'elle m'en veut.

Perplexe, Marjorie triture un fil dépassant du pullover couleur licorne qu'elle porte sous sa salopette en jean délavé.

— Et si tu te méprenais ? Peut-être que, pour elle, tu signifiais davantage qu'un plan cul, tu y as pensé ?

Cette hypothèse me désarçonne. Je ne vais pas me mentir, le charme d'Émeline ne me laisse pas insensible. Elle semble avoir gagné en assurance, je la trouve diablement sexy, avec ses nouvelles rondeurs et ses yeux d'un bleu toujours aussi hypnotisant, bordés de longs cils. Et la manière dont elle s'est humecté les lèvres quand nos regards se sont arrimés l'un à l'autre, samedi… ! J'ai cru que j'allais me désagréger sur place. Mais je sais que je n'ai rien à espérer, la distance qu'elle s'efforce de maintenir entre nous est sans équivoque.

— Non, tu te trompes, finis-je par répondre. Émeline est passée à autre chose, elle n'aurait pas fait un bébé, sinon.

À nouveau, je me demande si elle était déjà avec Jérôme quand nous nous sommes rapprochés. Aurait-elle peur que je fasse allusion devant lui à notre brève liaison ? Cela pourrait expliquer sa défiance envers moi.

— Ce n'est pas faux, m'accorde Marjorie. On ne fait pas un bébé à la légère. Mais tu ne m'enlèveras pas de la tête qu'elle était perturbée de t'avoir en face d'elle, quand même. Tu dois être un coup d'enfer.

Sa bonne humeur est contagieuse, j'éclate de rire.

— Je vais faire comme si je n'avais rien entendu ! dis-je en plaquant mes mains sur mes oreilles. De toute façon, il est l'heure que je me prépare pour aller chez Gaston.

Marjorie redevient soudain sérieuse.

— Comment tu te sens, par rapport à lui ? s'enquiert-elle. Tu en as discuté avec ta mère ?

— Non, je l'ai eue au téléphone hier, mais j'attends de connaître la version de Gaston à propos de leur brouille. Je préfère avoir toutes les cartes en main avant de tenter quoi que ce soit. Tu connais ma mère, si je lui raconte l'échec de ma première visite, elle va m'asséner : « Je te l'avais bien dit ! »

— Tu penses vraiment qu'ils accepteront de se réconcilier ? Je ne veux pas te démoraliser, Théo, mais elle a l'air de très bien vivre sans son père.

Mon regard s'accroche au pichet rempli de sucres d'orge que Marjorie a disposé sur le comptoir, près du tiroir-caisse, et je déglutis avant de lui révéler :

— Ce n'est qu'une façade. Un soir du mois d'août, où j'étais en avance pour dîner chez mes parents, j'ai surpris ma mère dans sa chambre, en train de passer des photos en revue. Je ne pouvais pas voir son visage car la porte était à peine entrebâillée, mais je l'ai entendue sangloter.

L'évocation de ce souvenir ne manque pas de raviver en moi l'émotion qui m'a étreint ce soir-là. Aucun enfant n'aime voir sa mère pleurer.

— Plus tard, en voulant vérifier ce qui la bouleversait à ce point, je suis remonté en douce et j'ai vu qu'il s'agissait de clichés d'elle, petite, avec Gaston. Il lui manque, Marjo. Quoi qu'elle prétende, il lui manque.

Pleine de compassion, Marjorie pose sa main sur mon bras.

— Tu as raison, le passé nous étouffe trop dans les regrets. Jackie O a beaucoup de chance de t'avoir, mon chou. S'ils s'aiment, ils trouveront la force de se pardonner.

*

Ma seconde visite chez Gaston s'annonce beaucoup moins épique que la première. Cette fois, pas de lancer de clémentines, il m'ouvre la porte sans se faire prier.

— Entre, m'enjoint-il, impassible, tandis que j'essaie de me composer une expression avenante.

— Merci d'accepter de me rencontrer. Je sais que vous prenez sur vous, alors j'apprécie vos efforts.

— C'est bon, pas la peine de me faire des courbettes, marmonne-t-il entre ses dents.

Ses prunelles étincellent, je comprends qu'il me teste. Le moindre mot de travers, et il me flanquera à la porte. Plutôt que de lui répondre, je le suis docilement dans le salon à la décoration vieillotte, où il me fait signe de m'asseoir sur une chaise. Sans rien m'offrir à boire (je n'aurais pas été contre un café), il s'avachit ensuite avec un gros soupir dans un épais fauteuil recouvert d'un patchwork au crochet. Puis, surprenant le coup d'œil curieux que je jette à travers la pièce, il me lance d'un ton bourru :

— Tu cherches quoi ? Ils t'ont parlé du morceau de doigt que je suis supposé conserver dans du formol depuis la guerre d'Algérie, c'est ça ?

Réprimant un mouvement de recul, je ne peux cependant retenir une grimace.

— Personne ne m'a rien dit, non. C'est vrai, cette histoire ?

Il hausse les épaules, se déridant un peu.

— Penses-tu… Je n'ai jamais fait l'Algérie. On colporte plein de choses à mon sujet, mais rarement la vérité. Je suppose que c'est pour ça que tu es là ? Pour entendre mon point de vue sur ce qui s'est passé avec ta mère ?

Je me détends, moi aussi. Je crois que je commence à le cerner. Gaston aime bien cette image de vieux con qui lui colle à la peau, c'est sa carapace. Il met de la distance entre lui et les autres avant qu'ils ne le fassent eux-mêmes. Mais, dès qu'il évoque ma mère, son regard se trouble, imperceptiblement. Si je veux le pousser dans ses retranchements, je dois m'y prendre avec tact et humour.

— Oh, pas du tout, je rétorque. Je venais seulement vous faire un brin de causette, mais puisque vous le suggérez…

Il ricane, presque malicieux.

— Je dois reconnaître que tu as du culot, ça me plaît bien. Bon, on va pas tourner autour du pot ; Marine t'a raconté quoi, exactement ?

C'est la première fois qu'il mentionne ma mère par son prénom devant moi. Je vais prendre ça comme un signe encourageant.

— En réalité, je ne sais pas grand-chose, à part que vous n'avez pas accepté sa décision d'épouser mon père.

— Mmm, grommelle-t-il. Tu as dû en conclure que je suis un sacré bourricot.

— La situation est certainement plus complexe qu'elle en a l'air. J'ai de vagues souvenirs de l'époque où ma mère a tenté de reprendre contact avec vous. J'avais quoi… Cinq ans ? Nous sommes venus ici, j'en suis quasi sûr.

— Tu as une bonne mémoire, acquiesce-t-il. T'étais pas bien haut, pourtant.

Ce n'est peut-être qu'une illusion, mais j'ai le sentiment qu'il commence à baisser la garde. Je lui demande :

— Qu'est-il arrivé ? Pourquoi les liens ont-ils à nouveau été rompus ?

— Ta mère a pris la mouche parce que je lui ai sorti qu'elle travaillait trop et que je me faisais du souci pour toi, m'apprend-il, en croisant les bras sur son torse. Visiblement, j'ai outrepassé les limites, elle n'a pas supporté et vous êtes repartis. Fin de l'histoire.

Plutôt expéditif. Il s'est exprimé avec le timbre voilé de ceux qui n'ont plus l'habitude de parler, je crains qu'il ne s'enferme à nouveau dans le silence. Je me penche vers lui pour ne pas rompre le dialogue.

— Cela fait des années, maintenant. Il est peut-être temps pour vous deux de faire table rase de cette vieille querelle qui prend la poussière. Je pourrais parler à ma mère, lui dire que vous regrettez.

Gaston secoue la tête en faisant claquer sa langue contre son palais.

— C'est gentil à toi d'essayer, mon gars, mais dans l'immédiat j'apprécie ta sollicitude autant qu'un bon

Covid. Marine m'a ordonné de cesser de lui gâcher l'existence, elle a été très claire sur ce point. Elle me l'aurait fait savoir si elle avait changé d'avis, n'en discutons plus.

Déçu, je comprends que je n'obtiendrai rien de plus aujourd'hui. Pourtant, je ne peux me résoudre à baisser les bras aussi vite. Son cœur s'est endurci à force d'être privé depuis longtemps de contacts humains, mais je devine qu'il ne demande qu'à être réchauffé. Gaston est comme tout le monde, au fond, derrière son sale caractère, il se trimballe des fêlures et a besoin d'être aimé. Tant pis si le travail est long et fastidieux, tant pis si ma mère campe sur ses positions, moi, je ne le laisserai pas tomber. Encore moins à l'approche des fêtes. Sur une impulsion, je l'interroge :

— Est-ce que vous fêtez Noël, Gaston ?

Il écarquille les yeux, comme si je venais de lui proposer un cours de zumba.

— Noël, ça ne représente plus grand-chose pour moi, me répond-il avec une sincérité déconcertante. Pourquoi ?

Il va me détester, c'est sûr. Je me relève et traverse la pièce pour me planter devant une fenêtre donnant sur le jardin.

— Là, il vous faut un sapin. C'est l'endroit idéal.

— Non, proteste-t-il aussitôt. C'est quoi, cette lubie ? Un sapin, sérieusement ?

Je suis on ne peut plus sérieux. Afin de me faire pardonner auprès de Marjorie de n'avoir pas été de très bonne compagnie après notre virée à *L'Edelweiss*, j'ai décidé de passer à la pépinière et de lui prendre un sapin pour son appartement. Pendant que j'y serai, je peux également en choisir un pour mon grand-père.

— Oui, un sapin. En général, les gens en font un pour Noël, vous ne le saviez pas ? dis-je pour le taquiner. Je peux vous aider à le décorer, bien sûr, vous avez bien des guirlandes quelque part ?

*Mets-la en veilleuse un peu, avant qu'il ne t'envoie valser dans le cosmos !*

Durant quelques secondes, Gaston s'enferme dans un silence buté, ses sourcils broussailleux froncés. Je vois bien que je le bouscule, il n'a pas l'habitude. S'il refuse de céder, je respecterai son choix, il n'est pas non plus question de le harceler, pas à son âge. Ce n'est qu'un sapin, après tout. Je m'apprête à admettre que j'ai perdu la partie, lorsque mon grand-père coule une œillade vers les chocolats qu'Émeline lui a apportés. Je saisis l'occasion au vol.

— Ce calendrier est déjà bien éventré, lui fais-je remarquer. Noël n'a pas que des côtés négatifs.

Excédé par mon manège, il pousse un lourd soupir et capitule :

— Très bien, tu veux jouer à *Retapons l'antre du Père Fouettard* ? Vas-y, si ça peut t'amuser…

Je sens mon visage s'éclairer.

— Je te préviens, inutile de te pointer avec un truc trop gros, précise-t-il en agitant son index arthritique sous mon nez. Je n'ai pas envie de perdre mon temps à ramasser les aiguilles.

— Le mieux serait peut-être encore que vous veniez le choisir avec moi, non ?

Je ponctue ma question d'un sourire innocent. De façon totalement inattendue, l'ours mal léché ne m'envoie pas sur les roses.

— Au point où j'en suis ! cède-t-il, en se remettant debout. À mon âge, on ne sait jamais quand on part pour sa dernière aventure, alors je te suis.

Cinq minutes plus tard, il s'est emmitouflé dans un vieux manteau qui empeste la naphtaline, et je l'aide à s'installer dans ma voiture.

— Vous verrez, Gaston, rien de tel qu'un beau sapin pour égayer votre intérieur.

— Oh, bon sang, il se prend pour Valérie Damidot, en plus ! grogne-t-il dans sa barbe. Roule donc, au lieu de raconter des âneries, qu'on en finisse vite.

Je ris, heureux comme un gamin. C'est con, mais je suis réellement content que Gaston accepte cette excursion. Au-delà du symbole lié à l'achat d'un sapin, cela signifie qu'il est prêt à passer du temps avec moi. Et je crois que ça lui plaît bien, malgré ses récriminations ; en descendant l'allée qui rejoint la route, je jurerais le voir sourire.

# 9

# Émeline

Au restaurant, ça y est, nous sommes à fond dans l'ambiance de Noël. Pour le plus grand bonheur des habitués, le lait de poule de Clément est de retour et ma recette de chocolat chaud aux cookies remporte un joli succès, si bien que mon patron a dû refaire en urgence plusieurs plaques de biscuits. Je suis aux anges ! De son côté, Jérôme a débarqué ce matin avec une playlist spéciale, que nous écoutons en boucle depuis l'ouverture J'ai carrément l'impression de travailler au village du Père Noël ! Ma journée étant terminée, je prépare une tasse pour mon père, tout en m'époumonant :

— *Mon beau sapin / Tes verts sommets / Et leur fidèle ombraaaaaage…*

— Pitié, arrête de chanter, Émeline ! me supplient deux copains pompiers de Rémi, installés au bar avec un chocolat chacun.

— Quoi ? Vous n'aimez pas Patrick Fiori ? je fais mine de m'offusquer.

— Pas quand tu le massacres. Tu as de nombreuses qualités, mais chanter juste n'en fait pas partie ; on dirait un chat qu'on égorge.

— Eh oh ! On se calme, les critiques musicaux ! je riposte, faussement menaçante. Je pourrais très bien vous priver de chocolat chaud.

— Ce serait dommage, intervient Rémi, qui vient de prendre son service. Les ventes d'hier ont quasiment atteint celles du lait de poule et Clément envisage d'en ajouter une cuve sur le marché de Noël. Bravo !

Jérôme lance un applaudissement général, tandis que je rejoins mon père d'un pas plein d'allégresse en m'exclamant joyeusement :

— C'est formidable ! Tu entends ça, Papa ? Ma recette est officiellement validée ! Savoure ce nectar divin, dis-je sans aucune modestie en lui tendant sa boisson.

Pendant qu'il trempe ses lèvres dans la tasse, je récupère ma fille, tout sourire, dans sa poussette.

— C'est vrai que ce chocolat est délicieux, se délecte mon père. Tu n'en bois pas ?

— Oh, non, j'en ai déjà ingurgité deux aujourd'hui. Ce serait dommage de faire un coma diabétique alors que nous allons récupérer les sapins. À propos, tu as pensé à prendre ta remorque ?

Nous aurions dû nous occuper des sapins samedi, mais le sort en a décidé autrement ; Rémi étant d'astreinte ce jour-là en tant que pompier, il a été obligé de quitter *L'Edelweiss* en urgence pour intervenir sur un feu de cheminée, puis sur un accident en montagne. Désireuse d'arranger tout le monde, j'ai renoncé à mon après-midi libre pour le remplacer. En échange, il a passé un coup de fil à Ludovic, qui a promis de me garder deux beaux spécimens de côté jusqu'à ce soir.

— La remorque est attelée à la voiture, oui, me confirme mon père. C'est aussi bien qu'on y aille maintenant, apparemment c'était la cohue, samedi.

Je hausse un sourcil étonné.

— Ah oui ? On est encore tôt dans la saison, pourtant. C'est toujours comme ça ?

L'an passé, le studio jouxtant le restaurant dans lequel je logeais n'étant pas assez grand pour me permettre d'y faire entrer un sapin, je n'avais pas eu besoin de me rendre à la pépinière. C'est donc une grande première pour moi.

— Ce doit être à cause de l'ouverture du marché de Noël, suppose mon père. Comme elle a lieu samedi prochain, les gens ont anticipé l'achat du sapin. Tu penses que ta mère nous accompagnera vraiment à l'inauguration ?

Dans mes bras, Cara gigote. Je parsème son duvet blond de baisers.

— Tu sais que tu es la lumière de ma vie, toi ? je gazouille.

Puis je reviens à mon père pour lui répondre :

— C'est plus que probable, oui. Elle m'a téléphoné hier pour me dire qu'ils arriveront assez tôt.

Ce que je n'ajoute pas, c'est que ma mère s'est déclarée décidée à ne rater aucun moment du premier Noël de sa petite-fille ; elle lui a acheté une montagne de cadeaux. Le visage de mon père s'étant rembruni, je lui pose une question qui me tracasse :

— Est-ce que… Enfin, tu n'es pas angoissé de la revoir, ça va ?

Il marque un temps d'arrêt et se met à scruter son chocolat. Voilà qui ressemble fort à de l'embarras.

— Non, reprend-il, seulement je projette de proposer à Mounia de se joindre à nous. Je ne voudrais pas que tu trouves ça bizarre.

Je lui souris.

— Bizarre ? Mais enfin, Papa, c'est super ! Maman vient bien avec Pascal, je ne vois pas où est le problème.

Il reste pensif un instant.

— Il est sympa, ton beau-père ?

— Très. C'est quelqu'un de conciliant, il n'a jamais cherché à te remplacer, tu sais.

Papa me tapote la main avec douceur.

— Je te crois. En fait, c'est la réaction de ta mère que je redoute, cela fait des années qu'elle et moi ne nous sommes plus adressé la parole. Ce serait gênant qu'elle provoque un psychodrame en me voyant avec vous sur le marché de Noël, il n'est pas question de t'infliger ça.

Un peu perplexe, je le regarde contempler de nouveau sa tasse désormais vide. Certes, ma mère a très mal vécu l'alcoolisme de mon père et ils ont tous les deux fait en sorte de ne pas se croiser à la maternité, mais elle n'est pas du style à régler ses comptes en public. Il devrait le savoir, ils ont quand même vécu près de vingt ans ensemble, avant les grands bouleversements.

D'un ton mesuré, j'entreprends de le rassurer :

— Maman est parfois compliquée, c'est vrai, mais elle constatera très vite que tu es sobre, si c'est ce qui t'inquiète. Et si elle laisse filtrer quelques piques, je la remettrai gentiment à sa place, tu peux compter sur moi.

Il acquiesce, légèrement hésitant, mais finit par convenir :

— D'accord, mes craintes sont sans doute excessives. On y va ? conclut-il en se levant.

La pépinière de Ludovic est située en dehors du village, sur une route de campagne. En cette période de l'année, le bâtiment vert qui propose d'ordinaire diverses plantes et outils de jardinage est saturé de guirlandes lumineuses et de décorations en tout genre. Le parking est bien rempli lorsque nous y garons nos voitures respectives. Visiblement, même en pleine semaine le magasin ne désemplit pas.

Mon père m'aide à bien positionner Cara dans son porte-bébé.

— Tu ne préfères pas qu'on revienne plus tard ? me suggère-t-il, peu emballé par la perspective de se jeter dans la foule.

Je secoue la tête.

— Impossible. Je dois décorer la vitrine du restaurant jeudi soir, on ne peut plus différer. On choisit vite et on se sauve, ça te va ?

En réalité, je ne suis pas mécontente de me trouver là, à flâner parmi les couronnes festives et les guirlandes de houx. La douce magie de Noël a un effet apaisant sur moi. Surtout, toute cette féerie me permet de songer à autre chose qu'au retour de Théo. Je ne l'ai pas recroisé depuis son passage à *L'Edelweiss* samedi matin, mais je reste consciente que je vais devoir provoquer une rencontre pour éclaircir la situation entre nous. Je n'ai pas la moindre idée de comment m'y prendre, ça me rend malade. S'il n'a pas lu mon message, seules trois issues me paraissent possibles une fois qu'il saura qu'il est le père de mon bébé, et elles n'ont rien de réjouissant.

La première : il va se convaincre que je l'ai piégé pour l'obliger à reconnaître Cara en vue d'une pension alimentaire, et me le reprocher durant tout le reste de mon existence, faisant de ma vie un cauchemar.

La deuxième : il va prendre ses jambes à son cou sans aucun remords et ne plus jamais revenir. C'est un risque, il ne voulait pas s'engager, après tout.

Enfin, la troisième (et c'est la plus terrible des options) : Théo va être furieux, il m'accusera de m'être comportée comme une irresponsable et saisira un juge pour obtenir la garde de Cara. Je ne m'en remettrais pas si cela venait à se produire.

Je déteste broyer du noir, j'aimerais que l'éternelle optimiste en moi prenne le dessus, mais il faut être réaliste, il y a peu de chances pour que Théo se mette à sauter de joie en apprenant qu'il a une descendance. Je déglutis pour chasser ces pensées parasites. Elles me sclérosent plus qu'elles ne m'incitent à avancer, or, plus j'attendrai, plus ce sera difficile. À la limite, je préférerais encore qu'il ait lu mon message et n'en ait juste rien à faire. Dur à avaler, mais je saurais à quoi m'en tenir.

— Dis donc, Ludo n'a pas lésiné sur la déco ! siffle mon père, alors que nous pénétrons dans le hangar qui abrite la boutique.

Revenant à l'instant présent, je constate en effet que plus de la moitié de la boutique regorge de guirlandes multicolores, de Père Noël lumineux pour les jardins et d'une multitude de charmantes babioles étincelantes à accrocher aux branches des sapins. Nous n'avons pas encore atteint la pépinière que mon panier est déjà plein à ras bord. Les chants de Noël diffusés à travers les haut-parleurs sont une véritable incitation à vider mon compte épargne. Passant son bras sous le mien, mon père me force à bifurquer vers le fond du bâtiment avant que je ne dévalise tout.

— Opération sapins, me rappelle-t-il. Le découvert à la banque n'est pas inclus au programme.

— Tu n'es même pas drôle, je soupire, en reposant un pingouin lumineux grimpé sur une luge. Regarde comme il est mignon, il va être triste, tout seul.

Il hausse les épaules, pragmatique et désespéré.

— Alors, reprends-le, mais débarrasse-toi d'autre chose, une couronne, par exemple. Tu n'en as pas besoin de trois sur ta porte d'entrée.

Ayant du mal à réguler ma frénésie, il nous faut encore quelques minutes pour parvenir enfin à la serre aux sapins. C'est une véritable forêt ! Je contemple la centaine de conifères qui se dressent face à nous, humant l'odeur chaude et enivrante de leurs aiguilles. Après avoir poussé sur une plantation gérée par la famille de Ludovic, ils sont désormais rangés ici par ordre de taille, et la gamme est large.

— Petit, moyen, grand ou immense ? ironise mon père.

— Tu te crois chez Starbucks ? je m'esclaffe. Épicéa au macchiato caramel, Nordmann au thé matcha ?

— Tu es bête ! rit-il à son tour. Et si on essayait plutôt de dénicher Ludo pour voir ce qu'il t'a mis de côté ?

D'un pas assuré, mon père nous guide vers une rangée d'épicéas quand il me semble distinguer la silhouette de Théo, au détour d'une allée.

*Enfer et damnation ! Pas lui, pas maintenant !*

Cependant, j'ai à peine le temps de cligner des paupières qu'il disparaît aussi vite, avalé par la masse vert sombre de la serre. Merde, il me suit, ou quoi ? Est-ce vraiment lui, d'abord ? Il n'est certainement pas le seul trentenaire charismatique aux cheveux blonds et aux vêtements bien coupés à se balader dans le coin, si ?

— Émeline ? Qu'est-ce que tu as ? m'interroge mon père en remarquant ma panique.

J'aimerais ne pas l'alarmer pour rien, mais je me rends compte que ce serait ridicule de me taire. Qu'il s'agisse ou non de Théo, je ne vais pas pouvoir cacher plus longtemps à mon père sa présence à Vallenot. C'est même un miracle qu'il ne soit pas déjà au courant.

Que se passera-t-il s'il tombe sur lui par hasard dans la rue ? Je n'ai même pas envie de le savoir !

Je l'entraîne un peu à l'écart et prends une brève inspiration avant de me lancer :

— Promets-moi de ne pas t'énerver, d'accord ? Théo est de retour et je crois qu'il se trouve dans cette serre.

— Quoi ? lâche-t-il, abasourdi. Tu en es sûre ? Il va voir de quel bois je me chauffe, cet olibrius…

Il commence à fouiller l'endroit des yeux, prêt à en découdre avec lui. Je lève la main pour le forcer à m'écouter.

— Arrête, Papa, ça ne servira à rien de faire un scandale. Je tiens à le confronter dans de bonnes conditions. Tu peux comprendre ça, n'est-ce pas ?

— Bon sang, il ne t'a jamais recontactée, tu ne vas quand même pas le ménager ?

— Son silence me met autant en colère que toi, mais je tiens à régler ça moi-même. J'ai le sentiment que mon message est peut-être passé à la trappe.

Mon père se frotte la mâchoire, sonné.

— Tu veux dire qu'il ne serait pas au courant pour Cara ? Tu parles d'un coup de théâtre. Est-ce que tu préfères qu'on s'en aille et que je revienne demain ?

— Je ne sais pas, ce n'était peut-être pas lui…

Je me tais en voyant Ludovic se matérialiser près de nous. Il sait choisir son moment, lui !

— Hey ! Salut vous trois, nous accueille-t-il aimablement. J'allais te téléphoner pour savoir si tu passerais bien aujourd'hui, Émeline.

Encore un peu crispée, je m'efforce de lui répondre d'un ton aimable :

— Oui, désolée de n'avoir pas pu venir plus tôt, on a pas mal de boulot au restaurant. Merci de m'avoir réservé des sapins. Je peux les voir ?

— Bien sûr, suis-moi.

En levant la tête vers mon père pour vérifier qu'il n'est pas en proie à des intentions criminelles ou à une attaque cérébrale à cause de notre conversation, je ne fais pas attention à la femme au visage rivé à l'écran de son portable qui me fonce droit dessus, me faisant trébucher. Par réflexe, je protège la tête de ma fille avec ma main, Ludovic plonge au même moment pour me rattraper. C'est ainsi que, au son de *All I Want for Christmas Is You*, je me retrouve propulsée dans ses bras, le nez très proche de son aisselle… et force m'est de constater que sa pingrerie n'est pas une légende, il n'aime pas dépenser son argent, pas même pour du déo. Je m'extirpe du dessous-de-bras avec un rictus de dégoût. Plusieurs choses se produisent alors simultanément : tandis que j'entends mon père invectiver la femme, qui n'a pas jugé bon de s'excuser, Cara émet un petit cri de ravissement qui me rassure sur son état et Ludo prend mon menton entre ses mains.

— Ça va ? m'interroge-t-il, le souffle court et le regard brillant.

Oh, non ! Il ne va quand même pas essayer de m'embrasser ? Cherchant une échappatoire, mon regard converge par-dessus son épaule et je me fige d'effroi. Puisque ce n'était pas assez gênant comme ça, Théo est là, juste derrière Ludovic, et il nous fixe, incrédule. Ses yeux passent compulsivement de Ludo à moi. Je devine le film qui doit être en train de se dérouler dans sa tête, j'ai envie de lui crier que ce n'est pas ce qu'il croit, mais je reste bloquée, incapable de bouger. L'Univers n'a-t-il donc pas capté que je ne suis pas apte à gérer ce type de situation ? Je veux mourir, là, tout de suite. Comment l'achat de simples arbres de Noël peut-il virer à un tel désastre ?

Une voix renfrognée nous surprend tout à coup en râlant :

— Dites, pour payer ce sapin, on doit attendre la Saint-Glinglin ? Ce n'est pas croyable !

*Hein ? Gaston ?*

D'un mouvement brusque, je me dégage des bras de Ludo et nous pivotons de concert vers Théo. Le beau blond vient d'être rejoint par son grand-père, qui lance des regards farouches autour de lui.

— Oui ? Je peux vous aider ? s'enquiert Ludovic.

— Ah ! bah quand même ! rouspète Gaston. J'ai cru que personne n'allait s'occuper de nous. De mon temps, les vendeurs savaient se rendre disponibles au lieu de peloter les clientes, jeune homme.

*Peloter les clientes. Oh, beurk.*

— C'est notre faute, lui indique mon père. Nous l'avons monopolisé bien trop longtemps.

C'est à Gaston qu'il s'adresse, pourtant il ne peut s'empêcher de toiser Théo, qui lui demande :

— C'est avec vous que j'ai fait de la motoneige, l'an dernier, non ?

— Mmm, possible, grogne mon père en retour.

Histoire de détendre l'atmosphère (et de ne pas décamper lâchement de nouveau), je me force à esquisser un sourire à Gaston.

— Alors, comme ça, vous avez décidé d'acheter un sapin ? C'est super.

— Oui, en principe c'est que font les gens pour Noël, me répond-il, en jetant un regard amusé du côté de Théo.

Ce dernier me faisant à présent face, je m'apprête à lui dire bonjour, mais il tourne les talons sans autre forme de procès et entraîne Ludovic à sa suite pour lui désigner le sapin choisi par son grand-père. Merde, c'est quoi son problème ? Qu'il me pense assez cruche pour avoir succombé aux charmes cachés de Ludo-le-radin-sans-déo est déjà très vexant en soi, mais de là à m'ignorer ! À quoi joue-t-il ?

Resté près de moi, Gaston se penche délicatement vers ma fille et caresse sa joue rebondie.

— Elle est mignonne, murmure-t-il d'une drôle de voix.

— Merci.

Il la contemple sans rien dire durant trois ou quatre secondes, sans se douter que le même sang coule dans leurs veines. J'en suis à la fois émue et chagrinée, pourtant ça me réconforte de voir que le cœur du papi bougon est encore capable de s'attendrir.

— Tu passes bien me voir jeudi ? s'enquiert-il soudain, en se redressant pour me regarder.

— C'est ce qui était prévu, oui. Je termine mon service à dix-sept heures, mais je retournerai ensuite au restaurant car nous allons préparer la vitrine de Noël. Je pensais monter chez vous entre-temps, sauf si préférez un autre moment ?

— Non, ce sera très bien, affirme-t-il.

Une étrange lueur traverse ses yeux bruns. À tous les coups, il va vouloir que je lui décore son sapin.

— C'est bon, on peut charger la voiture ! annonce Théo en revenant récupérer son grand-père. Vous êtes prêt, Gaston ?

Le papi m'envoie un nouveau sourire malicieux et accorde une poignée de main à mon père, tandis que Théo se contente de nous saluer d'un simple signe de la tête. Puis, tous les deux filent vers la sortie du magasin, me laissant en proie à un sacré malaise.

— Nom de Dieu, jure mon père entre ses dents, j'aurais bien besoin d'un verre.

Il ne manquait plus que ça.

# 10

## Émeline

*Mercredi 7 décembre*

Mon père a passé la nuit chez moi (je ne possède aucune bouteille d'alcool, ainsi il n'a pas fait la connerie de boire un verre qui aurait pu le faire replonger) et nous avons embarqué les sapins que m'avait réservés Ludo. L'un d'eux trône à présent dans mon salon. Ses branches sont encore dénudées mais il me tarde de les décorer, lorsque ma mère sera là. Incapable de résister, j'ai quand même pris un peu d'avance en installant mes six villages de Noël sur le buffet du salon, puis j'ai suspendu une couronne de feuillages agrémentée de boules rouges et d'un nœud de la même couleur à la porte d'entrée. Un mug de chocolat à la main et un sourire flottant sur ses lèvres, mon père m'a ensuite regardée disposer un peu partout des oranges piquées de clous de girofle qui embaument délicieusement la maison.

— Tu es douée pour créer ce genre d'ambiance, c'est indéniable, a-t-il affirmé, admiratif. Ton rêve mérite que tu t'y accroches, je suis sûr qu'un jour, tu en feras ton métier.

— Si je ne suis pas contrainte de revoir mes plans d'ici là, ai-je marmonné, en me laissant tomber sur le canapé. L'avenir me paraît plus flou que jamais, avec Théo dans les parages.

— Je ne vois pas en quoi ce crétin devrait influer sur tes choix. Tu t'en sors très bien sans lui.

— Certes, mais il est tout à fait en droit de demander la garde alternée de Cara. Auquel cas, il n'est pas question que mille kilomètres nous séparent.

Oui, durant le trajet entre la pépinière et mon chalet, j'ai eu tout le loisir d'élaborer un autre scénario catastrophe : devoir quitter ce village que j'aime tant pour déménager en région parisienne parce que Théo l'aura exigé pour le bien-être de notre fille. Quelle angoisse !

— S'il tient à s'impliquer dans la vie de Cara, il n'aura qu'à s'installer ici, s'est assombri mon père. Sinon, c'est qu'il est encore plus idiot que je ne le pensais.

C'est là que j'ai lancé un épisode de *Gilmore Girls*. Rien de tel que voir Lorelai se réveiller euphorique en découvrant qu'il neige pour apaiser mon esprit. Si seulement la vraie vie pouvait être aussi douce que dans cette série !

Ce matin, j'ai à peu près retrouvé mon entrain habituel, mais ça sent les ennuis à plein nez dès que je passe la porte du restaurant : près du bar, Albane et Jérôme se font face, poings sur les hanches pour elle, bras croisés sur le torse pour lui, et ils s'engueulent sans retenue.

— Dans ce cas, trouve une solution ! fulmine la rousse. Je suis désolée, mais ça ne peut plus durer.

— Parce que tu considères que c'est facile ? riposte Jérôme. Je n'ai pas à m'immiscer dans ses décisions.

Oh, oh ! Ça barde sérieusement. Gênée d'assister malgré moi à cette scène, je n'ose pas faire le moindre bruit. Si Albane me voit, elle va se figurer que j'étais en train de les espionner et je n'ai pas envie qu'elle pète les plombs. En outre, mon petit doigt me dit que, d'une manière ou d'une autre, je ne suis pas étrangère à leur dispute. Retenant ma respiration, je referme prudemment la porte, compte jusqu'à trois, puis je la rouvre en me signalant par un tonitruant et très surfait :

— Bonjour, tout le monde !

Albane pivote aussitôt comme si je venais de l'insulter, tandis que Jérôme me fait les gros yeux pour tenter de me faire comprendre… eh bien, quelque chose, de toute évidence, mais quoi ?

— Ah, génial ! maugrée Albane en me lançant un coup d'œil noir. Bon, je me sauve. Jérôme, on reprendra cette discussion plus tard, à moins que tu ne règles le problème avant.

— À bientôt, dis-je, en me fendant d'un petit geste de la main.

Ma gentillesse ne paraît pas la toucher, puisqu'elle se borne à répliquer un très sec :

— Oui, c'est ça, à bientôt.

*Ambiance…*

C'est assez déstabilisant d'avoir affaire à quelqu'un qui se montre inamical quand on fait le maximum pour être cool. J'attends que l'ex de Jérôme soit sortie du restaurant pour l'interroger.

— Elle a l'air de très mauvais poil, qu'est-ce qui lui prend ?

Dépité, mon collègue lâche un soupir et se dirige de l'autre côté du bar.

— Elle vient d'apprendre qu'elle ne peut pas participer au concours de Noël car notre fils est dans la classe qui fera office de jury. Or, le règlement stipule que les votants ne peuvent pas avoir un parent propriétaire ou gérant d'une des boutiques concurrentes.

— Oh, c'est un coup dur, dis-je, compatissante. Je sais qu'elle y tenait, à ce concours. Mais je sais aussi que ce n'est pas pour ça que vous étiez en train de vous chamailler. Je me trompe ?

Jérôme se frotte un sourcil. Pour connaître ses tics par cœur, je sais qu'il réfléchit à sa réponse.

— Non, me concède-t-il, tu ne te trompes pas. Comme si ce n'était pas assez, des copines de classe de ma gamine lui ont demandé si c'était vrai qu'elle avait une nouvelle petite sœur. Albane l'a très mal pris.

*Oh, non…* Rien d'étonnant à ce qu'elle soit en pétard contre moi si les ragots vont jusqu'à atteindre ses enfants ! Je souffle, navrée :

— Merde, je suis vraiment désolée. Je ne voulais pas que Victoria et Axel en pâtissent. J'espère qu'Albane a conscience que tu n'as rien à voir avec Cara.

— Tu parles… J'ai eu beau lui répéter que je ne suis pas le père de ton bébé, elle me croit à peine, déplore-t-il.

Il ne me faut pas deux secondes pour prendre ma décision.

— Bon, ça suffit. J'irai parler à Albane après mon service.

La mine sérieuse, Jérôme remonte les manches de sa chemise, révélant une partie de ses tatouages tribaux, et appuie ses avant-bras sur le bar.

— Je te remercie d'essayer d'aplanir les choses, Émeline, ça me touche. Mais je la connais, tu risques de te heurter à un mur.

Je secoue la tête, résolue.

— Tu ne m'en dissuaderas pas. J'ai sans doute commis une erreur en ne jugeant pas nécessaire d'apprendre aux autres mon aventure avec Théo... Je ne voulais pas qu'ils se mêlent de mes affaires. Mais tes enfants n'ont pas à en pâtir ; je vais dire la vérité à Albane.

On ne peut pas dire que raconter ma vie à une femme qui ne me porte pas dans son cœur me réjouisse, mais si cela peut nous permettre de repartir sur de bonnes bases... Jérôme opine avec soulagement.

— Très bien. Albane est la femme la plus honnête que j'aie jamais rencontrée, de toute façon. Ce n'est pas elle qui ira cancaner, je te le promets.

Il est un peu plus de midi lorsque je me présente à la boutique d'Albane. Très élégante dans son pull marinière et son skinny simili cuir, l'ex de Jérôme est accaparée par un client en caisse, aussi je la laisse terminer et vais jeter un coup d'œil à ses rayons. Le magasin est joliment décoré, avec ses flocons de neige en papier argenté suspendus au plafond et l'immense renne dans la vitrine, aux pieds duquel elle a placé des paquets cadeaux. Albane a également désencombré la boutique, qui était plutôt anarchique à l'époque de sa mère. La gamme de marchandises reste vaste, mais mieux ordonnée. Mon regard tombe sur une ravissante petite boîte en grès sculpté qui, j'en suis sûre, fera un cadeau parfait pour ma mère. Je la prends et me dirige d'un pas tranquille vers le comptoir, où Albane est désormais seule. Ses narines frémissent imperceptiblement lorsqu'elle se rend compte de ma présence.

— Je m'apprêtais à fermer, me signale-t-elle, la moue chagrine.

Loin de me démonter, je lui tends la boîte en souriant.

— Est-ce que tu peux encaisser ça, s'il te plaît ? Je ne t'embêterai pas longtemps.

De mauvaise grâce, elle s'empare de l'objet pour le biper.

— Je présume que c'est Jérôme qui t'envoie ? me demande-t-elle froidement tout en emballant la boîte dans du papier bulle.

OK. Les hostilités sont donc lancées.

— Non, j'ai pris cette décision toute seule, comme une grande, Jérôme n'y est pour rien. Mais ça le rend malheureux que vos enfants subissent les conséquences de mes actes, alors j'aimerais que l'on clarifie la situation une bonne fois pour toutes, pour leur bien-être.

Avec un ricanement outré, elle repose lentement le paquet. Je parie qu'elle vient d'envisager de me le jeter à la figure.

— Le bien-être de mes enfants, la blague ! Ça n'avait pourtant pas l'air d'être votre priorité, jusque-là, à Jérôme et à toi.

Son ton est cassant, mais dépourvu d'agressivité. Je pèse mes mots, avant de déclarer :

— Albane, je ne suis pas ton ennemie. Je n'ai pas oublié que c'est grâce à tes sœurs et à toi que j'ai trouvé le courage de renouer avec mon père, je n'ai aucune raison de te mentir. Je te jure que je ne voulais pas que cela prenne de telles proportions.

— Ah oui ? Les choses seraient pourtant nettement plus simples si vous les assumiez, tous les deux, m'oppose-t-elle. Ça ne vous est pas venu à l'esprit, par hasard ?

— Mais Jérôme n'a rien à assumer ! je m'exclame, en soutenant son regard. Il n'est pas le père de ma fille, à combien de reprises allons-nous devoir te le répéter ?

L'espace d'une seconde, elle semble décontenancée. Albane n'est pas stupide, elle doit bien se douter que je ne serais pas venue jusqu'à sa boutique pour la baratiner. Quel intérêt ?

— Pourquoi faire tant de cachotteries, alors ? me demande-t-elle, d'une voix quelque peu incertaine. Au fond, peu m'importe que Jérôme soit ou non le père de ta fille ; je veux juste pouvoir regarder mes enfants dans les yeux et leur assurer que ce bébé n'est pas leur petite sœur. Parce que, dans le cas contraire, il me semble qu'ils ont le droit de vouloir la connaître. Est-ce si insensé ?

Je soupire et fourre mes mains dans les poches de mon manteau. Évidemment qu'elle est en droit d'exiger une réponse honnête ; à sa place, j'agirais de la même façon.

— Tu n'es pas insensée, Albane, lui dis-je simplement. Je n'ai pas considéré ces rumeurs avec sérieux, parce que j'étais persuadée qu'elles se tasseraient. Au final, il est possible que le père de ma fille ne soit pas au courant, or si la moitié du village en est informée avant lui, il aura de bonnes raisons de m'enterrer vivante.

Albane plisse les yeux, perplexe.

— Je ne suis pas sûre de te suivre. Cet homme vit à Vallenot ? Comment se fait-il qu'il ignore tout ? Tu ne l'as pas prévenu ?

Son avalanche de questions me surprend à peine. Vue de l'extérieur, cette situation paraît sûrement grotesque. Dans un geste las, je me pince l'arête du nez et lâche tout de go :

— Théo est le père de Cara, Albane. Nous avons couché ensemble le soir du karaoké et visiblement, le préservatif a craqué, c'est la seule explication que j'aie. Quand j'ai voulu le prévenir, j'ai réalisé que je n'avais pas son téléphone, alors je l'ai contacté via Messenger. Il n'a pas donné suite. Durant des mois, j'ai pensé qu'il n'était rien d'autre qu'un salopard, mais après l'avoir croisé à plusieurs reprises depuis qu'il est revenu, je doute qu'il ait lu mon message. Il ne se comporte pas comme tel, en tout cas.

— Mince, alors…, souffle Albane, hébétée. J'étais loin d'imaginer tout ça.

— Donc, tu me crois, c'est bon ?

Les traits de son visage se détendent enfin un peu.

— Oui, bien sûr que je te crois. Mais pourquoi n'as-tu pas dit plus tôt qu'il s'agissait de Théo ? Je ne saisis pas.

— Ma famille a un lourd passé, ici. Je n'avais pas envie d'en rajouter en passant pour la fille idiote qui se fait avoir par le beau journaliste en vacances dans le coin. Je regrette que vous ayez tous cru que c'était Jérôme.

La rousse me dévisage un instant, songeuse.

— Je suis désolée de vous avoir accusés, tous les deux.

— Tes doutes étaient légitimes, Jérôme et moi sommes plutôt proches. Les cancans n'ont pas dû t'aider à faire la part des choses, d'autant que votre divorce est encore frais.

Albane évacue ma remarque d'un geste de la main.

— Oh, ne t'en fais pas pour ça. Je lui souhaite de rencontrer une femme qui le rendra heureux.

J'ai envie de lui dire qu'elle aussi mérite la même chose, mais je me ravise, par peur de gaffer. En début d'année, Albane avait entamé une histoire avec Mathieu, un ami de Clément, mais celui-ci a tout plaqué du jour au lendemain pour partir au chevet de sa mère malade, à l'autre bout du pays, et il n'est pas revenu. Je sais que ça l'a blessée. Inutile de remuer le couteau dans la plaie alors que nous venons enfin de faire la paix, ou du moins quelque chose qui s'en approche.

— Tu sais, rebondit Albane, Théo a tiré une drôle de tête quand je lui ai dit que tu avais eu un bébé. Tu ferais peut-être bien de lui parler rapidement, parce qu'il n'avait vraiment pas l'air au courant.

En quittant la boutique, quelques minutes plus tard, je suis en proie à des émotions contradictoires. Si je suis contente d'avoir réussi à conclure une trêve avec Albane, une appréhension toute nouvelle prend néanmoins le pas sur mon soulagement. Se pourrait-il que Théo se doute qu'il y a anguille sous roche ? Il n'est pas bête, un simple calcul suffirait à lui mettre la puce à l'oreille pour Cara. Oh mon Dieu ! S'il pense que je lui ai caché la vérité… Cela expliquerait son comportement étrange à la pépinière ! Pour quelle sorte d'horrible femme doit-il me prendre ? Albane a raison, je dois lui parler sans tarder. Sans plus réfléchir, je bifurque sur le trottoir en direction de chez Marjorie.

Le magasin étant fermé, j'appuie comme une folle sur la sonnette reliée à l'appartement, mais personne ne me répond. À l'évidence, Théo et son amie ne sont pas là. Dois-je les attendre ? Néanmoins, je ne sais pas quand ils rentreront, les horaires d'ouverture déjà peints sur la porte en verre de la future boutique ne me l'indiquent pas. Or je dois récupérer Cara chez mon père. Je fouille dans mon sac, prête à griffonner un mot, mais hormis un vieil emballage de chewing-gum et un stylo qui n'écrit plus, je ne trouve rien. C'est peine perdue ! À croire que l'univers entier s'est ligué contre moi… Il ne me reste plus qu'à me faire violence pour rebrousser chemin.

*

Le lendemain, lorsque j'arrive chez Gaston pour ma visite hebdomadaire, les premiers flocons de décembre virevoltent dans le ciel gris. Ils sont trop fins pour tenir au sol, ce qui ne m'empêche pas de savourer l'exaltation que me procure le spectacle. Un flocon m'atterrit délicatement sur le nez quand je sors de ma voiture. Je laisse d'abord échapper un petit rire, puis l'image de mon frère m'apprenant à attraper la neige avec la langue me revient de façon inattendue, déclenchant une de ces bouffées de nostalgie douce-amère que je ressens uniquement quand je pense à lui. Quand nous étions gosses, Willy était le plus heureux du monde dès que le paysage se parait d'une épaisse couverture blanche. La montagne était son élément, son oxygène, il voulait d'ailleurs devenir guide, comme notre père, ou moniteur de ski. Chaque hiver, Maman nous immortalisait tous les deux, avec son Kodak jetable, de part et d'autre des imposants bonshommes de neige que nous fabriquions sous les directives de mon frère. Il était tellement doué pour les façonner que les gamins du coin défilaient régulièrement devant chez nous pour les admirer ! Je suis sûre qu'il aurait adoré perpétuer la tradition avec ma fille, s'il avait vécu assez longtemps pour la connaître.

— Zut, ce n'est pas le moment de chialer, je me rabroue à voix basse, en m'efforçant de chasser la balle de golf qui a pris l'initiative de se loger dans ma gorge.

Je dois me ressaisir, je suis là pour apporter un peu de légèreté à Gaston, pas pour lui plomber le moral. J'ai à peine le temps de frapper à sa porte que le vieil homme m'ouvre déjà. Je le salue, prenant un ton enjoué :

— Bonjour, Gaston ! Je vois que vous m'attendiez, ça me fait plaisir.

— Je n'ai pas pu faire de café, me répond-il en s'effaçant pour me laisser entrer. Cette stupide femme de ménage a rangé les paquets bien trop haut dans le placard, je n'y ai pas accès. À croire qu'elle le fait exprès.

Je hoche la tête et lui tends un sac que j'ai préparé pour lui.

— On va regarder ça, je vous ai justement apporté des petites choses à ranger dans votre réfrigérateur : une soupe de butternut et des moelleux aux marrons. Vous aimez ça ?

Je perçois une lueur de gourmandise dans ses prunelles foncées.

— Oh, il ne fallait pas te donner tant de mal, proteste-t-il. Je n'ai pas été très malin l'autre jour, en t'agressant à coups de clémentines…

— Allons, c'est oublié. Vous auriez choisi autre chose que des clémentines si vous aviez eu l'intention de nous blesser. Où se trouve le café ?

Je le suis dans la cuisine et il me désigne un placard en hauteur. Tout en me hissant sur une chaise pour attraper les filtres et un paquet de café, je vérifie :

— Vous n'avez pas d'hypertension, hein ? Je n'aimerais pas avoir à vous ranimer, je ferais un infarctus dans la panique, c'est sûr.

— Penses-tu ! ricane-t-il. Je bois six cafés par jour et je n'ai jamais eu le moindre pépin cardiaque. J'étais percolateur dans une vie antérieure, on ne te l'a jamais raconté ?

Je m'esclaffe.

— Non, j'ai entendu beaucoup de choses à votre sujet, mais pas ça.

— Les potins, par ici, c'est quasiment une religion, commente-t-il. En tout cas, je vois qu'ils ne t'ont pas fait fuir, tu es courageuse.

Oui, bon, je ne faisais pas trop ma maligne, la première fois, en me demandant si j'allais ou non être accueillie par un vieux sauvage armé d'une carabine. Mais ça, il n'a pas besoin de le savoir. Accompagnée par les borborygmes de la cafetière, je lui affirme :

— Ce n'est pas une question de courage, Gaston. Je réserve toujours mon jugement. Il faut gratter un peu la surface avec vous, mais au fond, vous êtes un tendre, je vous ai observé avec ma fille. Et puis, j'aime bien vous rendre visite… quand vous ne me jetez rien à la figure !

— Franchement, tu as de drôles de fréquentations, ma petite ! réplique-t-il avec humour. Prends-toi une tasse, je ne vais pas boire tout seul.

Une fois le café prêt, nous passons au salon. Je tends un mug à Gaston, qui s'est installé dans son fauteuil fétiche, recouvert d'une couverture multicolore au crochet. Le sapin qu'il a choisi à la pépinière trône non loin de lui, près d'une fenêtre. Il n'est pas encore décoré, mais je remarque sur la table plusieurs boîtes contenant des guirlandes et d'autres ornements.

— Eh bien ! je siffle, en admirant l'ensemble. Je n'imaginais pas que vous étiez branché Noël à ce point.

— Le capitalisme est à l'œuvre, que veux-tu ! plaisante-t-il.

Il boit un peu de café et fait entendre un murmure appréciateur.

— Tu te débrouilles bien, il est bon. Pour en revenir au sapin, c'est surtout pour faire plaisir à Théo. Il aurait été capable de s'enchaîner à ma porte si je n'avais pas cédé. Il va passer pour m'aider à accrocher toutes ces fanfreluches ; d'ailleurs, il devrait être là d'une minute à l'autre.

*Quoi ?!?*

— Il vient aujourd'hui ? je couine lamentablement, à moitié ébouillantée par la gorgée de café que je viens d'avaler de travers.

— Oui, je lui ai proposé hier, mais il accompagnait son amie fleuriste chez des fournisseurs. Est-ce que ça te pose un problème ?

*Un énorme, oui.*

Les sourcils froncés, Gaston fait mine d'être soucieux, cependant son sourire en coin ne me berne pas. Le vieux malin ! Il n'essaierait quand même pas de me brancher avec Théo ? S'il savait !

— Non, aucun problème, je mens en essayant de conserver un air détaché. J'en conclus que vous avez fait la paix, tous les deux ?

— Je te trouve bien curieuse.

Oui, moi aussi, je me trouve bien curieuse. Leurs histoires ne me concernent nullement. Mais, après tout, leur sang coule dans les veines de ma fille et j'ai besoin de mieux cerner Théo avant de lâcher la bombe qui changera le cours de son existence. Mais là aussi, je vais m'abstenir de mentionner ce détail. À la place, je réplique, espiègle :

— Les esprits curieux veulent savoir. En l'occurrence, je ne trouve pas banal d'avoir dû intervenir pour que vous acceptiez d'ouvrir la porte à votre petit-fils, l'autre soir.

Il hausse les épaules.

— Je me suis fâché avec sa mère quand il était gamin. Je n'ai jamais trouvé le bon mode d'emploi avec elle.

Je lui souris timidement.

— Il n'est pas trop tard, si ? Toutes les familles ont leurs petites dissensions, vous savez. Au final, on se souvient rarement des raisons de ces querelles.

Gaston me répond par un claquement de langue agacé.

— Tu te trompes. Je lui ai fait des reproches qui n'avaient pas lieu d'être. Depuis, elle m'en veut à mort.

Il me tourne le dos et sirote son café brûlant en observant par la fenêtre la danse des fins flocons de neige.

— Et maintenant, ajoute-t-il en marmonnant, v'là que son gamin débarque et s'accroche à moi comme une moule à son rocher… Je ne suis même pas sûr de bien saisir pourquoi.

— Il a peut-être réalisé qu'il avait besoin de vous dans sa vie. J'ai vécu cette situation avec mon père. Après… après la mort de mon frère.

Je déglutis pour nous épargner une explosion lacrymale. Gaston me regarde à nouveau. La compassion que je lis dans ses yeux pourrait me faire pleurer.

— Je m'en souviens, ma pauvre petite, l'accident a fait grand bruit à l'époque. Tu parles d'une tragédie ! Il était jeune, ton frère. Je suppose qu'il doit te manquer, même après tout ce temps.

— Bien sûr, qu'il me manque. Parfois, je me surprends à regarder une photo de lui en me disant que je ne connaîtrai jamais ses traits d'adulte. C'est dur.

Puis, j'enchaîne, sans trop savoir pourquoi je me laisse aller à cette confidence :

— Mais le plus triste, en réalité, c'est d'avoir tourné le dos à mon père parce que je n'ai pas accepté de le voir baisser les bras… C'est la maladie qui m'a fait prendre conscience qu'il méritait une seconde chance.

Le vieil homme lève un sourcil étonné.

— Qu'est-ce qui t'est arrivé ?

— Un cancer de la thyroïde. C'est l'un des moins mortels, il n'empêche que j'ai eu très peur. C'est dommage d'avoir besoin d'un événement aussi grave pour enfin faire le premier pas, vous ne trouvez pas ?

Gaston ouvre la bouche pour formuler une réponse, mais il est interrompu par la sonnette de la porte d'entrée.

— Ah ! s'exclame-t-il en se remettant debout. Voilà Théo. Tu restes un peu ?

Sans me laisser le temps de me défiler, il fonce dans le vestibule pour lui ouvrir.

11

# Théo

— Entre, mon garçon. J'espérais bien que tu n'arriverais pas trop tard.

Mon grand-père tend vers moi sa main parcourue de grosses veines, sans un seul grognement ni mouvement exaspéré. Je la serre, non sans me faire la réflexion qu'une telle bonne humeur ne lui ressemble guère. Se pourrait-il qu'il soit ravi de faire son sapin, finalement ? C'est louche. Il bougonnait encore à ce sujet lorsque je l'ai déposé chez lui à l'issue de notre virée à la pépinière.

— Est-ce que tout va bien ? je m'enquiers en accrochant mon manteau à la patère fixée au mur.

Un sourire innocent éclaire son visage marqué par le poids des ans.

— Pourquoi ça n'irait pas ? J'ai juste un peu mal à ma vieillesse, mais c'est de mon âge et ce temps neigeux n'arrange rien, m'expose-t-il en me montrant ses doigts arthritiques. Viens donc, on a commencé à boire le café.

— « On » ? je répète distraitement en le suivant dans le salon.

Je me fige sur le seuil de la pièce à la seconde où je pose la question. Est-ce mon cœur qui saute si fort dans ma poitrine ? Émeline est là, assise au bord du canapé, et elle me sourit, gênée, en tripotant le mug qu'elle tient entre ses mains. OK. Donc, la vie se fiche complètement de savoir que j'ai l'intention de prendre mes distances avec elle.

— Salut, prononçons-nous de concert, d'une voix feutrée pour elle, d'un ton rauque pour moi.

Son regard bleuté croise le mien une infime seconde, et je tressaillis. Est-ce normal que je la trouve d'une beauté à couper le souffle même simplement vêtue d'un sweat de Noël Disney et d'un jean brut ? Bordel ! Elle est là, cette attirance, et je vais devoir la nier jusqu'à ma mort.

Conscient de mon embarras, Gaston me demande sans préambule :

— Qu'est-ce qui te tracasse ? On dirait que tu reviens d'une veillée mortuaire.

— Non, ça va. Je suis juste surpris de voir Émeline ici, c'est tout.

— Sa voiture est pourtant garée dans l'allée, me fait remarquer Gaston.

S'il voulait souligner que je suis un parfait demeuré, c'est réussi. J'ai bien aperçu une voiture, en arrivant, sans pour autant percuter que c'était celle d'Émeline.

— Ce n'est pas le vendredi, normalement ? je balance, d'un ton plus sec que je ne l'aurais voulu.

*La délicatesse d'une charge d'infanterie, mec, bravo !*

— Oh, aujourd'hui m'arrangeait mieux…, m'explique-t-il vaguement, alors qu'aux dernières nouvelles il n'a pas non plus un agenda de ministre.

Dans ses iris, je décèle une pointe de malice. Non ? Il n'aurait pas fait exprès de nous réunir chez lui, par hasard ? Bon sang, il veut ma peau, l'animal !

— Tu aurais pu me prévenir.

Oui, c'est tout ce que je trouve à dire. La mine contrariée, Émeline repose sa tasse encore à moitié pleine sur la table basse et se relève.

— De toute façon, j'allais partir, annonce-t-elle avec empressement. On m'attend au restaurant.

— Comment ça, tu t'en vas déjà ? proteste Gaston. Je pensais que tu nous aiderais à décorer le sapin.

Émeline décline poliment l'invitation.

— C'est impossible, on s'occupe de la vitrine pour le concours de Noël ce soir. À propos, Gaston, vous avez des plans pour le réveillon ? Parce que l'association organise un dîner à *L'Edelweiss* pour les personnes qui seront seules.

Est-elle est en train de sous-entendre que j'ai l'intention de planter mon grand-père pour Noël ? Elle me prend vraiment pour un salaud sans cœur ! Là, c'en est trop, je me sens obligé de me défendre.

— Il sera avec moi ce soir-là, tu n'as pas à t'en inquiéter.

Gaston écarquille les yeux d'étonnement mais ne bronche pas. De son côté, Émeline a l'air de ne plus savoir où se mettre. Elle entrouvre les lèvres, j'ai l'impression qu'elle est en proie à un débat intérieur intense. Je retiens ma respiration, prêt à me faire rembarrer. Finalement, elle conclut :

— Super. À bientôt, alors.

Mon grand-père la raccompagne à la porte, j'en profite pour me laisser tomber sur une chaise. Cette fille me tue, je ne parviens pas à la cerner. Pourquoi est-elle sur la défensive quand je suis là ? Je n'ai pas fait mieux, en lui parlant sèchement, mais je ne sais plus sur quel pied danser. Je pousse un gros soupir en l'entendant chuchoter avec Gaston dans le vestibule. Nul besoin d'être devin pour saisir que je suis au centre de leur dialogue, puisque je distingue clairement un « Faut pas faire attention, ce n'est qu'un crétin » provenant de la bouche de Gaston. Lorsqu'il me rejoint, deux minutes plus tard, il m'adresse un regard consterné.

— Ça te prend souvent de te montrer désagréable quand une fille te plaît ? me lance-t-il, mécontent. J'espère que ce n'est pas ta mère qui t'a éduqué comme ça.

Heureusement que je n'étais pas en train de boire, sinon j'aurais tout recraché ! Affichant un air offensé, je rétorque :

— Ma mère m'a très bien élevé, Gaston, et vous le savez pertinemment. Qu'est-ce qui vous fait croire qu'Émeline me plaît, d'abord ?

Il me presse l'épaule, dans un geste typiquement masculin.

— Dis donc, je suis peut-être vieux mais pas sénile. Je suis encore capable de voir ces choses-là, mon gars.

Je devrais lui présenter Marjorie, ils s'entendraient bien, tous les deux ! Je me passe la main dans les cheveux. L'espace d'un instant, j'envisage de réfuter ses allégations, mais à quoi bon ? Ce serait surtout me mentir à moi-même. Cependant, je dois lui faire rentrer dans le crâne qu'aucune histoire n'est possible entre Émeline et moi, afin qu'il n'essaie pas à nouveau de nous arranger des rencards déguisés en coïncidences. À la longue, ce serait très pénible.

— L'attirance que j'éprouve pour Émeline est sans importance, lui dis-je, en feignant la désinvolture. J'ai raté le coche avec elle, inutile d'en faire une montagne.

Mon grand-père me toise, perplexe. À l'évidence, il ne va pas renoncer si facilement.

— Bah ! Tu vas me raconter ça pendant qu'on s'occupe du sapin, décrète-t-il. Tu veux un café, avant ?

— Si ça ne vous ennuie pas, avec plaisir, oui.

— Je ne te l'aurais pas proposé, sinon, fait-il valoir. Ah, et puis, ce serait bien que tu me tutoies, aussi ; on n'est pas chez les nobles, que je sache !

Tandis qu'il se dirige vers la cuisine, je me retiens pour ne pas bondir de joie. Je suis ému par la manière discrète dont Gaston fait un pas vers moi. Il me fait entrer peu à peu dans sa vie, j'ai presque la sensation d'avoir décroché une médaille ! Bien sûr, ce qui importe, c'est de le réconcilier avec ma mère. Noël n'est plus que dans une quinzaine de jours, mais je ne m'avoue pas vaincu : on a déjà pas mal progressé.

— Tu sais, dis-je en le voyant revenir dans le salon, un mug à la main, j'ai beaucoup repensé à notre conversation de l'autre jour, à propos de Maman…

— Je m'en doute, me coupe-t-il. Mais ne cherche pas à changer de sujet, on causera de ta mère quand tu m'auras expliqué pourquoi tu te comportes comme un abruti avec Émeline.

Il se saisit d'un angelot à suspendre dans le sapin et me fixe, un peu trop sérieux à mon goût.

— Tu l'aimes vraiment bien, hein ? je m'enquiers.

Il lève un sourcil éloquent.

— Qui ne l'aimerait pas ? Son enthousiasme ferait fondre le pire des grincheux. Cette fille a du mérite, elle n'a pas eu une vie facile, m'expose-t-il en accrochant son angelot.

C'est dingue, il vit quasiment en autarcie et en sait davantage que moi sur le parcours d'Émeline !

J'avale une gorgée de café et attrape une décoration en forme d'étoile avant de lui avouer :

— Pour être honnête, je ne la connais pas très bien. La seule chose que je sais d'elle, c'est qu'elle désirait renouer avec son père, l'an dernier.

— Donc, vous vous étiez déjà croisés, tous les deux.

Ce n'est pas une question. À son expression, je devine qu'il s'en doutait.

— Oui, nous… Nous avons eu une aventure, une nuit. Ce n'était rien de sérieux, mais il y a une énorme gêne entre nous, maintenant.

— Vous n'avez pas gardé contact ? veut-il savoir.

— Non, ça ne faisait pas partie des plans. Nous n'avions pas l'intention de nous engager. Mon ex venait de rompre nos fiançailles après plusieurs années de vie commune, j'étais encore sous le choc.

Gaston émet un long sifflement.

— Des fiançailles ! Bah ça, ce n'est pas rien. Pourquoi t'a-t-elle quitté ?

Je déglutis. Aujourd'hui, Jade ne me manque plus, j'ai admis que nous n'étions pas faits l'un pour l'autre. Toutefois, les raisons qui l'ont poussée dans les bras de mon ancien meilleur pote me restent encore en travers de la gorge. Ce n'est pas dans mon style de verser dans l'auto-apitoiement, mais raviver tout cela me blesse. Je toussote pour me donner une contenance.

— Elle désirait ce que je ne pouvais pas lui offrir… Un enfant.

Le nez fourré dans la boîte de boules argentées, mon grand-père se fige. Puis il se tourne vers moi et me dévisage, incrédule. Il reste sans prononcer le moindre mot assez longtemps pour que je commence à me demander s'il n'est pas en train d'avoir un AVC. Enfin, au bout d'une éternité, il souffle, abasourdi :

— Tu en es sûr ?

Les rares fois où j'évoque mon infertilité, je suis habitué à susciter de la compassion, voire de la pitié ; mais une telle incrédulité, c'est une première !

— J'en suis certain. Elle a eu un bébé, depuis, donc cela ne fait aucun doute.

Je rajuste une décoration sur une branche afin de masquer mon amertume.

— Émeline aussi a eu un bébé, reprend mon grand-père.

Mais pourquoi insiste-t-il autant avec Émeline ? Oh ! Se pourrait-il qu'il pense que je suis le père de ce bébé ? Quelle idée absurde !

— Oui, je sais, dis-je, quelque peu exaspéré. Et à mon avis, elle était déjà avec le père quand nous avons… Enfin, tu vois. Mais je n'étais pas au courant, il ne se serait rien passé sinon.

— Tu fais fausse route, déclare-t-il simplement. Émeline n'a personne dans sa vie, elle élève sa fille seule.

*Non, c'est impossible. Im-po-ssi-ble.*

Je secoue la tête.

— Je ne serais pas si catégorique, à ta place. Tu l'as vue aussi bien que moi, dans les bras de ce type, à la pépinière. Même si j'étais intéressé, pas question que je mette un pied sur cette pente savonneuse.

Mon grand-père pousse un soupir théâtral, mais il s'en tient là. Prenant du recul pour contempler le sapin bien plus chargé en déco du côté gauche que du côté droit, il m'offre un rictus plus proche de la grimace que du sourire.

— On a vu mieux, tranche-t-il. Et si tu installais les guirlandes pendant que je vais chercher un truc dans ma chambre ?

Soulagé qu'il change de sujet, je lance, faussement effaré :

— Est-ce que ce truc contient un barillet et des balles en plomb ?

— Non, je suis dans un bon jour, rétorque-t-il en se marrant.

Il disparaît de la pièce et, au lieu de m'occuper des guirlandes, je termine mon café (complètement froid) en songeant à notre discussion. Son sous-entendu à peine voilé concernant le bébé d'Émeline ne fait que rouvrir les cicatrices à peine refermées en me rappelant que je n'aurai jamais la chance d'être père. En parlant d'Émeline… J'ai frisé l'incorrection avec elle, je m'en rends compte. Comment garder mes distances sans être désagréable ? J'aimerais trouver le bon équilibre, mais ce n'est pas facile. Elle non plus n'est pas hyper chaleureuse quand elle me voit, je ne peux tout de même pas la contraindre à apprécier ma compagnie ! Le harcèlement, très peu pour moi.

De retour, Gaston m'arrache à mes pensées.

— Tiens ! s'exclame-t-il. J'ai déniché une photo de ta mère quand elle était bébé. C'était pour son baptême.

Il s'assoit sur la chaise en face de moi et me tend le cliché en noir et blanc. Durant quelques secondes, je scrute en silence le joli nourrisson aux fins cheveux blonds et aux yeux clairs, puis je réalise que mon grand-père attend sans doute une réaction.

— Elle était mignonne.

— C'est ta défunte grand-mère qui lui avait confectionné sa robe pour l'occasion, me précise-t-il. Une sacrée couturière, ma Lisette ! La couverture au crochet, sur mon fauteuil, c'était elle aussi.

Il se tait un instant et je n'entends plus que le crépitement du feu dans la cheminée. Je lui réponds, désolé :

— Maman m'a appris qu'elle est morte jeune. Cela a dû être dur.

— C'est vrai, elle n'avait pas soixante ans quand une embolie pulmonaire me l'a prise. C'est la vie, soupire-t-il, fataliste. J'en ai voulu à la Terre entière lorsque c'est arrivé, c'est pour ça que je me suis fâché avec ta mère quand elle est partie, un an après. La perte de Lisette était encore douloureuse, alors voir Marine prendre le large… Je l'ai vécu comme un abandon. J'ai été con, hein ?

Je suis touché qu'il se confie à moi. Quand je pense qu'il y a moins d'une semaine, il refusait purement et simplement de m'ouvrir sa porte, quel pas de géant !

— Je suis sûr que Maman saurait prendre du recul, si tu lui faisais part de tes regrets…

— Non, elle ne me croirait pas, m'oppose-t-il, formel. Pas après la dispute qu'on a eue quand tu étais gamin. Nous sommes devenus trop différents, elle et moi.

À nouveau, je le sens se raidir, se fermer à la conversation. « Trop différents »… Au contraire, s'il savait combien ma mère lui ressemble, avec son caractère fier et si buté ! En faisant glisser la photo sur la table pour la lui rendre, je ne peux résister à l'envie de lui révéler cet épisode qui m'a motivé à revenir tenter ma chance auprès de lui.

— C'est drôle que tu aies choisi de me montrer cette photo, je commence doucement. Un soir, il n'y a pas si longtemps, j'ai surpris Maman en train de pleurer alors qu'elle regardait des clichés datant de son enfance.

Il paraît décontenancé par ma remarque.

— Le décès de ta grand-mère lui a causé beaucoup de chagrin, je présume qu'elle lui manque toujours autant.

Son entêtement aveugle fait naître un léger sourire sur mes lèvres. Peut-être n'est-il pas prêt à affronter ses propres émotions.

— Moi, je crois plutôt qu'elle sanglotait parce que *tu* lui manques, Gaston. C'est pour ça que j'ai à cœur de te connaître ; malgré toutes ces années écoulées, si les portraits de toi qu'elle ressort en douce lui tirent encore des larmes, c'est que tout n'est pas fichu et que mes efforts en valent la peine.

Un silence s'installe entre nous. Les yeux de Gaston sont humides, j'espère que je ne l'ai pas trop bouleversé. Son regard se pose une seconde sur la photo, puis il prend une brève inspiration.

— Tu pourrais peut-être lui demander si elle est encline à me pardonner ? Juste pour vérifier.

Je lui fais signe que non.

— Elle me répliquera que les excuses doivent d'abord venir de toi. Je connais le refrain par cœur.

Gaston se relève, prend entre ses doigts une guirlande qu'il scrute avec la même concentration que si elle était susceptible de résoudre les principaux conflits mondiaux, et la repose sur le dessus de la boîte en secouant la tête.

— La plupart des remords qui nous tenaillent ne cicatriseront probablement jamais, prononce-t-il d'une voix sourde.

— Je ne suis pas d'accord. Il n'est jamais trop tard pour tenter de réparer ce qui est abîmé.

Un rire sec, amer, sort de sa bouche.

— Ah ! C'est toi qui me dis ça, alors que tu n'es pas capable de t'expliquer avec Émeline ? Pourtant, mon garçon, il débute là, le remords, quand tu restes sourd à ce que ton cœur te dicte, affirme-t-il, en appuyant son index sur ma poitrine. Et franchement, c'est moche de regretter ce qu'on n'a pas eu le cran de faire. Après, ça donne des vieux aigris comme moi.

— Je ne vois pas le rapport avec Émeline…

— Va la voir, triple buse ! aboie-t-il, à bout de patience. Il est là, le rapport ! Ensuite, tu pourras me faire la leçon. Bon, on les accroche ces guirlandes, oui ou non ?

Vingt minutes plus tard, je reprends la route, plus confus que jamais. Le coup de colère inattendu de mon grand-père, sa détermination à vouloir ensuite achever la décoration de son sapin (il a même siffloté un air ressemblant à *Douce Nuit* !), pour finalement me demander si j'étais d'accord pour l'emmener à l'inauguration du marché de Noël samedi soir (le pompon !), tout cela m'a déstabilisé. Et j'ai bien compris qu'il n'évoquerait plus ma mère tant que je n'aurais pas éclairci les choses avec Émeline… C'est ce qu'on appelle plus communément du chantage. Ça m'agace, je sais que je vais céder. Je tiens tellement à voir ma mère sourire la prochaine fois qu'elle ressortira ses vieilles photos que je suis prêt à tout. Mais que suis-je censé dire à Émeline, au juste ? Je ne peux décemment pas débarquer devant elle en exigeant de savoir pourquoi elle me bat froid depuis mon retour ! Impuissant, je frappe mon volant du plat de la main, avant de me garer sur le bas-côté. Gaston a gagné, je vais me rendre de ce pas à *L'Edelweiss* et m'expliquer une bonne fois pour toutes avec Émeline. Il ne neige pas trop fort, je peux me permettre ce détour. J'envoie un texto à Marjorie pour la prévenir que je ne rentrerai pas tout de suite, puis j'effectue un demi-tour, direction la station de ski où se trouve le restaurant.

# 12

## Émeline

Couchée près du bar, m'observant du coin de l'œil, la chienne bouledogue de Rémi pousse un glapissement réprobateur alors que je viens de raconter à mon père le numéro de monsieur Malaimable orchestré par Théo.

— Ne me juge pas, Pupuce. Toi non plus, tu n'en mènerais pas large, si tu étais concernée.

— Tu parles à qui, là ? me demande mon père, à l'autre bout du fil.

— À la chienne de Valentine. Rémi et elle sont partis récupérer des pizzas.

Jérôme, quant à lui, est rentré prendre une douche et Clément consacre sa soirée à Léna et à leur petit bout, c'est pourquoi j'ai profité d'être seule pour appeler mon père.

— Bon, reprend celui-ci, en définitive, tu n'as toujours pas parlé à Théo ?

— Je te jure que j'étais sur le point de lui demander de m'accorder une minute, mais son regard glacial m'en a dissuadée. Tu crois qu'il se doute de quelque chose ?

— Ce ne serait pas invraisemblable, me répond-il. Il n'y a qu'un seul moyen de le vérifier, tu le sais. Oh, il faut que je te laisse, je dois changer la couche de Cara. On en reparle plus tard ?

Je raccroche, guère plus avancée. Ma seule consolation, c'est de savoir que je vais enfin réaliser la décoration de mes rêves pour la vitrine, en bonne compagnie qui plus est. Un peu plus tôt dans la journée, Papa a déposé les vieux jouets qu'il m'avait promis ; ils seront du plus bel effet sur la fausse neige que je compte répandre autour du sapin. La soirée s'annonce conviviale, ça nous fera du bien.

— Bon, dis-je en enjambant la chienne pour attraper une première boîte parmi toutes celles posées sur le comptoir. Préparons le terrain.

Les garçons ont eu la gentillesse de placer le sapin comme je le souhaitais, face à la baie vitrée donnant sur la rue, de sorte que personne ne pourra le rater en passant devant le restaurant. L'arbre étant immense, je dispose d'un escabeau pour atteindre les branches les plus hautes… du moins en théorie. En réalité, le simple fait de m'imaginer grimper dessus me donne des sueurs froides et je nourris le secret espoir d'apitoyer une bonne âme pour s'y coller à ma place. Oui, j'ai le vertige à ce point-là, ce qui est un tantinet fâcheux quand on se rêve organisatrice d'événements de fin d'année ; un jour ou l'autre, il me faudra bien affronter mon vertige. Pour l'instant, je préfère faire l'autruche, ce n'est pas mal non plus.

En attendant le retour des autres, je lance la playlist de Jérôme pour me plonger dans l'ambiance. De son timbre grave et chaleureux, la voix veloutée de Bing Crosby emplit aussitôt le restaurant vide. Tout en fredonnant *White Christmas,* je commence à enrouler une guirlande autour d'un pilier lorsque la chienne laisse échapper un bref jappement.

— Tu te languis de tes maîtres, ma belle ? Ils ne vont plus tarder.

Comme pour me donner raison, la porte de *L'Edelweiss* s'ouvre aussitôt. Toutefois, je sais qu'il ne peut s'agir ni de Rémi et Valentine, ni de Jérôme. C'est encore trop tôt. Donc, ce doit être un client, malgré le panneau « Fermé » que j'ai placé bien en évidence. Zut, j'aurais dû baisser les stores, le message aurait été plus limpide. Ne pouvant lâcher le crochet adhésif que je suis en train de positionner contre le pilier, je crie sans me retourner :

— Si c'est pour boire un verre, il faudra revenir demain ! On n'ouvre pas ce soir.

— Et si c'est pour discuter ? énonce une voix masculine, que je reconnaîtrais entre mille.

Mes mains se crispent sur le pilier, mon corps entier se tétanise. Soit Pupuce possède un don de ventriloque particulièrement épatant, soit… Oh, là là ! Ignorant les battements erratiques de mon cœur, je me retourne, m'exhortant au calme. Debout sur le seuil, les doigts enfoncés dans les poches de son manteau, Théo a le regard braqué sur moi. Son visage est de marbre. Une angoisse monte en moi ; son air solennel ne veut pas dire qu'il est venu exiger la garde exclusive de Cara, n'est-ce pas ?

En dépit du gros nœud logé dans mon estomac, je parviens par miracle à l'accueillir d'un ton posé.

— Oh, tiens, Théo.

— Je ne te dérange pas ? s'enquiert-il. Je sais que tu es très occupée ce soir, mais j'avais besoin de te parler.

Merde, ça ne sent pas bon du tout. Je repose l'adhésif sur le comptoir. Mes mains sont moites, j'essaie de les essuyer discrètement sur mon jean.

— Eh bien, ce n'est pas le meilleur moment, mais…

À mon grand effarement, la chienne choisit cet instant précis pour se lever d'un bond et lui foncer droit dessus. Se dressant de tout son long, elle le renifle joyeusement et pose une patte sur sa cuisse, que Théo attrape et secoue lentement, amusé.

— Salut, je m'appelle Théo, et toi ? se présente-t-il.

Ravie de susciter autant d'intérêt, Pupuce se dandine d'allégresse… et lâche un pet dans la foulée, avant de s'offrir un tour d'honneur de la salle, renversant deux chaises au passage.

— Oh, non ! je m'exclame, rouge de honte. Pardon, Théo, c'est la chienne de Rémi, il me l'a laissée le temps d'aller chercher des pizzas et… Bref, elle n'est pas à moi.

Le sourire qu'il est incapable de réprimer me désarme. C'est exactement *ce* sourire, avec ses lèvres généreuses entourées de fossettes irrésistibles, qui a mis mes ovaires en ébullition la dernière fois.

*Stop, interdiction de penser à ça !*

Il n'est pas question de flancher, pas maintenant. J'ai un million de choses à lui dire, donc ça tombe bien qu'il soit là.

— Alors, hum… De quoi voulais-tu discuter ? je l'interroge, la bouche soudain sèche.

Embarrassé, il s'avance vers moi d'un pas hésitant, ne laissant plus qu'un tabouret entre nous.

— Je ne sais pas trop de quelle manière te présenter les choses, commence-t-il, en jouant avec la fermeture Éclair de son manteau, mais à l'évidence il y a un froid entre nous. Cette sorte de prudence quand on se parle, c'est… déroutant.

Il marque une pause. Je reste une seconde médusée. Il se moque de moi, ou quoi ? Le mec me prend de haut et il s'étonne que je ne lui saute pas dans les bras ?

— Je t'avoue que je suis légèrement stupéfaite, Théo, parce que…

— Non, laisse-moi d'abord terminer, me conjure-t-il, sans brusquerie mais d'un ton résolu. Je traversais une mauvaise passe, à Noël dernier, et je crains d'avoir donné une image de moi des plus déplorables. Je ne suis pas adepte des coups d'un soir, en temps normal, je n'ai rien d'un cavaleur.

Ah, enfin de potentielles excuses !

— C'est bon à savoir, dis-je pour l'encourager, en restant néanmoins sur mes gardes.

Dans les enceintes, Bing Crosby s'arrête de chanter. Je coupe la playlist, laissant Théo reprendre :

— Écoute, Émeline, je conçois que tu puisses être gênée après ce qui s'est passé entre nous. Ta fille est née peu de temps après, donc pas besoin d'être un génie pour comprendre que…

*Oh mon Dieu, un kit de réanimation, vite !*

Prise de court, je lui coupe à nouveau la parole et débite à toute vitesse :

— Je suis désolée, Théo, je te jure que je ne voulais pas te mentir ! C'est un malentendu.

Interdit, il bat des cils, puis son expression se rembrunit. Les mots qu'il s'apprête à prononcer vont me démolir, c'est sûr. J'ose à peine le regarder dans les yeux.

— Oh, soupire-t-il. Alors, je n'ai pas tiré de mauvaises conclusions, tu voyais déjà quelqu'un lors de notre… hum, rapprochement. Ce n'est pas très correct, tu aurais pu m'en informer.

— Hein ? Mais tu es malade, ou quoi ? je m'écrie, aussi surprise que furax. Tu m'as prise pour une fille facile, c'est ça ?

« Une fille facile ». Non mais quelle horreur de sortir un truc pareil ! J'ai pourtant toujours honni cette expression, bien trop réductrice et sexiste. Un mec qui prend du bon temps est-il taxé de « garçon facile », lui ? Non. Sauf que là, sous le coup de la colère, j'ai du mal à peser mes mots.

Les bras croisés, Théo fronce les sourcils. Il paraît perdu.

— Tu… Tu n'étais pas en couple avec le type de la pépinière, alors ? bredouille-t-il.

Bordel, ils veulent me caser avec tout le monde, dans ce village ! On nage en plein délire.

— Ludo ? Non, enfin ! je proteste, ulcérée par ses insinuations. Je ne l'ai jamais fréquenté autrement que dans le cadre du boulot. Je sais ce que tu as dû imaginer, l'autre jour, en me voyant collée contre lui, mais je venais de trébucher et il m'a gentiment rattrapée. Tu peux me croire, il n'y avait personne dans ma vie, le soir où on a…

Je m'arrête, sentant mes joues s'embraser à nouveau. Je me souviens un peu trop parfaitement de la façon dont Théo m'embrassait, cette nuit-là, avec ce genre de baisers enflammés qui font un effet dingue. Il ne m'en aurait pas fallu beaucoup plus pour tomber amoureuse. Je dois me faire violence pour chasser les papillons dans mon ventre et soutenir encore son regard.

— Ce soir-là, je reprends en essayant de contrôler ma voix, c'était mon anniversaire, j'avais du vague à l'âme et peut-être un léger coup dans le nez, d'accord. Mais si j'avais eu un petit ami, je ne l'aurais pas trompé, je ne suis pas comme ça.

— OK. Je te demande pardon, dans ce cas.

Ah oui, il croit s'en tirer à si bon compte ?

— C'est un peu facile ! je réplique sèchement. Tu débarques ici après une éternité sans donner de nouvelles, pour m'accuser ensuite de m'envoyer en l'air avec le premier venu, et tu voudrais que j'efface tout ça d'un grand sourire ? Je ne pige pas, là.

Le silence se fait entre nous. Sa mâchoire se contracte, puis il se pince la base du nez entre le pouce et l'index. Manifestement, mes paroles font mouche.

— Tu as raison, je ne sais pas ce qui m'a pris. Je suis navré, je n'avais pas l'intention de te blesser, Émeline. Ta vie privée ne me concerne en aucun cas.

Alors, là, je vais me sentir mal. Bien sûr que ça le concerne, il est même en première ligne, pour le coup ! Je ne peux pas le laisser repartir sans rien lui dire, ce ne serait pas juste. Il faut qu'on en finisse, je ne veux pas devenir la méchante de l'histoire, à accumuler les non-dits qui déboucheraient sur des mensonges. S'il n'a pas lu mon message, rien ne sert d'attendre davantage. Déglutissant avec difficulté, je vais puiser au fond de moi le peu de courage qu'il me reste, et je me lance :

— Non, Théo, en fait, c'est plus complexe que cela. Nous avons succombé à une impulsion, toi et moi, j'en suis bien consciente, mais ça n'a pas été sans…

— Le dîner est livré ! claironne soudain la voix de Valentine, me coupant net dans mon élan. Ah, Théo ! J'ignorais que tu venais nous filer un coup de main, c'est sympa de ta part !

Sans soupçonner qu'elle vient d'interrompre l'une de ces conversations décisives, où l'avenir peut basculer d'un côté comme de l'autre, la femme de mon patron dépose les pizzas sur le bar et me fait la bise, avant de faire de même avec Théo.

— Tu as bien fait de prévoir du renfort, Émeline, déclare-t-elle ensuite, nous ne serons pas de trop.

Je ne réussis qu'à esquisser un sourire contraint.

— En fait, Valentine, Théo ne faisait que passer.

— Oh, mais je peux vous aider, ça ne me dérange pas, s'empresse-t-il de rebondir.

Ravalant de justesse un juron, je lui assure que ce n'est pas la peine.

— Je suis certaine que tu as mieux à faire.

*Réfléchir au sens de la vie, par exemple.*

— Ce serait dommage que tu t'en ailles maintenant, insiste Valentine en le voyant indécis. On va passer une super soirée et il y a de la pizza pour un régiment. Ça nous ferait plaisir que tu te joignes à nous.

Bien entendu, il faut que Rémi abonde dans son sens.

— OK, finit par accepter Théo. Mais jurez-moi de ne rien dire à Marjorie, car elle me tuerait si elle apprenait que j'ai contribué à décorer une autre vitrine que la sienne.

— Tu as notre parole, lui promet Rémi. On attaque d'abord le sapin ou les pizzas ? Jérôme ne va plus tarder.

D'un commun accord, nous jugeons préférable de commencer par le sapin, ce qui me permettra de me concentrer sur le reste de la décoration après le dîner. J'envoie un rapide SMS à Jérôme pour le prévenir que Théo s'est incrusté, après quoi je fais part aux autres de ce que j'ai prévu pour la décoration. Je charge les garçons de toutes les tâches qui nécessitent l'escabeau, ainsi Valentine et moi nous occuperons des branches les plus basses. Accessoirement, Théo ne restera pas trop à proximité de moi, comme ça. Je suis si frustrée de n'avoir pas pu mettre les choses au clair avec lui ! Et franchement agacée de devoir composer avec sa présence pour cette soirée que j'attendais avec tant d'impatience.

— Tout va bien ? me questionne Valentine, en reposant une décoration en forme de lutin. Tu es anormalement silencieuse, ce soir.

— Ce n'est rien, juste un peu de fatigue. Cara ne fait pas encore ses nuits, je suppose que tu as connu ça avec ton fils.

— Ah ! s'esclaffe-t-elle. Jules ne fait toujours pas ses nuits, figure-toi ; il regarde des séries jusqu'à pas d'heure les week-ends où il rentre de la fac, mais c'est vrai qu'il ne me réclame plus de biberons depuis longtemps.

Je ris avec elle, puis je surprends le regard de Théo posé sur nous. Enfin, plutôt sur moi. Je détourne aussitôt la tête. Puis, histoire de dire quelque chose, je désigne des emplacements vides à Valentine.

— Tiens, on va placer les sucres d'orge là, une branche sur deux. Ça rappellera la maison du conte *Hansel et Gretel.*

Nous sommes totalement absorbés par nos tâches respectives – Valentine et moi accroupies sous le sapin, Rémi retenant sa chienne qui ne pense qu'à rejoindre Théo sur l'escabeau pour lui conter fleurette –, lorsque Jérôme fait enfin irruption. Pourvu qu'il ne mentionne pas ma conversation avec Albane, puisque nous n'avons pas eu l'occasion d'en reparler depuis que je lui ai laissé un message à ce propos. D'ailleurs, j'espère qu'il a bien lu mon dernier texto pour la présence de Théo.... Ce serait bête qu'il fasse une gaffe.

— Regardez ce que j'ai trouvé sur le parking ! lance-t-il d'un air joyeux en passant la porte.

— Des packs de bière ? s'enquiert Rémi.

— Perdu, espèce d'andouille, c'est moi ! répond Jacotte, hilare, en se matérialisant derrière Jérôme.

Je m'extirpe aussitôt de sous le sapin pour la saluer, mais Théo me devance.

— Bonsoir, Jacotte ! s'écrie-t-il avec enthousiasme, du haut de son escabeau.

La vieille dame lâche une exclamation de ravissement.

— Juste ciel, un demi-dieu m'apostrophant depuis l'Olympe ! se pâme-t-elle en s'éventant avec sa main. C'en est trop, mon cœur va éclater.

— Tu ferais peut-être mieux de consulter un cardiologue, Mamie.

Je souris à Léna, qui vient d'entrer à son tour. Je ne m'attendais pas à ce qu'elle vienne ce soir, quelle agréable surprise !

— Léna ? s'étonne Valentine, en époussetant quelques paillettes collées à pantalon. Tu n'étais pas censée passer la soirée avec tes hommes ?

— L'appel de la pizza a été le plus fort ! clame mon amie.

Théo et Rémi délaissent leur escabeau pour se joindre à nous.

— Dis plutôt que mon frangin s'est endormi devant la télé ! se marre Rémi. J'ai parié cinq euros qu'il ne tiendrait pas la soirée.

Léna ne peut s'empêcher de ricaner.

— Eh bien, tu aurais dû miser davantage, tu serais riche à l'heure qu'il est ! Je ne comprends pas ce que Clément reproche aux Bridgerton, je ne m'assoupis pas devant, moi.

— Encore un insensible au charme de Regé-Jean Page, je soupire rêveusement. Ou jaloux.

— Exactement ! acquiesce-t-elle en riant, pile au moment où les trois mâles présents dans la pièce se sentent obligés de remettre en cause les qualités de l'acteur. Bon, on les attaque, ces pizzas ? Avec Mamie, on a plein de choses à vous raconter.

Jérôme et moi transportons la nourriture sur une des tables du fond, tandis que Rémi et Léna nous préparent de quoi boire.

— J'ai eu ton message, me souffle discrètement mon collègue. Il se passe quoi, avec Théo ? Vous avez parlé, ça y est ?

M'assurant que personne ne nous écoute, je lui réponds en chuchotant :

— Non, j'étais sur le point de le faire quand Rémi et Valentine ont débarqué. Ensuite, ils ont insisté pour qu'il reste… Résultat des courses, il ne sait toujours rien. Tout cela devient très problématique.

Jérôme réplique par une grimace, mais nous n'avons pas le temps de débattre davantage car les autres viennent s'installer à table. Tout en mangeant, nous écoutons Jacotte nous expliquer que c'est elle qui a proposé à Léna de nous retrouver à *L'Edelweiss*, après l'avoir appelée pour lui faire part d'une bonne nouvelle.

— Mon Lulu se faisant un marathon *Columbo* avec mon curé de fils, je trouve nettement plus amusant d'être ici à vous prêter main-forte.

Nous rions encore. Le père Xavier, l'un des deux fils de Jacotte, est le curé le plus moderne qu'il m'ait été donné de connaître. Quand il ne porte pas sa soutane, il n'est pas rare de le croiser vêtu d'un t-shirt à l'effigie de Batman, et il adore regarder des séries en se faisant l'intégrale d'un coup.

— Bon, et cette bonne nouvelle, c'est quoi ? trépigne Valentine, curieuse.

— J'y viens : nous avons trouvé une machine à pop-corn pour le ciné-club ! jubile Jacotte. Elle sera livrée demain, ce qui nous laisse largement le temps d'apprendre à l'utiliser.

— C'est génial ! la félicitons-nous en chœur.

— Oui ! Léna a prévu de nous redessiner une affiche plus en adéquation avec le thème et nous allons envoyer une publicité à nos abonnés sur l'ordinateur. C'est dingue, tout ce qu'on peut faire, de nos jours ! Cette fois, j'ai bon espoir que ça fonctionne.

Le concept va beaucoup plaire, j'en suis certaine ! J'avale une bouchée de ma quatre-fromages, puis je demande à Léna :

— Est-ce que tu sais quand les nouveaux flyers seront prêts ?

— Je les aurai en début de semaine, me répond-elle. J'irai les faire imprimer lundi en ville, ça ira plus vite. Je vous en déposerai au restaurant au retour.

— Tu peux aussi en laisser à Marjorie, lui suggère Théo. La boutique ouvrira mardi.

Jacotte se penche sur sa chaise pour mieux le scruter.

— Tu vas travailler avec elle, joli cœur ? Tu ferais un carton auprès des clientes.

— Non, ce n'est pas prévu, la détrompe-t-il. Je vais l'aider au maximum tant que je serai là afin que l'ouverture se déroule pour le mieux, mais je n'ai pas l'intention de m'installer au village.

— Tu continues le journalisme, alors ? l'interroge Léna, non sans me filer un coup de genou sous la table.

— Je ne sais pas, lui avoue-t-il, en faisant tourner son soda dans son verre. Je vais sûrement accepter un peu de free-lance pour me maintenir à flot, mais j'en ai fait le tour, je sens qu'il y a autre chose à saisir, maintenant. J'ai besoin de plus de vie, plus de spontanéité. J'envisage de me mettre au service de la communauté, bien que je ne sache pas encore de quelle manière.

— C'est bien, de se lancer de nouveaux défis, approuve Jacotte. Il y a tellement de beaux projets à initier, quand on cherche bien… À propos, Émeline, où en est le tien ?

J'arrondis les yeux. Comment est-elle au courant ? Je n'ai aucun souvenir d'en avoir discuté avec elle ! À moins que… Bon sang, je vais le tuer !

— Oh, à ce que je vois, mon père n'a pas su tenir sa langue, je réponds, légèrement agacée. Il n'était pas censé en parler, je ne suis pas prête pour ça.

— Ne sois pas fâchée contre lui, ce n'était pas méchant, le défend Jérôme. Je ne sauterai pas de joie le jour où tu nous annonceras ton départ, c'est certain, mais ton père croit à fond en toi, c'est formidable.

— Parce que toi aussi, tu en as eu des échos ? Je lui ai pourtant répété de ne pas s'emballer, rien n'est décidé encore.

Au regard de connivence que Rémi échange avec Valentine, je réalise qu'en fait, tout le monde autour de cette table est au courant de mes rêves. Enfin, tout le monde sauf Théo, qui me questionne, l'air intrigué :

— Ma curiosité est éveillée ; il consiste en quoi, ce projet top secret ?

J'opte pour une réponse laconique :

— Ce n'est rien de très arrêté, pour l'instant. Je pense me diriger vers l'événementiel.

Il n'a pas besoin de tout savoir. C'est sans compter Jacotte, qui ne semble pas du même avis que moi.

— L'événementiel de fin d'année, lui précise-t-elle, d'un ton important. Cette petite est trop modeste pour le reconnaître, mais elle a un réel talent créatif.

Je suis sûre qu'un jour, on fera appel à ses services pour les ornements de notre marché de Noël.

— Oh, je ne suis pas si ambitieuse. Dans un premier temps, j'aimerais surtout décorer des hôtels ou des chalets touristiques, par exemple. Apporter une pincée de magie, à ma façon.

Les yeux de Théo glissent sur mon visage.

— J'adore ! me dit-il en souriant. C'est merveilleux de vouloir répandre un peu de magie pour Noël. Ce n'est pas donné au plus grand nombre, ça demande d'avoir su conserver son âme d'enfant.

*Ne rougis pas, idiote.*

— Émeline est très douée pour ça, elle va forcément nous faire remporter le premier prix, avec sa vitrine, prédit Rémi, suscitant l'approbation générale.

Gênée d'avoir toute l'attention braquée sur moi, je me relève subitement et lance à la cantonade :

— Oui, eh bien, en parlant de vitrine, on ferait mieux de s'y remettre si on ne veut pas y passer la nuit !

Heureusement, le reste de la soirée se déroule de façon beaucoup plus sereine. Au grand regret de Pupuce, Théo nous quitte rapidement après avoir reçu un appel de Marjorie, qui a besoin de lui pour un problème de canalisation au-dessus de sa boutique. Je peux donc me consacrer pleinement à ma vitrine, sans craindre d'être distraite. Oh, bien sûr, je cogite durant les minutes suivant son départ puisque nous n'avons toujours pas eu la Grande Discussion, lui et moi. Toutefois je me promets d'y remédier au plus vite. Je ne peux pas reporter sans cesse. Mon week-end sera naturellement dédié à ma mère, qui arrive dans moins de quarante-huit heures, mais ensuite plus rien ne me retiendra d'aller trouver Théo et de me débarrasser de ce poids qui m'oppresse depuis son retour.

Grâce à l'aide de Valentine et de Rémi, de Léna et de Jacotte, il est près de minuit quand tout est enfin prêt. Non sans émotion, je me faufile dehors, face à la baie vitrée, sous les flocons qui volettent inlassablement, pour contempler mon œuvre dans son ensemble. Le restaurant étincelle de lumières chamarrées. Chaque détail se fond à la perfection dans cette scène que j'ai conçue. C'est moi qui ai fait ça, je n'en reviens pas ! Orné de soixante-dix-neuf décorations minutieusement triées, le sapin se dresse, majestueux, dans une large palette de nuances allant du doré au rouge, en passant par le blanc. Tout autour, j'ai disposé les anciens jouets que nous avons pu glaner : la voiture à pédales de mon père, une énorme peluche Donald Duck, un cheval à bascule, un manège miniature mécanique en métal, quelques poupées Barbie vintage et, clou du spectacle, un train électrique avec effets de vapeur, qui appartenait à Rémi et Clément quand ils étaient enfants. Les guirlandes lumineuses, étoiles en papier et autres décorations maison, ainsi que des branches de gui ont été suspendues à divers endroits stratégiques pour parfaire le tout.

— C'est magnifique, murmure Léna, en passant son bras sous le mien. Tu iras loin, on est tous très fiers de toi.

J'ai conscience d'avoir été exigeante, avec mes croquis détaillés et ma manie de tout régler au millimètre près, mais en admirant cette vitrine féerique, digne du village du Père Noël, moi aussi, je me sens fière de moi. C'est comme si mon projet prenait enfin tout son sens.

## 13

# Émeline

*Samedi 10 décembre*

— Tu es certaine que les garçons n'ont pas besoin de moi, Léna ? Parce que si le restaurant est bondé, ma place est auprès d'eux.

La semaine s'est écoulée si vite qu'en me réveillant, ce matin, j'étais stupéfaite de m'apercevoir que nous sommes déjà samedi. En ce jour d'inauguration du marché de Noël, le village grouille de vie ; les commerçants ont pris possession de leurs chalets sur la place principale et la grande roue sera dévoilée au public dans les prochaines heures. Cette agitation ambiante n'est pas sans répercussions sur *L'Edelweiss*, qui affiche complet ce midi, ainsi que vient de me l'annoncer Léna. C'est pourquoi je m'en veux de laisser Rémi et Jérôme se débrouiller seuls au service, quand ma présence ne serait sans doute pas superflue.

À l'autre bout du téléphone, mon amie me répète que ce ne sera pas nécessaire.

— Ne t'en fais pas pour ça, Émeline. On savait qu'il y aurait du monde, mais ils vont très bien s'en sortir, Clément ne t'aurait pas donné ton week-end, sinon. Ta mère est arrivée ?

J'acquiesce. À l'aube, celle-ci m'a laissé un message pour m'informer que mon beau-père et elle quittaient Grenoble, où ils ont passé la nuit après avoir fait le trajet d'une seule traite depuis Rennes.

— Ils sont bien installés dans leur location, je les attends pour déjeuner. Si mes parents parviennent à se supporter au moins le temps d'un repas, nous ferons un tour ensemble au marché de Noël en fin de journée.

— Alors, profite et cesse de culpabiliser ! On se croisera sûrement à l'inauguration, ma grand-mère doit faire un discours pour la grande roue et ma nièce va bosser sur le stand de lait de poule. Bref, ce n'était pas le motif de mon appel : l'équipe du journal *La Provence* sera là jeudi prochain pour leur reportage sur le concours de vitrines.

— Super nouvelle ! je m'enthousiasme. J'imagine que l'interview aura lieu au restaurant ?

J'ai reçu une telle ribambelle de compliments de la part des clients que je me réjouis de montrer ma décoration aux journalistes !

— Non, me détrompe Léna, ils viendront pour les photos, mais l'interview se fera au pied de la grande roue. Ce sera filmé pour leur site web, ils ont décidé de procéder en binôme pour bien insister sur l'esprit bon enfant qui règne malgré la compétition. Tu devrais être avec Marjorie.

Oh, c'est bien ma veine. Depuis la soirée où nous avons décoré la vitrine, je n'arrête pas de repenser au moment où Valentine a déboulé, m'empêchant de m'expliquer avec Théo. Comment aurait-il réagi si j'avais pu aller au bout ? Mais je ne dois pas exclure la possibilité qu'il se doute de quelque chose… D'ici jeudi, j'espère être fixée ; il est donc fort probable que Marjorie me détestera pour avoir provoqué un cataclysme dans l'existence de son meilleur ami. Pour l'ambiance complice et bon enfant, on repassera.

— D'accord, c'est noté, dis-je en m'efforçant de réprimer un soupir.

— Ne t'angoisse pas, m'encourage Léna, se méprenant sur mon soudain manque d'entrain. Tu vas assurer et gagner, j'en suis certaine !

— Merci, Léna. Bon, je dois te laisser, j'ai encore mille choses à faire avant que ma mère débarque.

Or, s'il y a bien une chose au monde que déteste Angela Mariani-Cotret, après Noël, mon père et les fruits de mer, ce sont les gens en retard. Après avoir raccroché, je monte me changer dans ma chambre, enfile une petite robe pull à imprimés norvégiens, puis je me refais une beauté en vitesse. Entre le pic d'activité au restaurant de ces derniers temps et les nuits encore hachées de ma fille, je suis loin d'avoir une mine éblouissante, mais je peux y remédier. L'avantage d'élever un bébé seule, c'est que j'ai appris à me maquiller en moins de cinq minutes chrono : une touche de mascara, un peu de blush sur les joues, un soupçon de baume à lèvres rosé, me voilà à peu près présentable. Ouf ! Ma mère ne devrait pas m'asséner que j'ai l'air épuisée par la vie que j'ai décidé de mener loin d'elle. Si je suis ravie de l'avoir avec nous pour Noël, je peux pas m'empêcher de stresser à propos de tout et n'importe quoi : trouvera-t-elle ma fille assez éveillée, la tartiflette assez bonne, mon intérieur assez propre et mon père assez sobre ?

— On va lui prouver qu'on s'en sort très bien, pas vrai, mon cœur ? je murmure à l'oreille de Cara en la prenant dans mes bras pour lui donner son biberon face à la baie vitrée du salon. Regarde comme c'est beau, dehors.

Les fins flocons de jeudi se sont transformés hier en une véritable tempête de neige et le paysage qui nous entoure est à présent d'un blanc immaculé. Au loin, les sommets des montagnes sont recouverts d'une épaisse couche de poudreuse qui scintille sous le soleil tandis que, tout autour de mon chalet, les branches des arbres ploient sous la neige encore fraîche. En plissant les yeux, je peux même distinguer des pas d'animaux sur l'épais tapis blanc qui recouvre le sol. En cet instant, je suis plus que jamais convaincue d'avoir fait le bon choix en revenant m'installer à Vallenot. Je ne me lasserai jamais de vivre ici !

*

— Quel froid ! frissonne ma mère, quelques instants plus tard, en pénétrant dans la maison. J'espère que tu as du chauffage, ils n'ont pas pensé à le mettre en route dans notre location.

Je lui souris en prenant son manteau imprégné de Shalimar pour l'accrocher. Ma mère a toujours mis un point d'honneur à porter de beaux vêtements qui la mettent en valeur, et je la trouve très élégante dans son pull à col roulé en cachemire blanc et son pantalon évasé couleur camel.

— Tu es magnifique, Maman. Et tu vas pouvoir te réchauffer, car j'ai allumé un feu. Je suis si heureuse de vous revoir, tous les deux !

Pascal, mon beau-père, me salue à son tour.

— Comment vas-tu, ma grande ? s'enquiert-il, en me tendant une boîte de chocolats.

Des pralinés, mes préférés !

— Beaucoup mieux, maintenant que je vais pouvoir m'empiffrer, dis-je en riant. Mais entrez, mettez-vous à l'aise.

Ils me suivent dans le salon, où j'ai tout briqué ce matin. Je ne suis pas peu fière du résultat ; outre les bûches que j'ai empilées avec soin dans un panier vintage, j'ai installé une guirlande lumineuse sur le pourtour de la cheminée et dressé une jolie table pour le déjeuner. L'atmosphère est douillette à souhait. Cara s'étant assoupie dans son transat, ma mère s'approche doucement d'elle pour lui caresser les cheveux. Son visage s'illumine quand elle me souffle :

— Quel trésor ! Elle est irrésistible, avec cette petite grenouillère à cœurs rouges ! Il me tarde de te montrer tous les cadeaux que je lui ai apportés.

— Je suis pressée de découvrir ça ! Je vous sers quelque chose à boire ? Je n'ai pas d'alcool, vous n'avez rien contre un jus de fruits ?

Si ma mère devine les raisons pour lesquelles je n'achète plus de boissons alcoolisées, elle se garde néanmoins de toute réflexion.

— Du jus d'orange fera parfaitement l'affaire, acquiesce-t-elle.

Lorsque je les rejoins avec leurs verres, ils sont installés sur le canapé, parmi l'abondance de coussins. D'un mouvement du menton, ma mère désigne les villages de Noël sur le buffet.

— Je vois que tu as déjà tout décoré. Tu ne fais pas les choses à moitié…

— Il me reste le sapin à faire, mais c'est vrai que je me suis beaucoup amusée. J'ai trouvé tellement de jolies choses en Alsace !

— Ce n'est pas un peu tôt ? Le mois de décembre commence à peine.

Comme il est loin, le temps où elle se réjouissait de nous voir frétiller d'impatience devant le sapin, mon frère et moi !

— J'ai toujours aimé Noël, tu le sais. Et à présent que je suis maman, cette fête prend encore une autre dimension à mes yeux.

Elle sirote une gorgée de son jus d'orange et me sourit.

— Cette maison a énormément changé, je ne la reconnais presque pas. Tu l'as très bien arrangée, c'est bien plus chaleureux qu'à l'époque de tes grands-parents.

— Oh, je n'ai pas fait grand-chose ; Papa s'est consacré aux travaux durant des mois.

— Ton père est sacrément doué, siffle Pascal, admiratif. Tu as beaucoup de chance de vivre dans un tel endroit. Acheter un chalet à la montagne était un de mes fantasmes de jeunesse.

— C'est vrai ? J'aurais pu vous héberger, tu sais, j'ai une chambre libre.

Ma mère remue fermement la tête.

— C'est très aimable de ta part, mais nous sommes aussi bien dans cette location. Nous aurons du chauffage d'ici ce soir, normalement.

— C'est toi qui vois. Au cas où, la porte est ouverte.

Elle ne rebondit pas, se contentant de fixer Cara, mais je vois bien que cette idée lui paraît aussi plaisante qu'un reflux gastrique. Elle est si arc-boutée sur ses principes ! D'après nos proches, je suis son portrait craché, pourtant j'en doute. Mis à part la blondeur de nos cheveux (les siens sont coupés court), une certaine flamme dans le regard et la forme du visage, nous sommes si différentes ! Je me reconnais bien peu dans son caractère inflexible et pragmatique à toute épreuve, et même nos morphologies divergent complètement ; malgré ses deux grossesses, elle a su conserver un corps svelte, façonné par ses séances de Pilates, alors que le mien est plutôt façonné par le fromage et le chocolat chaud. La génétique n'est pas toujours très équitable.

— Ta petite robe est ravissante, finit-elle par déclarer, désireuse de changer de sujet. Je constate que tu ne te laisses pas aller, au moins.

Je vais prendre ça comme un compliment.

— Eh bien, je m'imaginais mal traîner toute la journée en jogging, le cheveu gras et hirsute, dis-je pour plaisanter. C'est plutôt moyen.

Insensible à mon humour, ma mère émet un grognement, entre perplexité et résignation.

— Mmm, encore heureux. Ce n'est pas le genre de valeurs que je t'ai inculquées.

Un silence inconfortable tombe sur la pièce tandis qu'elle termine son verre. C'est ridicule, mais la nervosité qu'elle paraît éprouver déteint sur moi comme si nous étions deux étrangères. Je suppose que ça lui fait un choc, d'être là. Bien qu'elle s'y soit préparée, c'est la première fois qu'elle remet les pieds à Vallenot depuis notre déménagement en Bretagne. Lorsque Cara est née, elle a pris une chambre d'hôtel près de la maternité sans faire le moindre saut au village. Est-ce qu'être de retour ne ravive pas de tragiques souvenirs ? Après tout, c'est dans ce village que mon frère, son fils, a perdu la vie. Elle y pense, c'est obligé, et je me sens impuissante, totalement démunie face à cela.

Repoussant un coussin, Pascal se penche vers moi.

— Je me réjouis de découvrir le marché de Noël, tout à l'heure. C'est une grande roue que j'ai aperçue, sous l'immense bâche ?

Je lui souris, reconnaissante de ses efforts pour relancer la conversation.

— Oui, ce sera une première. L'histoire est incroyable, d'ailleurs : c'est une centenaire récemment décédée qui a fait don d'une somme d'argent pour installer cette attraction, parce que ça lui rappelait sa jeunesse.

— Épatant ! C'est ce qui me plaît, dans ces petits bourgs, chaque nouvelle initiative relève de l'événement.

Ma parole, il est conquis !

— Et si nous en faisions un tour tout à l'heure ? suggère ma mère, qui semble avoir oublié ma peur du vide. Une grande roue à Vallenot, c'est du jamais vu… Je crois que j'ai même un peu hâte.

— Ah, ah ! Tu te laisses enfin gagner par l'ambiance des fêtes, la taquine Pascal. À propos, Émeline, il paraît que tu nous as préparé une tartiflette ?

— Euh, en fait, c'est mon père qui l'a cuisinée. Il déjeune avec nous.

— Qui ça ? me demande distraitement ma mère, le nez rivé sur son verre vide.

Je secoue la tête en retenant un soupir. Elle a parfaitement entendu. Ou elle fait l'idiote, ou elle espère qu'un autre homme m'a adoptée. Un rapide coup d'œil vers la baie vitrée m'apprend que Papa approche justement du chalet. Sa voiture est en train de remonter l'allée, il est trop tard pour faire machine arrière. Que ça lui plaise ou non, ma mère devra bien se confronter à lui.

Je répète, en prenant bien soin d'articuler :

— Papa déjeune avec nous. L'homme responsable de ma conception. Ça t'évoque quelque chose ?

— Je t'en prie, Émeline, s'agace-t-elle, je ne suis pas stupide. Pourquoi l'as-tu invité ? J'espérais profiter de Cara, de toi aussi. On ne s'est pas vues depuis la naissance de la petite.

Oh, non, voilà qu'elle me fait son regard de tragédienne grecque ! Pas du tout disproportionné… C'est à se demander pourquoi elle s'est obstinée à faire carrière dans la banque puisqu'un brillant avenir dans le cinéma lui tendait visiblement les bras. Au prix d'un immense effort, je lui explique sans me départir de mon calme :

— Écoute, Maman, je sais que ce n'est pas le grand amour entre vous, mais Papa me dépanne en gardant Cara quand je travaille alors que rien ne l'y oblige. C'est lui qui a proposé de préparer le repas ce midi car il est plus doué dans ce domaine que moi. Il est plein de bonne volonté, et je t'assure qu'il n'est plus le même homme. Ça va aller, d'accord ?

Sa moue semble peu convaincue, mais elle m'adresse au moins un sourire fugace.

— Bon. Je suppose que l'eau a coulé sous les ponts, après tout.

— Je n'arrête pas de te le répéter, ma chérie, lui dit Pascal en passant un bras autour de ses épaules.

Rassurée, je vais ouvrir la porte à mon père, chargé de son plat ainsi que de divers sacs de décorations pour le sapin. Dès qu'il passe le seuil, nous sommes enveloppés par la délicieuse odeur des pommes de terre et du reblochon encore tièdes. Pendant que je le déleste de ses sacs, ma mère et Pascal se lèvent du canapé sans piper mot. Sentant mon père lui aussi sur la réserve, je me hisse sur la pointe des pieds pour embrasser sa joue mal rasée.

— Salut, Papa ! Comment va le roi de la tartiflette ? je lance, avec un enthousiasme un peu trop forcé.

— Ça va. Il faudra repasser le plat cinq minutes au four, mais ça me paraît bien. Hum… Bonjour, Angela, prononce-t-il ensuite d'une voix hésitante, osant à peine regarder ma mère, qui n'est pas loin de la combustion spontanée.

— Bonjour, Pierre, lui répond-elle avec une politesse guindée.

Bon, tout cela manque un peu de chaleur… Cela étant, je ne m'attendais pas non plus à ce qu'ils se fassent la bise ou le méga câlin du siècle.

— J'imagine que tu as entendu parler de Pascal, enchaîne-t-elle en lui désignant mon beau-père.

Celui-ci s'avance vers mon père et lui serre chaudement la main.

— Heureux de faire enfin votre connaissance, Pierre. Et bravo pour cette maison, elle est superbe.

Agréablement surpris, Papa lui tape l'épaule avec bonhomie.

— Oh, merci ! Bienvenue à Vallenot, et appelle-moi Pierrot, comme tout le monde.

Moi qui redoutais que mon père joue les ours mal léchés, je suis soulagée de le voir plutôt amical envers Pascal, et ce malgré le contraste flagrant qu'il y a entre eux deux. Avec ses tempes à peine grisonnantes, ses lunettes à fines montures noires et ses pull-overs toujours bien coupés, mon beau-père représente le citadin par excellence, soit l'exact opposé de Papa, adepte du look bûcheron et de l'attitude assortie.

— Bien, je file dans la cuisine, reprend ce dernier. Ce sera prêt très vite.

Tandis qu'il s'éloigne, ma fille se réveille et se met à gazouiller. Je la sors de son transat et la tends à ma mère.

— Est-ce que tu veux tenir Cara, pendant que je vais aider Papa ?

Un sourire ravi fleurit sur ses lèvres.

— J'ai cru que tu n'allais jamais me le proposer ! s'exclame-t-elle, aux anges. Mon Dieu, mais quelle merveille, ce bébé ! Bonjour, mon trésor, je suis ta mamie…

La laissant s'extasier sur ma fille, je vais retrouver mon père, en train de régler le thermostat du four.

— Alors, ça va ? me demande-t-il en se redressant. Ta mère n'est pas trop incommodée par ma présence ?

Préférant ne pas revenir sur sa déconvenue quand elle a su qu'il se joignait à nous, j'esquive par une pirouette :

— Je la trouve de bonne humeur et assez ouverte. Et puis, elle t'a dit bonjour, c'est bon signe.

— Oui, c'est vrai, reconnaît-il. Est-ce que tu l'as avertie du retour de Théo ?

*Zut, oui, il y a aussi ce petit détail.*

Quand ma mère a appris que j'étais enceinte, sa première réaction a évidemment été de m'interroger sur l'identité du père. Inutile de préciser que sa joie n'était pas flagrante quand je lui ai révélé qu'il s'agissait d'une histoire sans lendemain.

— Pas encore, non. Je préférerais avoir réglé le problème avant d'aborder le sujet avec elle. On passe à table ?

À mon grand désarroi, ma mère semble avoir décrété que ma vie amoureuse (enfin, mon absence de vie amoureuse, en l'occurrence) méritait de faire l'objet d'une discussion immédiate. Nous attaquons la tartiflette quand elle me glisse, avec plus de précaution que si elle me confiait le code de la valise nucléaire :

— Cara est vraiment magnifique, chérie. Je présume que son… hmm, géniteur ne s'est toujours pas manifesté ?

Ne sachant trop de quelle manière lui exposer la situation, je prends le temps de me servir de la salade. La perspective de répondre à ses questions m'épuise déjà, autant être brève.

— C'est assez compliqué, en fait. Théo est justement de retour pour les fêtes car son grand-père habite ici. Mais… J'ai l'impression qu'il n'a jamais lu le message dans lequel je lui annonçais ma grossesse, alors j'irai lui parler dans la semaine.

Mon intonation affermie paraît la convaincre.

— J'ose croire qu'il prendra ses responsabilités, assène-t-elle. Le contraire serait absurde.

— Ce n'est pas si simple, Maman. Je te rappelle qu'il était loin de se projeter dans une vie de famille.

— Et alors ? se raidit-elle. Tu es en droit d'exiger une reconnaissance en paternité.

— J'agirai selon ce que lui choisira. Je ne veux rien lui imposer du tout.

— Pardonne-moi, ma chérie, mais élever seule un enfant, ça relève du sacerdoce. Il te faudra bien une pension alimentaire, si tu veux parvenir à joindre les deux bouts. Tu devrais te montrer plus pugnace.

Assis face à nous, mon père pousse un soupir irrité.

— Émeline s'en sort très bien, Angela. Fiche-lui la paix.

— Évidemment, je me doutais qu'il ne fallait pas compter sur toi pour la raisonner, rétorque-t-elle, non sans lui jeter un coup d'œil assassin.

— Ce ne sont pas nos affaires, c'est tout, se défend-il. C'est à Émeline de décider de ce qui est bon ou non pour elle, pas à nous.

Pour toute réponse, ma mère plante rageusement sa fourchette dans une pomme de terre. Je remercie mon père d'un battement de cils et tente de dissiper le malaise en relançant le dialogue :

— Ta tartiflette est délicieuse, Papa.

— Elle manque de vin blanc, c'est dommage, marmonne ma mère.

J'arrondis les yeux. L'envie de lui flanquer un coup de pied dans le tibia me démange. Qu'est-ce qui lui prend, à la fin ? Elle sait bien que mon père lutte depuis des mois contre l'alcoolisme !

— Je n'ai pas mis de vin blanc car je ne touche plus à l'alcool, lui répond ce dernier sans se départir de son calme. Mais j'ai compensé par de la crème fraîche, pour la petite dose de cholestérol en plus. Tu n'en souffres pas, j'espère ? Il paraît que c'est fréquent, chez les femmes ménopausées.

Ma mère étouffe un ricanement acerbe, qui me donne envie de me lever de table et de fuir ma maison pour toujours.

— Il me semblait bien avoir senti un parfum d'arrogance quand tu es arrivé, riposte-t-elle. Tu ferais bien d'ôter ce sourire démoniaque de tes lèvres, je ne suis pas loin d'appeler un exorciste.

Vite, qu'on me vienne en aide ! La subtilité n'est décidément pas le point fort de mes parents ! Sont-ils obligés de se comporter comme des enfants de six ans ? Ne sachant plus si je dois en rire ou en pleurer, je m'immisce dans leur chamaillerie avant qu'elle ne dégénère en pugilat :

— OK, bande de sales gosses, maintenant que vos retrouvailles sont actées, pouvons-nous manger et passer à autre chose ? Vous devenez franchement pénibles, là.

Mon ado de père ricane dans sa moustache, tandis que ma mère, vexée de se faire enguirlander par sa propre fille, secoue la tête avec son air de dignité bafouée. Fort heureusement, Pascal oriente la conversation sur les balades à motoneige qu'organise mon père. Ce dernier ne se fait pas prier pour partager ses anecdotes les plus drôles, comme cette fois où l'une des sœurs de Valentine, persuadée d'avoir vu un ours, s'est étalée de tout son long en passant par-dessus sa motoneige ; l'ours était en réalité un chamois. Papa évoque ses randonnées avec tant de passion que Pascal ne cache pas son enthousiasme.

— Ça me donne très envie d'essayer ! affirme-t-il, à la fin du repas.

— Eh bien, pourquoi pas ? l'encourage mon père. L'itinéraire suit les plus beaux sentiers et le panorama final est époustouflant. Crois-moi, ça vaut le détour.

— On pourrait programmer une balade, qu'en dis-tu, Angela ?

N'ayant toujours pas digéré leur échange orageux quelques minutes plus tôt, ma mère fixe mon père droit dans les yeux, avant de lui asséner :

— S'il s'agit d'un plan tordu pour te débarrasser de moi, même pas en rêve.

Leur guéguerre devient si grotesque que je me mords l'intérieur des joues pour ne pas rire, et je soupçonne Pascal de s'essuyer la bouche uniquement pour masquer son amusement derrière sa serviette. Une lueur espiègle s'allume dans le regard de Papa.

— Pas de plan tordu, pas d'ours, pas de moteur trafiqué, tu as ma parole, lui promet-il, malicieux. Même si je voulais me débarrasser de toi, je n'y arriverais pas, tu es bien trop tenace.

C'est alors qu'un pur miracle se produit : les lèvres de ma mère se courbent, celles de mon père suivent le mouvement. Pour la première fois depuis de nombreuses années, mes parents se sourient. Cela ne dure qu'une courte seconde, mais c'est bien réel.

— D'accord, je te fais confiance, capitule ma mère. Faisons ça lundi matin.

Mon père sort son portable pour bloquer le créneau.

— Voilà, c'est noté. Bon, il me semble que nous avons un sapin à décorer ! s'exclame-t-il ensuite. Lutins de Noël, au rapport !

*

Cinq heures plus tard, c'est d'un pas traînant que je me faufile avec mes parents et Pascal dans la file d'attente pour la grande roue, où nous attend Mounia. L'attraction vient d'être inaugurée en grande pompe par Jacotte et par le maire, la foule se presse pour monter à bord. Bien entendu, je n'ai pas la moindre intention de les imiter. Mes orteils se recroquevillent rien qu'en regardant la nacelle la plus haute ! Je parviens cependant à sourire quand mon père présente Mounia à ma mère et à mon beau-père, la qualifiant pudiquement de « mon amie ». Nous savons pertinemment que la jolie brune aux yeux verts représente bien plus que cela pour lui. En les observant, je réalise à quel point ils se sont bien trouvés, tous les deux. Divorcée après vingt ans de mariage d'un homme qui refusait de quitter le confort de la ville pour vivre avec elle à la montagne, Mounia a plaqué son métier de mécanicienne, repartant à zéro. Elle est parfois brute de décoffrage et fait peu de concessions, mais c'est une personne bienveillante, qui a le cœur sur la main.

— Est-ce que tu veux que je m'occupe de Cara pour que tu puisses profiter de la grande roue avec tes parents ? me propose-t-elle en se penchant sur le landau de ma fille pour admirer son sourire.

Son offre, bien qu'adorable, ne me tente absolument pas.

— J'aimerais mieux m'arracher les ongles, mais merci.

— Quoi ? s'esclaffe-t-elle.

Sans me laisser le temps de m'expliquer, mon père lui passe un bras autour des épaules.

— Émeline a le vertige, glousse-t-il. Elle pourrait *vraiment* s'arracher les ongles.

En entendant ses paroles, ma mère me dévisage, navrée.

— Oh, chérie, je suis désolée, je n'y avais pas pensé ! Je vais rester avec toi, tu ne vas pas poireauter dans ton coin.

— Non, Maman, ça ne me dérange pas. Ce tour de grande roue te faisait envie, il n'est pas question que tu y renonces pour moi.

Après avoir usé de bonne volonté tout l'après-midi, quand nous avons décoré l'arbre de Noël, elle peut bien s'amuser et profiter. Si elle a d'abord froncé le nez lorsque mon père a mentionné le sapin (elle s'est d'ailleurs davantage occupée de ma fille que des décorations) et n'a pas fredonné gaiement avec nous *Let it snow ! Let it snow ! Let it snow !*, néanmoins elle a compris que j'aie envie de transmettre à Cara le côté chaleureux et convivial de Noël. Même si elle n'a pas joué le jeu à fond, elle a pris un certain plaisir à montrer chaque ornement à ma fille, je dois bien lui accorder cela.

— Qu'est-ce que tu vas faire, toute seule ? me demande-t-elle, ennuyée.

Balayant la place du regard, je lui désigne les chalets du marché décorés de branchages et de lumières.

— Je vais me balader et puis aller nous chercher un bon chocolat chaud au stand de *L'Edelweiss.* Après tout, c'est ma recette, on ne va pas s'en priver. En plus, mes amies sont là, dis-je en apercevant Léna et Valentine. On se retrouve après, d'accord ?

Mounia me gratifie d'une petite tape amicale sur le poignet.

— Oui, va donc retrouver tes copines, ma caille, ce sera plus marrant pour toi. Je prends soin de tes parents.

Croisant les doigts pour qu'elle ait la présence d'esprit de les empêcher de passer par-dessus bord au cas où un nouveau sujet de discorde éclaterait entre eux, je m'éloigne, satisfaite par la perspective de souffler un peu.

# 14

# Théo

Les yeux rivés sur l'écran de son ordinateur portable, Marjorie ôte ses lunettes et relève le visage vers moi.

— Waouh, le planning devient sacrément chargé, observe-t-elle. Je vais être interviewée jeudi pour le concours de vitrines, ils feront ça sur le marché de Noël.

À son ton, je constate qu'elle ne paraît pas aussi contente qu'elle devrait l'être.

— C'est une belle opportunité de faire connaître ta boutique, je lui lance. Pourquoi affiches-tu cet air désespéré ?

Nous venons de passer une partie de la journée à terminer le ménage dans sa boutique. Tout est quasiment prêt pour l'ouverture, mardi ; nous avons même installé la chambre froide nécessaire à la conservation de certaines plantes, il ne reste qu'une poignée de détails à régler. Ce qui est suffisant pour rendre mon amie folle d'angoisse. Depuis hier, les pensées tourbillonnent dans sa tête, elle est persuadée qu'elle ne vendra jamais assez de fleurs pour tenir la première année.

Voyant que je la regarde, Marjorie referme l'ordinateur avec un haussement d'épaules.

— Parce que ma boutique ne sera ouverte que depuis deux jours, m'explique-t-elle. Je ne peux pas m'absenter comme ça, au beau milieu de l'après-midi, juste pour une interview.

— Rien ne m'empêche de te remplacer.

— Pour l'interview ? me demande-t-elle, en descendant du tabouret sur lequel elle était juchée.

— Non, au magasin. Ce sera l'affaire de quoi, trois quarts d'heure, une heure tout au plus ?

Elle fronce les sourcils, incrédule, avant de secouer la tête.

— Théo, je t'aime beaucoup, n'en doute pas. Mais tu as autant la main verte qu'un poisson rouge et tu es incapable de distinguer une anémone d'un camélia. Il n'est pas question que je te confie mes clients, encore moins mes fleurs.

— Tant d'éloges, c'en est trop ! je m'esclaffe. Je ne fais que proposer une solution.

— C'est généreux de ta part, mais tu te démènes assez comme ça. Tu m'enlèves une belle épine du pied en allant récupérer la dernière commande, lundi, je ne veux pas abuser davantage de ta gentillesse.

— Je suis venu ici pour t'aider, Marjo, je lui rappelle, mains écartées devant moi pour souligner l'évidence.

Elle me lance un sourire railleur.

— Tu parles ! pouffe-t-elle. Ça, c'était la version officielle avant que la jolie Émeline ne t'embrigade pour la déco de sa vitrine ! Tu as de la chance, pour cette fois je ne suis pas rancunière. Tu penses qu'on va la croiser au marché de Noël ?

J'en rêve, mais je me garde bien de le lui avouer. Marjo jubile un peu trop depuis que je lui ai raconté la soirée de jeudi. À la place, je réponds, évasif :

— Je ne sais pas, je ne suis pas au courant de ses plans… Je me suis comporté comme un débile avec elle, l'autre soir, il est possible qu'elle m'en veuille.

Cela étant, je regrette vraiment que nous n'ayons pas pu achever notre conversation, car j'ai la nette impression qu'Émeline s'apprêtait à me confier que notre aventure a un peu compté pour elle, finalement. Du moins, ça y ressemblait. C'est trop bête d'avoir raté le coche. En même temps, je ne pouvais pas le deviner, sinon j'aurais pris de ses nouvelles plus tôt, c'est si simple avec les réseaux sociaux. Bien entendu, je n'ai pas osé, par peur d'être rejeté. Si j'avais su !

— Si elle était en rogne contre toi, reprend Marjorie, elle ne t'aurait pas laissé toucher un seul élément de sa vitrine, crois-moi. Si jamais on la voit, emmène-la boire un chocolat chaud, ça fonctionne toujours, c'est scientifiquement prouvé.

Sa remarque me fait sourire. Après deux nuits passées à négocier avec mon sommeil et mon attirance pour Émeline, j'ai eu le temps de m'imaginer toutes sortes de scènes romantiques. Mais il me faut être réaliste : je n'ai rien à lui offrir.

— Je préfère rester prudent, lui dis-je. Émeline a un bébé, ce n'est pas rien. Quant à moi... eh bien, je ne fonderai jamais de famille, comme tu le sais.

L'infime éventualité que je puisse être le père de sa fille est bien revenue me titiller (merci, Gaston !), mais cela n'a aucun sens. D'une part, elle m'aurait prévenu, et surtout ce n'est qu'une chimère. Ce n'est pas le moment de prendre mes désirs contrariés pour des réalités.

— Tu exagères, à ressasser, conclut Marjorie. Bon, allons récupérer ton grand-père avant d'être totalement à la bourre.

Je suis en train d'enfiler mon manteau lorsque mon téléphone se met à sonner. Le nom de ma mère apparaît sur l'écran.

— Je dois décrocher, c'est Jackie O. Je m'étais promis de l'appeler hier, j'ai complètement zappé.

— D'accord, je t'attends dans la voiture, acquiesce Marjorie.

— Je me dépêche, promis. Bonjour, Maman, j'enchaîne en décrochant. Quoi de neuf ?

Pendant que Marjorie s'éloigne, ma mère me répond, guillerette :

— Mon chéri, je suis contente de t'entendre ! Est-ce que tu as cinq minutes ? J'ai une super nouvelle à t'annoncer.

OK, prendre cet appel pile au moment où je dois filer n'était pas une bonne idée. Connaissant ma mère, sa « super nouvelle » peut tout aussi bien concerner une découverte archéologique majeure qu'un chaton ramassé dans la rue et adopté illico. Autant la prévenir que je ne dispose pas d'un temps infini.

— Eh bien, en fait, j'étais sur le point de partir. J'emmène Gaston au marché de Noël et je suis déjà en retard.

À l'autre bout du fil, une exclamation de surprise accueille ma déclaration.

— Mon père au marché de Noël ? Dis-moi que tu plaisantes ! Il compte partager sa légendaire joie de vivre avec tous les gosses ou les faire fuir ?

— Maman, je t'en prie ! Gaston fait beaucoup d'efforts ces derniers jours. On a décoré son sapin ensemble et ça lui a fait plaisir, enfin je crois. Il est très isolé, tu sais…

— C'est lui qui a choisi cette situation, pas moi.

— Et il s'en mord les doigts. Il m'a un peu parlé de toi.

— Laisse-moi deviner : il t'a fait le coup des regrets, comme il l'a fait avec moi il y a trente ans avant de m'asséner que je n'étais pas capable de t'élever tout en travaillant ? lâche-t-elle, acerbe.

— Il a évoqué cet épisode, oui. C'était injuste de sa part et il reconnaît qu'il est allé trop loin.

Ma mère émet une sorte de grognement sceptique, exactement comme le fait Gaston dans ses meilleurs moments.

— Mouais… Il n'a pas trop cherché à me faire part de son supposé repentir. Quoi qu'il en soit, ce n'est pas à son sujet que je t'appelais. Ton père a dîné avec un nouveau client, hier soir, qui se trouve être un patron de presse. Il serait d'accord pour te rencontrer et t'offrir un poste au sein d'un mensuel de mode et d'investigation si tu le souhaites. Pour commencer, il s'agirait d'alimenter la rubrique « Actualités » du site Internet, mais une évolution est envisageable. Ce n'est pas formidable ?

Je suis loin de ressentir un bonheur foudroyant. Plus les semaines défilent, moins je me vois reprendre en tant que journaliste. Curieusement, la façon dont Émeline a présenté son projet, l'autre soir, m'a donné le sentiment que, pour moi aussi, il est plus que temps de voler de mes propres ailes.

— Euh, oui, c'est probablement une bonne nouvelle, je baragouine.

— Je pensais que tu manifesterais davantage d'enthousiasme, grogne ma mère, déconcertée par ma réaction laconique.

— Oh, non, je suis… Enfin, c'est cool, c'est juste que je n'ai pas prévu de rentrer cette semaine.

— Ne t'en fais pas pour ça. Ton père lui a signalé que tu étais en déplacement et que tu serais disponible juste avant Noël pour un entretien, il n'y voit aucune objection. C'est plutôt bien payé, en plus. Alors ?

Mes paupières clignotent. Je suis bien conscient que mon libre arbitre ne compte pas tant que ça. Depuis quand mes parents négocient-ils à ma place un futur boulot ? J'ai trente-cinq ans, merde, pas dix-huit ! Peinant à contenir un soupir, mais doté d'un minimum d'instinct de survie, je réponds à ma mère que je vais y réfléchir et que je la tiendrai très vite au courant.

— Je dois vraiment te laisser, maintenant, car Gaston ne va sans doute pas apprécier mon retard.

— Gaston, encore Gaston ! se désespère-t-elle. Ton syndrome de Superman est très noble, mais j'espère que tu ne laisseras pas filer cette opportunité pour lui, Théo, ce serait dommage.

— Je sais ce que je fais, cesse de t'inquiéter. On se reparle vite, Maman, bye ! Je t'aime.

— Moi aussi, chéri. Bisous.

*

La nuit est déjà tombée lorsque nous arrivons aux abords du marché de Noël. La place entière est illuminée et parée de ses atours festifs. Le grand sapin et les chalets brillent de mille feux, une boîte de décorations semble avoir explosé là, il n'y a pas un coin dépourvu de guirlandes ou de lumignons multicolores. Il plane dans l'air une douce odeur de marrons chauds et les badauds affluent, nombreux, vers l'attraction principale : la grande roue installée au centre de la foire. Je vois Marjorie esquisser un large sourire tandis que nous nous immobilisons près de la boîte aux lettres rouge et blanche à destination du pôle Nord.

— J'adore cette ambiance ! déclare-t-elle, enchantée.

Je ne lui réponds pas, me contentant d'un simple hochement de tête. Malgré la bonne humeur ambiante, je ne parviens pas à être dans l'instant présent. Je suis encore trop contrarié par le coup de fil de ma mère – sans doute au-delà de ce que je devrais : le fait qu'elle veuille me pousser à rentrer à Paris m'agace.

— Tout va bien, fiston ? s'enquiert Gaston, de son timbre rauque. Tu parais aussi enjoué qu'un poisson mort.

L'analogie parvient à me dérider. Je m'esclaffe :

— C'est la deuxième fois qu'on me compare à un poisson, aujourd'hui ! Je ne vous évoque vraiment rien d'autre ?

— Si, le fameux *Grinch* que ta copine a menacé de me montrer en DVD.

*Bah voyons !*

Il peut se moquer, il faisait moins le malin, tout à l'heure, quand Marjorie l'a comparé à la créature misanthrope incarnée par Jim Carrey, après l'avoir entendu bougonner que la balade allait se transformer en corvée à cause des hordes d'enfants brailleurs et surexcités, mais que « au moins, la neige a eu le bon goût de cesser » !

— Qu'est-ce qui te contrarie ? veut-il savoir. Je pensais que c'était ton truc, tout ce folklore autour de Noël.

— J'ai eu ma mère au téléphone, finis-je par lui dire. Mes parents ont décidé de monter un tandem de consultants en recrutement, ils m'ont décroché un entretien pour un poste de journaliste.

— Ce n'est pas une bonne nouvelle ? me demande-t-il, dubitatif.

Je prends quelques secondes de réflexion, avant de lui expliquer ce qui me tourmente :

— J'aspire à autre chose que passer mes journées coincé devant un écran d'ordinateur. J'aimerais… Je ne sais pas, créer du lien entre les gens. Et je me plais beaucoup à Vallenot. Seulement, j'ignore encore quoi faire de tout ça, d'autant plus que ma mère paraît persuadée que chaque minute passée en ta compagnie est un potentiel gâchis pour mon avenir.

« Je me plais beaucoup à Vallenot. » Je n'avais pas du tout prévu d'ajouter cela, mais m'entendre prononcer ces mots me fait comprendre à quel point ils sont vrais.

Un rire désabusé fuse d'entre les lèvres de mon grand-père.

— Un potentiel gâchis, répète-t-il. Marine a une objectivité toute particulière en ce qui me concerne, n'est-ce pas ?

— Elle finira par changer d'avis, je n'en démordrai pas.

Le larsen lancinant des enceintes nous interrompt brusquement. Près de la grande roue aux nacelles à rayures multicolores, Jacotte vient de monter sur l'estrade en compagnie du maire, micro en main. C'est l'heure de l'inauguration. Devant un auditoire joyeux et captivé, la vieille dame entame son discours, racontant comment une centenaire un peu fantasque a eu l'idée de faire un don généreux au comité des fêtes afin d'installer cette roue, puis elle remercie chaleureusement Antonio, le forain qui animera l'attraction jusqu'à Noël.

— Amusez-vous et profitez des festivités ! À présent, termine-t-elle, je vais laisser la parole au maire et déguster un bon lait de poule !

Jacotte quitte la scène sous les applaudissements, puis se fraie un chemin à travers la foule.

— Un lait de poule, voilà qui me tente bien ! lance Gaston, en me regardant.

J'acquiesce sans me faire prier. Pour avoir testé la recette de Clément, je sais que nous allons nous régaler.

— Alors, c'est parti ! Je ne savais pas que tu appréciais cette boisson.

— Bien sûr que si ! Tout le monde se figure que les Américains l'ont inventée, mais dans ma jeunesse, on en buvait déjà pour soigner les gros rhumes.

Tout à son explication, il ne voit pas Jacotte émerger d'un groupe de personnes, pile devant nous. J'ai juste le temps de le tirer en arrière pour empêcher une collision entre la vieille dame et lui. En le reconnaissant, Jacotte s'étrangle de surprise et s'exclame :

— Gaston ! Ça, par exemple ! C'est bien la première fois en douze ans d'existence de ce marché que je vous y croise.

Mon grand-père me désigne d'un vague geste de la main.

— Fallait bien faire plaisir au petit, se justifie-t-il, comme si j'avais cinq ans.

Jacotte me gratifie aussitôt de cette mine de midinette qu'elle ne semble arborer qu'en ma présence.

— Dis donc, tu fais de véritables miracles, beau gosse ! Vous alliez vers le stand de lait de poule ?

— Tout à fait. C'est quand même la boisson incontournable, ici. Où est le chalet, exactement ?

— Suivez-moi, dit-elle en se cramponnant à mon bras, je vous accompagne. Rassurez-moi, Gaston, vous avez laissé votre carabine chez vous, aujourd'hui ?

Derrière le sous-entendu, je décèle une pointe de malice.

— C'est quoi, cette histoire de carabine ? s'enquiert Marjorie, qui ne sait pas trop si elle doit s'en amuser ou s'en effrayer.

Gaston roule des yeux.

— Trois fois rien ! s'empresse-t-il d'affirmer. Ce n'est pas ma faute si des satanés gamins se sont un jour introduits chez moi par le garage resté ouvert, pour me vendre des billets de tombola…

— Tu les as accueillis avec une carabine ? je demande, incrédule.

Le jeter de clémentines, à côté, c'était de la blague.

— Non, je les ai grondés et menacé de leur botter le croupion s'ils n'apprenaient pas à utiliser une sonnette. Comme toujours dès que j'ouvre la bouche pour respirer, ça a fait tout un pataquès et on a raconté que j'avais un fusil à la main. La rumeur m'adore.

— Parce que vos coups de colère sont parfois allés loin, rétorque Jacotte. Personne n'a oublié cette fois où vous avez étalé le boucher sous prétexte que ses prix au kilo étaient trop élevés.

— Il faisait à la tête du client et la mienne ne lui revenait pas, marmonne-t-il. Ça fait vingt ans, on va réellement me le reprocher jusqu'à la mort ?

Sans que je m'en rende compte, nous sommes arrivés à hauteur du stand de *L'Edelweiss.* Je souris en reconnaissant chaque personne qui se trouve autour des cuves de lait de poule et de chocolat chaud : les parents de Clément s'occupent de servir les clients, secondés par la nièce de Léna, Violette. Devisant joyeusement non loin d'eux, Valentine et son fils Jules, Léna et son oncle curé, le père Xavier. Tous quatre ont les yeux rivés sur Pupuce, que Jules tient en laisse. Assis dans son fauteuil roulant, un plaid sur les genoux, Lulu, le mari de Jacotte, discute avec… Émeline.

Elle est donc là. Marjorie m'adresse un sourire de connivence, pendant que Jacotte alpague le petit groupe :

— Regardez, je vous amène du beau monde !

Les têtes pivotent aussitôt vers nous. Avant que j'aie le temps de saluer qui que ce soit, Pupuce tire comme une folle sur sa laisse, entraînant Jules à ma rencontre, et se redresse sur ses deux pattes arrière pour me faire la fête.

— Ah ! Elle a retrouvé son amoureux ! s'esclaffe Valentine. Salut, Théo !

Marjorie connaissant déjà les autres, je n'ai pas besoin d'effectuer les présentations. La chienne et mon grand-père sur les talons, je dis bonjour à chacun, terminant par Émeline. Son parfum aux notes de vanille me vrille les sens, j'ai envie de la serrer dans mes bras. Ce qui n'a pas l'air réciproque, vu qu'elle me répond avec la plus stricte politesse, une légère hésitation dans la voix. Puis son regard se déporte nerveusement sur le landau à côté d'elle. Je remarque alors la frimousse rose qui dépasse de la couverture dans laquelle elle est emmitouflée.

— Alors… C'est ton bébé.

Banalité affligeante, je m'exaspère moi-même. J'aurais pu admettre tout haut que je suis mal à l'aise, cela aurait été moins gênant.

— Euh, oui. C'est ma fille, oui, réplique Émeline.

Les doigts crispés sur la poignée de poussette, elle donne l'impression d'être au bord de la panique. Il n'y avait pourtant aucune accusation dans mon ton, mais je comprends qu'elle se méfie. Armé des meilleures intentions, je me penche pour contempler le nourrisson endormi, un doudou en forme de bonhomme en pain d'épice serré dans son petit poing. Son visage d'ange si paisible fait naître en moi une émotion inattendue.

— Elle est magnifique, je souffle.

Cette fois, Émeline se décompose carrément. Suis-je donc si maladroit que ça ?

— Je… Merci, me répond-elle, en évitant de me regarder.

Jacotte et Léna s'approchent de nous.

— Est-ce que tu as vu Elias, Théo ? m'interroge la vieille dame, en me désignant le bébé dans les bras de Léna. Je suis sûre qu'on finira par les marier, Cara et lui !

Visiblement soulagée par leur irruption, Émeline se ressaisit sur-le-champ. Un grand sourire s'épanouissant sur ses lèvres, elle agite son index devant Jacotte et s'exclame :

— Ah, ah ! Pas de mariage avant la maison de retraite ! D'ici là, j'enseignerai à Cara quelques méthodes d'autodéfense.

Léna éclate de rire.

— La maison de retraite ? Le lit de mort, tu veux dire !

Tandis que Valentine commande une première tournée de lait de poule, j'observe Émeline à la dérobée, qui entame une conversation avec Léna et Marjorie à propos du concours de vitrines. Je ne vois qu'elle, tout en elle m'attire : son sourire lumineux, son regard pétillant, parfois voilé d'une ombre de tristesse, sa façon de parler et son humour. Marjorie lui dit quelque chose, son rire fuse de manière spontanée. Je donnerai n'importe quoi pour être celui qui provoque ses éclats de rire. J'aime la contempler ainsi, sans qu'elle le sache, ses gestes sont plus naturels. Le mot « psychopathe » me vient immédiatement à l'esprit, aussi je m'efforce de me concentrer sur Gaston, qui lui-même discute avec Lulu, Xavier et Jacotte.

À nouveau, un sentiment de bien-être m'envahit, j'ai la sensation d'être à ma place, ici, parmi eux.

— J'adore, ils vont vraiment danser ! lance soudain Jules, les yeux rivés vers une bande de jeunes qui se dandinent sur la musique diffusée par les enceintes.

— Tu peux aller avec eux, l'encourage Valentine.

L'adolescent ne se fait pas prier et, très vite, les ados se trémoussent sur l'incontournable *Last Christmas*. Ravie de les voir s'amuser, Jacotte les applaudit.

— C'est dans ces moments-là que je reprends foi en l'avenir du village !

Alors que la discussion bifurque sur le ciné-club et la vente de billets repartie à la hausse grâce à la roulotte à pop-corn, je remarque qu'Émeline danse elle aussi, remuant les lèvres sur le refrain. Elle le fait naturellement, sans même y penser, et son aptitude au bonheur me frappe une fois encore. En rayonnant, cette fille fait rayonner les cœurs, le mien en particulier. Gaston me fait un clin d'œil, puis il se tourne vers elle.

— Si j'avais eu trente ans de moins, je t'aurais fait danser, jolie môme ! déclame-t-il avec emphase.

— Vous allez me faire regretter notre différence d'âge, réplique-t-elle, un brin malicieuse.

Gaston s'esclaffe et m'envoie une bourrade pas franchement discrète dans les côtes. Je ne peux pas faire semblant de ne pas capter le message ; même le curé me sourit d'un air amusé. Sans plus réfléchir, je me dirige vers Émeline et lui attrape doucement le poignet. Elle a un petit mouvement de recul et l'expression ahurie.

— Mais qu'est-ce que tu fais ? articule-t-elle.

— Viens, on va danser.

Dès l'instant où ma bouche se referme, je regrette ce qui vient d'en sortir. C'était quoi cette intonation directive ? Tout le monde nous regarde, maintenant, elle va m'envoyer sur les roses, c'est sûr. Médusée, elle me dévisage de ses grands yeux bleus. D'abord immobile, mon cœur suspendu à ses lèvres se met à entamer un marathon. Puis elle prend une brève inspiration, scellant sans doute mon arrêt de mort.

— D'accord, allons-y.

Cette fille va me rendre fou !

# 15

# Émeline

Putain de sentiment de culpabilité. C'est à cause de lui que je me retrouve à suivre Théo sur la piste de danse improvisée alors que résonnent les premières notes du tube de Kelly Clarkson, *Underneath the Tree.* Je n'allais quand même pas l'humilier en lui mettant un vent… S'il savait, il ne m'aurait certainement pas invité à danser. J'ai bien cru m'évanouir quand il s'est penché sur le landau pour découvrir Cara ! Il ne se doute de rien, c'est évident. Bien entendu, il n'était pas question de lui annoncer devant tout le monde qu'elle est sa fille. Donc, me voici encore obligée de lui mentir… Ce cercle vicieux n'en finira-t-il donc jamais ?

Près de nous, les adolescents remuent avec entrain sur la chanson. Théo et moi avons un moment de flottement. Nous restons immobiles, à nous dévisager en silence, comme deux empotés. Dois-je poser ma main sur son épaule ? Fuir en courant ? Théo semble se poser les mêmes questions, si je me fie au petit rire fébrile qui sort de sa bouche. Je n'ose imaginer notre embarras si nous étions tombés sur un slow langoureux ! Je m'éclaircis la voix.

— On peut retourner avec les autres, si tu veux, je lui propose, en priant pour qu'il convienne que c'est le mieux à faire.

Ma nervosité est palpable, il doit bien s'en rendre compte. Pourtant, il remue la tête et enroule un bras autour de ma taille.

— Tu avais envie de danser et moi, de te parler. Je te dois des excuses pour jeudi soir, développe-t-il, devant mon air interrogateur. C'était déplacé de ma part et complètement stupide de te questionner sur ta vie sentimentale. Tu ne me dois rien.

D'un ton que j'espère posé, j'articule :

— Je te cache pas que ton interrogatoire m'a quelque peu surprise. C'est vrai, après tout, on ne s'est fait aucune promesse. Enfin, ce que je veux dire, c'est que… tu as forcément fréquenté d'autres femmes depuis, non ?

L'orchestration et la voix de la chanteuse s'envolent sur le refrain, Théo me fait tournoyer. J'en profite pour tenter de remettre mes idées en ordre. L'air de rien, j'essaie de tâter le terrain pour savoir s'il a quelqu'un dans sa vie, information qui me paraît cruciale, mais c'est difficile. Lorsque je me retrouve à nouveau face à lui, nos regards se heurtent et s'arriment l'un à l'autre. Son souffle est soudain si proche du mien que je le sens caresser mon visage. J'ignore si c'est lié à l'ambiance autour de nous, à la barbe naissante sur ses joues qui le rend encore plus sexy ou à son parfum sûrement blindé de phéromones, mais je sens mes épaules se décrisper et de drôles de palpitations naître en moi. Il fait chaud, pour un mois de décembre, non ?

Théo fronce les sourcils, puis une fossette creuse le coin de sa bouche.

— Serais-tu en train de me demander si j'ai eu des rendez-vous, Émeline ? sort-il d'une voix rauque.

Sa façon de prononcer mon prénom est un peu trop appuyée à mon goût. Il ne l'aurait pas articulé autrement s'il flirtait. Je déglutis.

— Oh, oui, ça y ressemble, mais ce n'était pas du tout mon intention, je parviens à bredouiller. Tu m'as dit toi-même que tu ne cherchais pas à te fixer, alors…

Je me tais en comprenant que je m'enlise. Théo me fait à nouveau tourner, sa main serre un peu plus fermement la mienne tandis qu'il se recule, s'écarte de moi et me fait revenir près de lui. Il m'adresse un sourire complice alors que Kelly Clarkson entonne pour la seconde fois à pleins poumons *You're here / Where you should be…* Je ne sais pas si je suis là où je dois être, mais en cet instant précis, pour rien au monde, je ne voudrais me trouver ailleurs. Ma poitrine se soulève rapidement. Le souffle court, je me retrouve plaquée contre le torse de Théo. Son regard s'attarde sur mes lèvres. Les siennes sont charnues et je réprime un frisson en me remémorant leur douceur sur ma peau nue. Mon Dieu, je suis à nouveau en train de tomber sous son charme alors que c'est bien la dernière chose que je souhaite !

— J'ai eu un rencard ou deux, se décide-t-il à me répondre, ses yeux si bleus plongés dans les miens. Rien de sérieux. Pour être honnête, je…

Il marque une pause, secoue la tête. Je constate que je ne suis pas la seule à avoir les pensées en pagaille.

— Est-ce que tu regrettes ce qui s'est passé entre nous ? finit-il par me demander.

— Quoi ? Mais non, comment le pourrais-je ? Cette nuit-là a…

*Irrémédiablement changé ma vie !* La réplique meurt de justesse dans ma gorge. Bon sang, j'étais quasiment sur le point de balancer que Cara ne serait jamais venue au monde sans cette nuit magique ! Ce n'est pas le lieu, pas le moment. Le prendrait-il si mal, au bout du compte ? Je l'imagine, avec son regard intense brillant d'émotion, m'ouvrir ses bras et me serrer contre lui de bonheur…

*Stop. Arrête de te faire des films !*

J'inspire un bon coup avant de poursuivre :

— Théo, je pense que nous devrions prendre le temps de nous voir, juste tous les deux, pour reparler de cette nuit. Ça me paraît important.

*Voilà, c'est dit.*

Ses paupières se plissent, il s'interroge. À coup sûr, il va me griller.

— Bien sûr, opine-t-il, troublé. Je… Tu peux passer quand tu veux chez Marjorie et on ira boire un verre. Je sais que nous ne sommes pas partis du bon pied, toi et moi, mais… Je serais très heureux que l'on devienne amis.

J'ai porté son enfant durant neuf mois et me voilà *friendzonée.* Je ne devrais même pas m'en étonner, nous sommes dans ma vie, n'est-ce pas ? Les situations merdiques, ça me connaît.

— Amis, je m'entends croasser. Oui, ce serait génial.

À mon avis, il va rapidement déchanter. La chanson est à présent terminée, mais la main de Théo est toujours plaquée dans mon dos.

— Dis donc, on est au centre de l'attention, pouffe-t-il en regardant par-dessus mon épaule.

Je me retourne et me fige en prenant brusquement conscience de ce qui nous entoure. Oh, la vache !

Mes parents ont rejoint mes amis et beaucoup trop de paires d'yeux sont désormais braquées sur nous, à l'exception de celles de Mounia et de Pascal, en train de passer commande au stand. Les mains enfoncées dans les poches de son manteau, ma mère a l'air en état de sidération complète, tandis que mon père a les yeux si écarquillés qu'ils pourraient sortir de leurs orbites. Pour parfaire l'ensemble, Albane est également de la partie, Jacotte a l'œil qui frise et la tête du père Xavier dépasse derrière eux. La Sainte-Inquisition au grand complet ! Si un astéroïde pouvait s'écraser sur la Terre, là, tout de suite, ça m'arrangerait.

— Quel beau couple de danseurs ! s'ébahit Jacotte, quand nous revenons vers eux. On aurait dit Blake Lively et Ryan Reynolds !

À côté d'elle, Lulu lève les yeux au ciel.

— Ça ne fonctionne pas, s'amuse-t-il à la contredire, Ryan Reynolds a les cheveux plus foncés que ce jeunot que tu dragues éhontément sous mon nez.

Depuis le stand, Violette, la nièce de Léna, lâche, incrédule :

— OK, mes arrière-grands-parents connaissent Blake Lively et Ryan Reynolds. Tout va bien.

Ma mère profite de l'hilarité générale pour me saisir le poignet et me souffler à voix basse :

— Ce Théo est bien celui auquel je pense ?

— Oui, mais…

Par chance, la chienne de Valentine choisit pile ce moment pour faire diversion et foncer droit sur Théo, bousculant Albane au passage. La rousse en échappe son gobelet de lait de poule, que ma mère a le réflexe de rattraper avant qu'il ne s'écrase au sol.

— Valentine ! rouspète Albane, en frottant les quelques gouttes de liquide qui ont atterri sur son manteau. Étais-tu vraiment forcée d'amener ce démon du neuvième cercle de l'enfer ici ?

À la mention du mot « démon », le père Xavier hausse les sourcils, mais s'abstient de tout commentaire. Personne à Vallenot n'ignore l'aversion d'Albane pour les chiens. Le seul qu'elle tolère à peu près est le labrador de ses parents, qui lui a sauvé la vie lors d'une coulée de neige l'année dernière. Forcément, ça crée des liens.

— Un démon ? répète Théo, accroupi dans la neige fondue pour caresser la chienne. Tu y vas fort, moi, je la trouve mignonne avec ses grands yeux attendrissants !

Sans doute émotive, Pupuce lâche un gémissement confus qui nous fait rire, avant de donner un coup de langue sur le visage de Théo. Celui-ci grimace et s'essuie d'un revers de la manche.

— Bon, ne t'emballe pas, lui dit-il. Tu pues un peu du bec, quand même.

Il se relève et Albane me sauve de l'interrogatoire que s'apprêtait à me faire subir ma mère en se tournant vers moi.

— Comment vas-tu, Émeline ?

Je récupère le chocolat chaud que me tend Mounia, puis je réponds à l'ex de Jérôme :

— Hum, tout va bien, merci.

Mes parents papotant avec Jacotte et Lulu, je déplace le landau de Cara un peu à l'écart pour discuter tranquillement avec Albane. Victoria, sa fille, se hisse sur la pointe des pieds pour observer mon bébé.

— Elle est trop belle ! me lance-t-elle.

Je lui souris de façon maladroite, ne sachant comment rebondir. Sa mère lui a-t-elle expliqué que Cara n'est pas sa demi-sœur et qu'il ne faut pas écouter les racontars de ses copines ? Percevant ma gêne, Albane m'encourage d'un rassurant hochement de tête. J'ai la réponse à ma question.

— Merci, ma chérie, dis-je à Victoria. Tu pourras la prendre dans tes bras une prochaine fois, si tu veux.

À la manière dont ses iris s'illuminent, je comprends que je viens de grimper en flèche dans son estime.

— Théo est au courant, ça y est ? me demande Albane, à voix basse.

Je pousse un petit soupir.

— Non, je n'ai pas encore réussi à le voir seul et… merde, il arrive.

En réalité, c'est plutôt Gaston et sa démarche de pingouin qui l'entraîne vers nous, Marjorie dans leur sillage, mais le résultat est le même. À son tour, le vieil homme se penche sur ma fille, remontant délicatement sa couverture. Ce geste me touche, j'en ai presque les larmes aux yeux.

— Ça te dirait, un tour de grande roue ? me suggère Théo. Mon grand-père rêve d'y aller, tu pourrais te joindre à nous.

— Oh, oui, pitié, viens avec nous ! plaide Marjorie. Tu ne peux pas me laisser là-haut, toute seule, avec ces deux phénomènes.

Gaston me sourit, plein d'espoir lui aussi. Ils pourraient presque me convaincre, mais ce n'est pas suffisant pour me faire oublier ma peur panique du vide.

— C'est gentil, mais non. Je vais plutôt profiter du marché avec mes parents, je ne veux pas coucher Cara trop tard.

— En voilà une excellente idée, intervient ma mère, la mine sévère. D'autant plus que nous avons plein de choses à nous raconter !

Finalement, la grande roue serait préférable au sermon que je vais me manger dès que nous aurons rebroussé chemin… Cette fois, c'est Pascal qui me sauve la mise en jugeant opportun de lui rappeler qu'elle voulait s'acheter des marrons grillés.

— On devrait y aller maintenant, Angela, conclut-il en l'entraînant loin de moi.

— Nous n'allons pas tarder non plus, déclare Albane. J'ai quelques emplettes à effectuer pour notre départ à New York et je dois récupérer mon fils chez son copain Nolan.

— Ah, oui, c'est vrai que le mariage de Chloé approche. Tu fermes la boutique pour les fêtes, alors ?

— Non, j'ai recruté la fille de la coiffeuse pour me remplacer. Elle a déjà travaillé avec moi et sait comment fonctionne le magasin, je pars en toute confiance.

Heureuse de la voir radoucie à mon égard, j'en profite pour lui dire combien je suis désolée qu'elle ne puisse pas participer au concours de vitrines.

— Tu aurais mérité un prix.

Elle hausse les épaules avec nonchalance.

— Tu es chou, mais ce n'est pas grave. Je n'aurais rien eu contre un article dans le journal, c'est sûr, mais ça ne sert à rien de me rendre malade puisque je ne serai même pas là pour l'annonce des résultats. On y va, Victoria ?

L'adorable fillette envoie un baiser de la main à Cara, puis elle se redresse vers sa mère.

— Je pourrais avoir une petite sœur, un jour, puisque Cara n'est pas la mienne ?

Théo se trouvant toujours à proximité, je réfrène *in extremis* un rire hystérique. Moi qui me croyais tranquille avec ma mère partie sur un autre stand ! Les joues empourprées, Albane réplique, d'une voix trop haut perchée pour être naturelle :

— Une petite sœur ? Et tu veux que je la trouve où ? Dans un arbre, peut-être ? Viens, on va plutôt acheter du pain d'épice. À bientôt, tout le monde !

Tout en les regardant s'éloigner, Valentine souligne avec amusement :

— Sacrée Victoria ! Parfois, je me demande comment ma psychorigide de sœur a réussi à engendrer une gamine si spontanée.

— Les mystères de la génétique ! se marre Théo.

Jacotte éclate de rire.

— Ah ! Tu verras, quand tu auras des enfants ! Enfin, je ne m'en fais pas pour toi, ils seront forcément beaux comme des dieux.

*Au secours, je crois que je vais hyperventiler.*

Théo blêmit. Son sourire s'évanouit aussitôt, sa mâchoire se crispe. Marjorie lui presse furtivement le bras.

— Bon, on ferait bien d'aller à la grande roue avant qu'il ne fasse trop froid, rebondit-il en éludant la vanne de Jacotte. Tu es prêt, Gaston ?

Son grand-père n'a pas le temps d'émettre la moindre objection que Théo s'empresse de nous dire au revoir et tourne les talons. Merde, c'est quoi ce délire ? S'efforçant de rester enjouée, Marjorie tend son bras à Gaston, qui lui fait signe d'attendre une minute. Le plus discrètement possible, le vieil homme sort un billet de sa poche et me le fourre dans la main, d'un air désolé.

— Tiens, tu gâteras ta petite princesse pour Noël.

Encore sonnée par ce qui vient de se passer, je proteste :

— Oh, non, enfin, c'est trop. Je ne vois pas pourquoi…

— Tu sais très bien pourquoi, me coupe-t-il, d'un ton sans appel.

À son regard profond, je comprends que je n'ai pas d'autre choix que celui d'accepter. D'une manière ou d'une autre, il a saisi que Cara est son arrière-petite-fille. J'en ai les jambes sciées. Marjorie l'emmène rejoindre Théo et je les vois s'engouffrer dans la file pour la grande roue. Je ne peux pas leur courir bêtement après et demander à Théo pourquoi il a réagi ainsi, non, je crains trop la réponse. Pourtant, Gaston ne peut pas lui avoir fait part de ses doutes, il m'en aurait parlé pendant que nous dansions. Il ne m'aurait même pas entraînée sur la piste de danse, d'ailleurs, ce ne serait pas logique. À sa place, j'aurais crié, exigé de connaître la vérité. Son attitude ne rime à rien et me plonge dans le flou le plus total. Sans un mot, mon père pose sa main sur mon dos pour me réconforter. En cet instant, c'est tout ce dont j'ai besoin.

# 16

# Émeline

*Lundi 12 décembre*

La guirlande fixée sur le mur, Mounia descend de sa chaise et prend du recul afin de mieux contempler son œuvre.

— Tu en penses quoi ? me demande-t-elle. C'est bon, comme ça ?

Ma mère et Pascal étant de sortie motoneige, nous venons d'égayer par petites touches le local dans lequel mon père reçoit ses clients. De gros flocons sont à nouveau tombés durant la nuit, et l'épais manteau blanc que j'ai découvert à mon réveil m'a donné envie d'utiliser les dernières décorations de Noël. Pouces en l'air, j'acquiesce pour indiquer à Mounia que c'est parfait. Il m'aura suffi de deux guirlandes dorées et de quelques pommes de pin pailletées pour apporter une ambiance plus festive à l'endroit.

— C'est fou comme un rien change tout ! je m'exclame, satisfaite du résultat.

Dans mes bras, Cara bat des pieds avec énergie, comme pour approuver.

— C'est vrai, apprécie l'amie de mon père. C'est beaucoup plus joyeux, on aurait dû y songer plus tôt. Si tu as fondé ton entreprise, d'ici l'an prochain, nous pourrons faire appel à tes services.

Je ravale un soupir. Le ton de Mounia est complice et bienveillant, mais je n'ai pas envie de l'embêter en exposant une énième fois mes doutes à ce sujet. Rectifiant de ma main libre la position de la mini-lampe en forme d'étoile que j'ai placée sur le guichet du bureau, je choisis d'orienter le dialogue sur les projets de Mounia.

— Et toi, où en es-tu ? Je présume que tu peaufines le parcours des balades en traîneau ? Il me tarde de connaître tes huskies !

Comme c'est le cas dès que nous évoquons ses chiens, les yeux verts de la quinquagénaire se mettent à pétiller.

— Je suis surexcitée ! me confie-t-elle. J'ai pas mal planché dessus ces dernières semaines, je suis presque au point. Le temps de faire venir du matériel, nous effectuerons les premiers tests avant les vacances d'hiver. Je veux que ma meute bénéficie des meilleures conditions. Pas question de causer la moindre souffrance animale pour le bon plaisir des touristes.

Je l'admire pour la passion avec laquelle elle en parle.

— Bravo ! J'imagine que c'est un vrai bonheur de réaliser ton rêve.

Mounia enclenche la bouilloire pour nous préparer du thé, puis elle me sourit.

— Oooh, oui ! Quand je pense que ça m'a pris plusieurs années pour me décider… À la limite, mon seul regret est de ne pas avoir compris plus tôt que j'aurais pu me lancer avant. C'est dingue, l'énergie que l'on gaspille à se chercher des excuses pour ne pas faire le saut dans l'inconnu, alors que le rêve est là, à portée de main.

Elle s'arrête, verse de l'eau dans nos deux tasses. J'objecte doucement :

— Il se peut que certains rêves soient parfois inatteignables… Le déraisonnable s'accorde mal avec le quotidien.

— C'est ce que j'ai longtemps cru, moi aussi, réplique-t-elle en me tendant l'un des mugs. Les fameuses pensées paralysantes… En réalité, ma caille, c'est la peur qui nous empêche d'avancer. Regarde-moi, je suis le stéréotype de celle qui n'était pas née pour s'accomplir : je suis fille d'immigrés algériens, j'ai grandi dans une ZUP bétonnée en rêvant de montagnes, puis je suis devenue mécano et j'ai épousé un homme qui considérait mes aspirations comme un caprice. Pourtant, je suis là, parce que j'ai fini par ouvrir les yeux et y arriver. Je suis la preuve vivante que nos rêves, même les plus fous, valent la peine qu'on s'y accroche. Le quotidien n'est qu'un prétexte.

Je déglutis et avale une gorgée de thé. Ce n'est pas de la simple philosophie de comptoir, Mounia est convaincue de ses propos. Ses paroles me remuent, elles me renvoient à tout ce qui me freine actuellement. Est-ce que je m'empêche moi-même de me dépasser ? Après avoir enduré le deuil, puis le divorce de mes parents et la maladie, ai-je trop longtemps désiré retrouver une vie normale et routinière au point de ne plus oser prendre de risques ? Mounia interrompt le cours de mes pensées en pointant son doigt vers la fenêtre.

— Tes parents sont de retour. Et aucun des deux ne se balade avec la tête de l'autre plantée sur une fourche, c'est plutôt bon signe.

Je m'esclaffe, tout en replaçant Cara dans son cosy.

— Eh bien ! Moi qui aurais parié sur le fait qu'ils ne se supporteraient plus, après deux heures à randonner ensemble ! Je suis étonnée qu'ils ne se chamaillent pas parce que ma mère aura prétendu apprendre son métier à Papa, qui lui-même n'est pas réputé pour sa patience.

— Non, regarde, ils discutent calmement.

En jetant un coup d'œil à l'extérieur, je constate que c'est vrai. Le visage sérieux, mon père écoute attentivement ma mère.

— Je me demande ce qu'ils peuvent bien se raconter, fais-je, songeuse.

Elle est probablement en train de questionner mon père à propos de Théo, à défaut d'avoir eu l'occasion d'aborder le sujet avec moi. Au retour de notre excursion au marché de Noël, mon humeur maussade l'a en effet dissuadée de me cuisiner. Je suis rentrée tôt, en lui promettant néanmoins de déjeuner avec elle aujourd'hui, Pascal et elle ayant planifié hier une visite des villages alentour. Nous irons manger à *L'Edelweiss,* puisque je dois prendre mon service à quatorze heures. Peu de chances que j'échappe à l'interrogatoire, cette fois !

— Est-ce qu'ils ont abordé des choses importantes, lors du tour de grande roue ? je reprends.

*La perte de mon frère, l'alcoolisme de mon père ?*

Mounia secoue la tête.

— Non, ton père s'est contenté de montrer les différents points de vue à Pascal en lui expliquant l'histoire du village, du train à vapeur et des roches de grès. Ne t'inquiète pas, ajoute-t-elle me touchant le poignet, je suis sûre que ta mère passe un bon séjour. Taisons-nous, ils approchent.

Mon père ouvre la porte et pénètre en premier dans le local.

— Salut, les filles ! nous lance-t-il, non sans avoir détaillé la pièce nouvellement décorée. Je vois que vous n'avez pas chômé durant notre absence, c'est joli.

— Émeline a toujours de très bonnes idées, réplique Mounia, en lui collant un baiser sur la joue. Alors, c'était bien ?

Ma mère et Pascal nous rejoignent, visiblement ravis de leur randonnée.

— C'était incroyable ! s'exclame mon beau-père. Merci pour la découverte, Pierrot, tu avais raison, ça vaut le détour.

Cette complicité inattendue entre eux me fait sourire.

— Et toi, Maman, qu'en as-tu pensé ? Tu as aimé ?

— Oh, oui, me répond-elle d'un ton évasif, c'était sympa.

Elle me cache quelque chose ou c'est moi qui vire paranoïaque ?

— Tu as vu que le fils de ton amie Valentine propose des heures de baby-sitting certains soirs ? poursuit-elle, le nez rivé sur les petites annonces punaisées sur le tableau en liège fixé au mur. Nous pourrions faire garder Cara et programmer une sortie, non ?

Prise de court, je bredouille une vague approbation, avant de consulter l'heure.

— Si vous êtes prêts, on peut se mettre en route. Rémi nous a réservé une table, en partant maintenant, ça me laissera le temps de manger.

D'ordinaire, le restaurant reste fermé deux heures après le service du midi, ce que nous ne pouvons pas nous permettre au moment de la période des fêtes ni de la saison estivale, où la fréquentation augmente considérablement. Ayant tout intérêt à effectuer des heures supplémentaires, je me suis portée volontaire pour travailler sur ce créneau, faisant au passage le bonheur de ma mère qui veillera sur ma fille cette semaine.

— Oui, allons-y, m'accorde cette dernière. Ce serait dommage que tu te mettes en retard alors que nous devons parler de tant de choses.

*Ô joie suprême !*

Quelques minutes plus tard, nous sommes attablés devant de généreux burgers montagnards, à papoter de la pluie et du beau temps. Cara est endormie dans son landau et, assis l'un à côté de l'autre, face à moi, Pascal et ma mère se régalent de la cuisine de Clément.

— Ton patron ferait un tabac dans un pub anglais ! relève Pascal en s'essuyant avec sa serviette. C'est délicieux.

Je ris en me souvenant qu'ils ont visité la région du Yorkshire peu avant mon accouchement.

— Votre dernier voyage vous a marqués, à ce que je vois ! Le compliment fera plaisir à Clément, il a toujours été partisan d'une cuisine conviviale et copieuse. Personne ne vous croira si vous prétendez avoir faim en ressortant d'ici.

Notre échange de banalités touchant visiblement à sa fin, ma mère s'éclaircit la gorge, puis sourit en serrant les lèvres. Telle que je la connais, quelque chose la tracasse. Je repose ma fourchette et entre dans le vif du sujet :

— As-tu réellement apprécié ta balade à motoneige, Maman ?

— Mais oui, puisque je te l'ai dit ! s'empresse-t-elle de m'assurer. Ton père n'a pas eu un seul mot désagréable, et il est sobre, tu avais raison. Mounia a l'air de lui faire beaucoup de bien. Elle lui occupe l'esprit, au moins.

— L'esprit ou autre chose, pouffe Pascal.

Je lui flanque un coup de serviette sur le bras.

— Hé ! Excuse-moi, mais je n'ai pas envie de savoir à quoi ils s'amusent quand j'ai le dos tourné. Beurk.

— Non, mais enfin ! nous rabroue ma mère. Êtes-vous obligés de vous montrer obscènes devant la petite ?

C'est plus fort que moi, je ne résiste pas à la tentation de la taquiner :

— Maman, relax ! Cara n'a que trois mois, je ne vais pas la pervertir pour si peu. Elle a déjà vu son premier film d'horreur, tu sais. C'était *Chucky*, elle a beaucoup aimé cette histoire de poupée maléfique.

— Tu te crois plus drôle que tu ne l'es, réagit-elle en levant les yeux au ciel. Donc, puisque nous parlions de ton père, il m'a appris que tu comptes passer le réveillon de Noël auprès de personnes isolées. J'espérais que tu serais avec nous.

Ah, c'était donc ça, sa mine contrariée. Il faut dire que je n'ai pas cherché à savoir ce qu'elle souhaitait faire ce soir-là, puisque j'étais certaine que Noël n'avait aucune importance à ses yeux. Je me mords la lèvre, navrée de m'être plantée à ce point.

— C'est vrai, j'aurais dû t'informer de mes plans. C'est le Vallenot Social Club qui organise cette soirée, et comme je m'implique au sein de l'association, il m'a semblé logique d'être présente… Mais pourquoi ne viendriez-vous pas, Pascal et toi ? Clément nous prête le restaurant et c'est ouvert à tout le monde. Jacotte sera là, Léna aussi et Papa a confirmé également.

Très dubitative, ma mère se rencogne au fond de sa chaise.

— Pourquoi pas, si cela peut te faire plaisir…

— Waouh, ton enthousiasme frise l'indécence.

Mon intonation ironique fait mouche. Ma mère se redresse, croisant ses délicates mains baguées devant elle.

— C'est juste que je ne peux m'empêcher de m'inquiéter pour toi, chérie ; ton engagement est noble, mais comment veux-tu rencontrer quelqu'un en passant ton temps libre à rendre visite à des vieillards ?

Je la dévisage et réponds sans réfléchir :

— Mais peut-être que je n'ai envie de rencontrer personne. Est-ce que ce serait si grave ?

Elle laisse échapper un rire incrédule.

— Tu fréquentes à nouveau Théo, je me trompe ?

*Nous y voilà. Tous aux abris !*

— Maman…

— Quoi ? Lorsque vous dansiez, l'autre soir, tu étais si radieuse que tu aurais presque pu alimenter tout le marché de Noël en électricité. Je te jure que je ne t'avais jamais vu sourire de la sorte, pas même en présence des garçons que tu nous as présentés par le passé.

Elle exagère, avec sa comparaison bidon. Avant de quitter la Bretagne, je n'ai ramené que deux garçons à la maison, des idylles confortables, certes, mais sans amour fou à la clé. Pas de quoi me faire rayonner de bonheur, en effet ; néanmoins, là n'est pas le sujet.

Je tente de la recadrer :

— Théo et moi ne sommes pas ensemble, Maman. Aussi incongru que cela puisse paraître, nous dansions… comme ça, sans raison précise. J'ai l'intention d'aller le trouver cette semaine pour lui parler de Cara, j'en ai assez de jouer les poules mouillées. Mais je ne m'attends pas à recevoir une déclaration d'amour en retour.

Étrangement, mon ventre se serre. L'expression de ma mère s'adoucit.

— Quelle que soit sa réaction, je te soutiendrai.

— Merci.

Pascal lui glisse alors un regard en coin qui ressemble à une sorte de signal. Perplexe, je hausse un sourcil, tandis que ma mère enchaîne, d'un ton mélodramatique :

— Tu finiras bien par trouver chaussure à ton pied, un de ces quatre ! C'est tout de même plus simple d'être à deux pour élever un enfant… À propos, tu savais que Bertrand, l'un des neveux de Pascal, vient de divorcer ? Il n'est pas beaucoup plus âgé que toi et il est cadre dans la fonction publique, ce n'est pas négligeable.

*Et c'est reparti !*

— Maman, stop ! Je pensais avoir été claire, je ne cherche pas à tout prix la présence d'un homme pour m'assurer un statut ou une vie moins solitaire. Ce qui m'intéresse, c'est la passion, les frissons et la magie. Je veux vivre une histoire qui me fasse me sentir vivante. Et si ça ne vient pas, tant pis, je n'en ferai pas un drame. Rien ne m'importe plus que le bonheur de ma fille, le reste est secondaire.

— Donc, tu n'envisages pas une minute de mettre fin à ton exil, comprend-elle, dépitée.

— Je ne suis pas en exil. Ma vie est ici, c'est tout.

— Isolée au fin fond de la forêt avec un bébé ?

À l'écouter, je vis en Sibérie !

— Oh, si c'est ce qui t'inquiète, Papa m'a appris à couper du bois et on envisage de construire un bunker pour y stocker des provisions alimentaires au cas où je me retrouverais subitement coupée du monde. Cela te convient, comme réponse ?

J'adore ma mère (si, si !), mais dans l'immédiat, je lui en veux un tout petit peu. Elle attend mon retour près de chez elle et fait peser ce poids sur moi. C'est exaspérant. Elle s'apprête à riposter lorsque Jérôme se matérialise devant nous, devenant en l'espace d'une seconde ma nouvelle personne préférée sur Terre.

— Je vais bientôt partir, déclare-t-il, ça va être ton tour de prendre le service.

Incapable de dissimuler mon soulagement, je m'exclame :

— Super ! J'arrive tout de suite.

Je me lève pour embrasser ma fille. Ma mère en profite pour me glisser :

— Bien, nous terminerons notre conversation ce soir.

— Oui, sauf si j'annule et que je te laisse Cara pour la nuit, je souffle, sarcastique. À plus tard !

*

L'après-midi est déjà bien entamé lorsque Marjorie pousse la porte de *L'Edelweiss*, me faisant sursauter alors que j'allais me préparer un café. J'ai passé la dernière heure à courir partout afin d'offrir au groupe de dix touristes qui vient de s'en aller un service digne de ce nom, avec le peu qui nous restait en cuisine. J'ai bien fait, puisque cela m'a valu un joli pourboire. À présent que le calme est revenu, je ne suis pas mécontente de pouvoir décompresser. Du moins, c'était le plan, avant l'arrivée impromptue de Marjorie. Celle-ci s'installe sur un tabouret de bar et me salue. Tâchant d'employer mon ton le plus commerçant, je lui souris en retour.

— Si tu es en quête d'un lait de poule ou d'un vrai chocolat chaud, il te faudra attendre que Clément revienne ou te rabattre sur le marché de Noël, on est à sec pour le moment.

— Aucun problème, me répond la jeune femme. Tu me préparerais un cappuccino ?

Tandis que je m'exécute, je sens qu'elle m'inspecte du regard. Elle est sûrement venue me parler de Théo. Elle était mortifiée, l'autre soir, quand son comportement a changé du tout au tout. J'espère qu'elle ne va pas me flanquer ça sur le dos. Si ça se trouve, il est juste atteint de troubles bipolaires. Merde, c'est héréditaire, ça, non ? Je m'efforce de rester concentrée en dessinant un flocon dans la mousse de son café.

— Ta vitrine est magnifique, observe Marjorie, quand je me retourne vers elle. Tu as toutes les chances de remporter le premier prix.

— Merci, dis-je en posant sa tasse sur le zinc. La tienne aussi. Ce camaïeu de rose et de blanc est très élégant, ça s'accorde superbement au reste de ta boutique. Mais j'imagine que tu n'es pas là pour que l'on compare nos vitrines… Théo n'est pas avec toi ?

— Non, il est parti récupérer une dernière commande à Digne pour l'ouverture du magasin, demain. J'avais besoin d'une pause, tous ces préparatifs sont é-rein-tants ! prétend-elle, en prenant soin de détacher chaque syllabe.

Pas très naturelle, la demoiselle. Je rétorque, peu dupe :

— Donc ta présence ici n'a rien à voir avec le brusque changement d'humeur de ton meilleur ami au marché de Noël ?

Marjorie trempe les lèvres dans son cappuccino, puis elle esquisse une moue amusée, révélant une double rangée de dents parfaitement blanches.

— Bien sûr que si, réplique-t-elle, sans se démonter. J'ai la ferme intention de discuter du dossier Théo avec toi, j'essayais seulement d'y mettre les formes.

Je me frotte le front, soudain plus fatiguée que jamais. Tous ces faux-semblants m'épuisent.

— Écoute, Marjorie, j'ignore pourquoi il s'est braqué d'un coup, mais sache que je n'y suis pour rien. Enfin, je crois.

— Oh, non, je ne voulais pas t'accuser de quoi que ce soit ! proteste-t-elle avec sincérité. J'ai conscience que Théo est parfois insaisissable… Pour tout t'avouer, je suis la première à me demander s'il ouvrira à nouveau son cœur un jour. Mais ce dont je suis sûre, c'est que son visage irradiait de bonheur quand il te tenait dans ses bras pour danser, et j'ai beau réfléchir, je n'arrive pas à me souvenir de la dernière fois où je l'ai vu aussi heureux. Même au début de sa relation avec Jade.

Je cligne des yeux en réalisant que ses propos sont quasi similaires à ceux proférés un peu plus tôt par ma mère. À croire qu'elles ont tenu un conciliabule en secret !

— Émeline, as-tu des sentiments pour Théo ? poursuit Marjorie.

La cadence de mon cœur s'accélère. Celle-là, je ne l'avais pas vu venir !

— Eh bien ! Tu es plutôt directe pour quelqu'un qui voulait y mettre les formes.

— J'ai changé d'avis, la vie est trop courte pour tourner autour du pot. Alors ?

Je laisse échapper un long soupir. Marjorie est la meilleure amie de Théo, je dois bien garder ça en tête avant de formuler la moindre réponse. Pas question de lui révéler quoi que ce soit concernant Cara, ce n'est pas son rôle de l'annoncer à Théo. Je ne peux pas non plus lui balancer que je vais devenir dingue avec ce message notifié comme lu, mais visiblement pas par Théo.

— Ce que je ressens est loin d'être simple, Marjorie. Théo souffle en permanence le chaud et le froid avec moi, je lui en veux pour ça. Son attitude me désarçonne.

— Sans vouloir le défendre, la perte de son boulot a été un peu rude pour lui, plaide-t-elle. Mais tu lui plais, Émeline, c'est évident. Et je sais qu'au fond de ton cœur, une petite flamme continue de brûler pour lui, votre attirance est on ne peut plus réelle.

— Mon incompréhension l'est aussi. Comment expliques-tu qu'il me fasse me sentir unique quand nous dansons, et que l'instant d'après, il se referme comme une huître avant de s'enfuir en laissant son grand-père sur place ? D'ailleurs, j'ai bien remarqué que tu étais plus embêtée qu'étonnée.

Reposant sa tasse, Marjorie me dévisage. J'ai l'impression qu'elle mesure ses mots. À la seconde où je pense qu'elle va finalement éluder, elle prend une courte inspiration et me lance :

— Ce qu'a dit cette vieille dame, Jacotte, ça a remué des choses en lui. Des choses qu'il vit très mal.

Je ferme brièvement les yeux, tentant de me rappeler les propos exacts de Jacotte.

— Tu fais allusion au moment où elle l'a taquiné à propos de ses futurs enfants ?

Elle acquiesce sans un mot et remue la tête, indécise.

*Alors c'est ça, il a fini par comprendre pour Cara.*

— Ce n'est pas vraiment à moi de t'en parler, reprend Marjorie, mais… Je suppose qu'il vaut mieux que tu saches à quoi t'en tenir. La paternité est un sujet très douloureux pour Théo parce qu'il ne pourra jamais devenir père. Il est stérile.

Ma bouche s'ouvre et se referme compulsivement. Je fixe Marjorie, stupéfaite. J'ai mal entendu, Cara n'est pas le fruit du Saint-Esprit, enfin ! D'une voix quelque peu stridente, je parviens à articuler :

— Quoi ? Théo est stérile ?

— Oui. C'est pour cette raison que Jade l'a quitté. Elle voulait un bébé à tout prix et ça ne fonctionnait pas.

OK. Nous avons réellement cette conversation. Je ne suis pas en proie à une hallucination. Sous le choc, je m'exclame :

— Bah merde, alors !

Déstabilisée par ma réaction, Marjorie lâche un rire gêné.

— Oui. Merde, alors.

À cet instant, la porte du restaurant s'ouvre sur un nouveau groupe de clients, précédés par Clément. C'est l'heure de la sortie des classes, les activités vont reprendre bon train. Retrouvant mes esprits, je regarde à nouveau la jeune femme et déclare d'un ton affolé :

— Je dois voir Théo de toute urgence, Marjorie.

Une lueur troublée passe dans ses yeux foncés. Elle ne comprend sans doute pas ce qui me motive à la presser ainsi, mais elle saisit la gravité de l'instant.

— Viens après ton service, me propose-t-elle. Je pense qu'il sera rentré.

# 17

# Théo

— Théo…, souffle mon père avec lassitude. C'est tout toi, de t'emballer pour une idée soudaine, mais tu n'as aucune garantie que ça fonctionnera. Avant de prendre une décision catégorique, tu devrais rencontrer ce patron de presse dont nous t'avons parlé. Philippe est prêt à te donner ta chance, ce ne serait qu'un entretien de principe.

Adossé à mes oreillers, je retiens un grognement de frustration et rejette la tête en arrière, contre le mur. J'aurais dû me douter qu'en annonçant à ma mère que j'ai enfin eu LA révélation quant à mon avenir professionnel, elle demanderait aussitôt à mon père de prendre le relais pour me gratifier d'un sermon en visio sur WhatsApp, plutôt que de m'encourager. M'efforçant de ne pas céder à l'irritation qui me gagne, je réponds posément :

— Merci pour ta sollicitude, Papa, mais quand tu as lancé ton entreprise, toi non plus, tu n'avais pas la certitude que cela marcherait. Pourtant, tu as travaillé dur et tu as réussi. À mon tour, j'estime en être capable.

Il se frotte le menton, probablement ennuyé de devoir me raisonner comme ces soirs d'été, quand j'avais neuf ans et que je refusais de descendre du platane de notre jardin où je m'installais pour feuilleter mon *Picsou Magazine*. La prise de risques ne lui a jamais fait peur, pourtant ; c'est même comme ça qu'il a démarré. Le visage préoccupé de ma mère apparaît derrière son épaule.

— D'accord, Théo, cette ébauche de projet n'est pas si mal, convient-elle. Quand on y réfléchit, ça se tient. Mais je crains que tu ne sois pas motivé par les bonnes raisons. Je présume que tu as l'intention de t'installer à Vallenot ?

Le regard que je lui retourne en dit long.

— Le but de cette application étant de mettre en lien direct les commerçants locaux avec les consommateurs, oui, cela inclut que je sois sur place.

Elle réceptionne ma réponse avec une moue chiffonnée. C'était prévisible, je ne m'attendais pas à ce que cela lui fasse plaisir.

— Chéri, es-tu conscient d'être uniquement influencé par ces retrouvailles avec ton grand-père ? Pardonne-moi, mais c'est un critère assez aléatoire pour lancer une entreprise.

*Et voilà que c'est encore la faute de Gaston !*

Par miracle, je parviens à rester calme.

— Peut-être, et alors ? En quoi ça pose un problème si je n'ai pas envie qu'il termine ses vieux jours tout seul ?

— Nous avons déjà eu cette conversation un millier de fois, soupire-t-elle. Tu es assez grand pour savoir ce que tu fais, mais je n'ai pas envie de devoir te ramasser à la petite cuillère au moment où il te rejettera…

— Comme il l'a fait avec toi ? je l'interromps, excédé. C'est votre histoire, Maman, pas la mienne. Gaston ne demande qu'à se libérer du passé. Bien qu'il soit aussi borné que toi dès qu'il est question de mettre son ego de côté, il semble m'apprécier et c'est réciproque.

Ma mère me fixe sans plus prononcer une parole. J'ignore si elle est déçue ou simplement déroutée, je ne suis pas champion pour décrypter les émotions à travers un écran rendu un peu flou par la mauvaise qualité de la connexion Internet. En bon chef d'entreprise, mon père se redresse afin de reprendre la discussion. Ses deux mains forment une pyramide devant lui, les extrémités de ses doigts se touchent. J'ai presque l'impression d'être l'un de ses employés.

— Écoute, mon grand, voici ce que je te propose : tu prends quelques jours pour réfléchir, et de mon côté je maintiens ton rendez-vous avec Philippe Chinsky. Autant que tu aies l'embarras du choix, pas vrai ?

— Ouais, on verra.

Je n'ai même plus la force de protester, ils sont exaspérants, à la fin. Deux minutes plus tard, je viens à peine de mettre un terme à notre appel que trois coups légers se font entendre à la porte de ma chambre.

— C'est moi, me dit Marjorie en passant la tête dans l'entrebâillement. Émeline est en bas, elle t'attend.

Je suis surpris, mais mon moral remonte instantanément de quelques étages. Certes, durant notre danse, Émeline a affirmé qu'elle souhaitait que l'on se voie afin de reparler de ce qu'il s'est passé entre nous, mais à la façon dont je me suis ensuite sauvé vers la grande roue, je ne lui en aurais pas voulu si elle avait changé d'avis. Encore un point délicat à aborder avec elle.

— J'arrive tout de suite ! dis-je en bondissant du lit.

Je manque de m'étaler en enfilant à toute vitesse mes chaussures. Marjorie plisse les lèvres pour se retenir de rire.

— C'est ça, moque-toi ! je fais mine de m'indigner, alors qu'en réalité je suis content de revoir cet air espiègle flotter sur ses traits.

Marjo me paraît si soucieuse depuis mon retour de Digne, tout à l'heure ! Cela étant, à la veille de l'ouverture de sa boutique, c'est normal. Elle est très stressée et ne cesse de se demander si elle aura du monde ou non. Je suis prêt à jouer les hommes-sandwich sur le trottoir, si ça peut contribuer à faire entrer les gens dans le magasin et à la décrisper, mais à mon avis, ce ne sera pas nécessaire. Cela fait plusieurs jours que les curieux affluent et s'émerveillent devant sa vitrine, c'est de bon augure.

— Je la préviens que tu descends, ricane-t-elle. Et passe-toi un coup de peigne, on dirait que tu as fait exploser un pétard dans tes cheveux.

— À vos ordres, mon général ! je lance en riant, au garde à vous.

Lorsque je les rejoins après m'être recoiffé, je me fige sur le seuil en les découvrant en train de détailler les derniers éléments de décoration ajoutés par Marjorie. Émeline lui fait une remarque sur un cactus surmonté d'un bonnet de Père Noël, ce qui provoque leur amusement. Le rire d'Émeline est un arc-en-ciel dans un ciel gris, il réchauffe tout ce qui l'entoure. Pas étonnant que même mon grognon de grand-père se soit laissé dompter ! Malgré l'épais bonnet blanc enfoncé sur ses cheveux blonds et son pull de Noël à motifs rouges et blancs qui, sur elle, est tout sauf ringard, elle reste solaire. Cette fille me fait littéralement chavirer. Et je n'ai rien trouvé de mieux que lui proposer mon amitié… Je suis vraiment trop con.

Dans un réflexe ridicule, je toque à la porte séparant la boutique de l'appartement pour m'annoncer.

— Oh, salut, Théo ! me lance Émeline en se retournant. J'espère que je ne te dérange pas.

Elle s'humidifie les lèvres, j'ai remarqué que c'est un truc qu'elle fait parfois quand elle est nerveuse. Ça me donne juste envie de l'embrasser.

*Focus, mon pote. Ne la braque pas.*

J'avance doucement vers elle, en priant pour que mon regard ne trahisse pas mes pensées.

— Pas du tout, je t'avais dit que tu pouvais passer quand tu le souhaitais. Est-ce que tu veux continuer à contempler la jolie boutique de Marjo, ou tu préfères qu'on prenne un verre au marché de Noël ?

Mon air malicieux la fait sourire.

— J'avais plutôt envie de marcher, si tu n'y vois pas d'inconvénient.

Sa suggestion me déconcerte, d'autant plus que les températures, dehors, ne sont pas loin d'être négatives (un lait de poule nous aurait réchauffés), toutefois je n'en laisse rien paraître.

— Ça me convient, j'adore l'ambiance des rues en cette période.

Émeline prend congé de Marjorie en lui faisant la bise, puis nous sortons du magasin. Nous faisons d'abord quelques pas sans rien dire, admirant les lumières qui proviennent du marché de Noël et tranchent avec le calme des ruelles du vieux bourg. Sans nous être concertés, nous tournons à droite, en direction du cœur historique du village. Émeline prend une soudaine inspiration. C'est sûrement là qu'elle va me balancer que notre aventure d'une nuit était une erreur et que nous ferions mieux d'oublier cette histoire. Je m'apprête à encaisser le coup quand je m'aperçois qu'en fait, elle est juste en train de humer l'odeur de feu de bois qui plane dans l'air.

— C'est l'une des odeurs que je préfère en hiver, déclare-t-elle alors que je lui jette un coup d'œil en coin. Cette saison n'est jamais appréciée à sa juste valeur, tu n'es pas de mon avis ?

Je comprends qu'elle essaie d'engager la conversation. Je lui souris, et pendant un moment, nous restons plongés dans le regard l'un de l'autre.

— Curieusement, je préfère les beaux jours, finis-je par lui répondre. On a moins de risques de se prendre une bourrasque de neige en pleine figure ou de devoir harnacher des chiens de traîneau pour aller poster une simple lettre.

Elle ricane, puis reprend d'un ton plus sérieux :

— Marjorie m'a prévenue que tu étais au téléphone, quand je suis arrivée. Je ne t'ai pas obligé à écourter ton appel, au moins ?

— Non, j'avais déjà raccroché. C'était une discussion assez désagréable avec mes parents… Tu es tombée au bon moment, au moins, je ne rumine pas pendant que je suis avec toi.

— Je suis désolée. C'était… en rapport avec Gaston ? Je ne veux pas être indiscrète, bien sûr.

— Oh, tu ne l'es pas. Et indirectement, oui, mon grand-père était à nouveau concerné.

Nous quittons la ruelle qui serpente derrière l'église pour emprunter un chemin bordé d'arbres et de prés communaux qui fait face aux montagnes.

Seule la lune nous éclaire, à présent. J'enfonce mes mains dans mes poches et développe :

— En fait, j'ai eu une sorte de déclic, tout à l'heure, en allant récupérer la commande de Marjorie. Le fournisseur avait du mal à la trouver parce que la personne chargée d'enregistrer la référence s'était plantée de fleuriste. Le type a marmonné que ce serait un sacré gain de temps si les clients pouvaient gérer eux-mêmes le bon final, ensuite il m'a demandé si Marjo comptait mettre en place un service de livraison à domicile. Apparemment, pas mal de personnes ont du mal à se déplacer et aimeraient que les commerçants établissent un roulement, comme autrefois, quand le camion de l'épicier ou du boucher passait dans les campagnes isolées. Tu vois ?

Elle acquiesce, je prends ça comme un encouragement à poursuivre :

— Bref, tout cela m'a donné l'idée de lancer une application pour créer ce lien qui fait encore défaut dans les campagnes. Dans l'euphorie de l'instant, j'ai envoyé un texto à ma mère pour partager mon illumination, sauf qu'elle s'est montrée beaucoup moins emballée que moi.

— Ah bon ? s'étonne Émeline. Cette application serait pourtant d'une utilité incontestable.

— C'est aussi mon sentiment, mais ma mère est persuadée qu'il ne s'agit que d'un prétexte pour rester auprès de mon grand-père. Comme tu le sais, ils ne se parlent plus depuis des années.

— Gaston m'a un peu exposé la situation, oui. Il n'est pas entré dans les détails, mais j'ai l'impression qu'il s'en veut. C'est triste qu'ils ne puissent pas se réconcilier, déclare-t-elle en me touchant le bras, dans un geste délicat.

Perturbé par ce contact, je m'efforce de revenir au sujet principal.

— Oui, mon grand-père culpabilise, pendant que ma mère pleure en cachette en regardant de vieilles photos… Mais aucun des deux ne se décide à faire le premier pas. Je vais finir par penser qu'ils aiment souffrir, et je me retrouve pris entre deux feux.

— C'est leur problème, réplique-t-elle, un sourcil arqué, tu n'as pas à choisir l'un ou l'autre. Et puis, l'important, c'est ce que toi, tu veux faire de ta vie. Tu ne vas pas te sacrifier pour leur confort personnel, quand même ?

— C'est drôle, on dirait que tu sais de quoi tu parles, ne puis-je m'empêcher de relever.

— C'est le cas, confirme-t-elle. Moi aussi, je connais bien le concept de la famille bancale et dysfonctionnelle.

Elle rit, mais cela ressemble davantage à un long soupir. Malgré le détachement qu'elle essaie d'y mettre, je devine que cela l'affecte. Je veux en savoir plus, alors je hasarde :

— C'est vrai que tes parents forment un couple atypique…

— Formaient, corrige-t-elle. Ils ont divorcé après le décès de mon frère.

Pris au dépourvu, je m'arrête net à hauteur d'un muret aux pierres à moitié effondrées.

— Émeline, je suis navré. J'ignorais que tu avais eu un frère.

Elle m'avait confié quelques éléments de sa vie, l'année dernière, j'étais au courant des relations difficiles avec son père et du cancer de la thyroïde qu'elle venait de surmonter, mais je me rends compte que je ne sais pas grand-chose d'elle, en réalité. Semblant se souvenir elle aussi de ses confidences, elle m'adresse un sourire résigné et trouve encore le moyen de plaisanter :

— Oui, j'ai un bagage psychologique particulier et pas très attrayant.

Je secoue la tête, à court de mots.

— Ne dis pas ça... Tu es incroyablement forte, Émeline. Ce que tu as affronté, c'est beaucoup pour une seule personne.

— Je ne sais pas, minimise-t-elle. J'ai lu que les chocs émotionnels favorisent bon nombre de cancers. Le mien aura mis du temps à se déclarer, cependant je suis pas la seule à avoir traversé ça. D'une certaine manière, j'ai même eu de la chance que ce ne soit pas pire.

— Qu'est-il arrivé à ton frère ? je m'enquiers, avec le plus de tact possible.

La mâchoire crispée, Émeline baisse le regard sur ses pieds.

— Un banal accident de la route. Willy avait dix-sept ans et rentrait à scooter de chez un copain. L'homme qui l'a percuté – un collègue de mon père – était distrait par une dispute au téléphone avec sa petite amie. Il a perdu le contrôle de son véhicule en plein virage. Mon frère arrivait en face, il n'a eu aucun moyen de l'éviter, ça a été bien trop rapide.

Je déglutis, touché par la violence de ce qu'elle a vécu. Qui suis-je pour me plaindre de mes petits tracas ?

— Mon Dieu, Émeline, je suis bouleversé. Pour toi, pour ta famille.

Avant qu'elle ne puisse me répondre, je l'attire vers moi et l'enveloppe dans le réconfort de mes bras. Elle se raidit d'abord un peu, sans pour autant chercher à se dégager, puis elle se blottit contre mon torse. Je ferme les yeux tandis que mon cœur bat la chamade, enivré par son parfum de vanille. Notre étreinte dure trop peu de temps. Au bout de cinq secondes, Émeline se redresse et prononce simplement :

— C'était irrationnel de vivre sans lui, au début. Mais on finit par s'habituer à l'absence, ce n'est pas qu'un lieu commun que l'on sert aux gens pour les consoler. Le plus difficile a été pour mes parents, perdre un enfant n'est pas dans l'ordre des choses.

Comment fait-elle pour posséder une telle sagesse ? Si ça m'était arrivé à moi, je serais sûrement en colère contre la Terre entière. Mais je ne peux pas me mettre à sa place, je n'ai jamais eu à faire face à ce genre d'épreuves qui bouleversent une vie. À défaut de mieux, je compatis :

— C'est terrible que le deuil ait détruit leur mariage.

Émeline se remet à marcher, visiblement désireuse de maintenir ses émotions à distance.

— Mon père s'est réfugié dans l'alcool après l'accident, m'apprend-elle sans fard. C'est à partir de là que mes parents ont cessé de s'aimer. Avant ça, nous menions une vie normale. Mon père était guide de montagne, ma mère conseillère bancaire. Tous deux ne manquaient aucun spectacle à l'école ; Maman était ce genre de mère qui s'impliquait en préparant des cookies pour la kermesse, elle organisait nos anniversaires, et Papa nous accompagnait aux tournois de foot ou de natation le samedi après-midi. Willy était un garçon calme et joyeux, il adorait jouer les héros en racontant cette fois où il s'était cassé le tibia en tombant d'un mur, regarder les matchs de Zidane, écouter Eminem et manger des Frosties. Il ne s'attirait jamais d'ennuis et plus d'une fille rêvait de l'embrasser au lycée ; je le sais, parce qu'elles étaient sympas avec moi pour que je leur arrange le coup. Oh, il me faisait parfois des blagues idiotes, comme placer une sauterelle sous mon oreiller quand je lui mettais une raclée à *Sonic*, mais tous les grands frères font ça, non ? Seigneur, je parle beaucoup trop, là.

— Non, pas du tout. Continue.

Se confier lui fait du bien, c'est évident. Tout est si fluide entre nous ! De l'index, elle essuie une larme au coin de son œil. Mes yeux s'embuent. Heureusement, il fait trop sombre pour qu'elle s'en aperçoive. Elle hoche brièvement la tête et déglutit.

— Nous étions… heureux, oui, c'est le mot. Et puis est arrivé ce soir d'été, en 2006. Il était 21 h 12, Papa venait de glisser *Scream* dans le lecteur DVD quand les gendarmes ont frappé à notre porte. Tout le monde se connaît, ici, je revois encore leurs visages dévastés, puis les cris de ma mère… Aucun parent n'est prêt pour ça, ajoute-t-elle en resserrant ses bras sur sa poitrine.

Je lui presse l'épaule.

— Aucune petite sœur n'est prête pour ça non plus. Tu évoques la douleur de tes parents, mais la tienne n'a pas moins compté.

Nous nous arrêtons sur une petite passerelle en bois qui surplombe un ruisseau et nous regardons dans les yeux.

— J'étais le seul enfant qui leur restait, je ne voulais pas leur infliger davantage de peine en m'effondrant, m'explique-t-elle. Je souffrais, mais je savais qu'ils souffraient encore plus, mon rôle était de les épargner. Comme j'aurais aimé pouvoir remonter le temps et empêcher Willy de mourir, juste pour ne plus les voir foudroyés de chagrin et ne plus avoir à refouler le mien ! Ce n'est pas seulement mon frère qui a disparu, ce soir-là, mais aussi ses encouragements, le regard qu'il portait sur moi. On n'a pas pu se dire au revoir, je crois que c'est ça, le plus dur... En définitive, j'ai mis du temps à accepter qu'il ne reviendrait jamais. C'est quand ma mère m'a appris que nous allions déménager que j'ai fini par le concevoir. Après cela, j'ai grandi discrètement, sans faire de vagues. Il m'aura fallu dix ans et un cancer de la thyroïde pour comprendre que j'avais le droit de ne pas vivre en pointillé.

Quelle résilience ! Elle m'impressionne.

— Tu t'en es remarquablement bien sortie. Par essence, le deuil isole, mais toi, tu es là, lumineuse, à répandre la joie autour de toi comme si c'était naturel. Tu es d'une spontanéité que la plupart des gens n'ont plus. Ça fait tellement de bien !

*Et je suis en train de tomber amoureux de toi.*

Émeline rougit comme une adolescente, mais elle me sourit.

— Tu sais, une fois qu'on a décidé que la fragilité de la vie ne doit pas nous empêcher de parsemer notre chemin de couleurs, ce n'est pas si compliqué. Tu devrais essayer.

Je crois qu'un morceau de mon cœur vient de se décrocher. Le silence s'installe entre nous, un trouble irrépressible monte en moi. Un vent léger souffle dans ses cheveux, je repousse une mèche qui lui barre le front, stupéfait par mon propre geste.

— Théo, prononce-t-elle d'une voix tremblante, je... Nous devons parler.

— Alors, laisse-moi commencer, dis-je en lui prenant la main. Je vais sans doute regretter mon aveu, mais je ressens tant de choses avec toi, Émeline. J'ai beaucoup songé à cette nuit que nous avons partagée. Cette alchimie entre nous, c'est bien plus qu'une simple attirance charnelle, ça ne sert à rien de l'ignorer. Je me suis menti à moi-même en prétendant ne pas vouloir d'une relation stable. Je ne sais pas comment c'est arrivé, mais tu as changé la donne. Au risque de paraître niais, je ne peux pas m'empêcher de me dire que, toi et moi, c'était écrit.

Le feu que je lis sur son visage me fait basculer. M'interdisant de réfléchir, j'ajoute :

— Oh, et une dernière chose : si je ne t'embrasse pas, là, maintenant, je vais probablement me fustiger pour le restant de ma vie.

Sa bouche frémit lorsque je me penche sur elle. De nouveau, ce sentiment unique, presque salvateur, de la sentir contre moi. Ses lèvres me répondent d'abord timidement, puis elle me rend mon baiser avec une ardeur que je n'aurais pas osé imaginer. Une main sur ma nuque, l'autre dans mes cheveux, elle s'accroche furieusement à moi et m'embrasse comme jamais aucune autre ne l'avait fait auparavant. Nos langues s'emmêlent dans un ballet à la fois langoureux et enflammé, elle me fait un effet incroyable. Émeline gémit quand mes doigts, avides de la toucher, se faufilent sous son pull, effleurent son ventre et trouvent la dentelle de son soutien-gorge. Sa peau est chaude, son rythme cardiaque s'affole sous ma main parcourant sa poitrine. Je sens que je vais perdre pied.

— Émeline, je grogne, en descendant contre son cou.

C'est alors que, sans prévenir, elle me repousse brusquement, mettant fin à ce baiser passionné.

— Non, arrête, murmure-t-elle, effarée, en s'éloignant de moi. Je ne peux pas.

## 18

# Émeline

— Qu'est-ce qui ne va pas ?

Théo me dévisage, une lueur pressante dans le regard. Mon cœur martèle tel un tambour entre mes côtes. Jamais je n'ai été embrassée avec tant de perfection, je ne sais plus si je suis heureuse ou effrayée. Toutes les terminaisons nerveuses de mon corps en redemandent, ne réclament que lui, mais ce serait commettre une énorme bêtise. Ma bouche est sèche, je sens une énorme pression appuyer sur ma poitrine.

— Théo, je... Il y a quelque chose de... euh... important...

J'ai beau avoir retourné mille fois dans ma tête la façon dont je voulais lui annoncer la nouvelle, je me retrouve démunie. Toutes les phrases que j'ai mentalement préparées butent contre la barrière de mes lèvres, qui les gardent en otage. Soudain, Théo se frappe le front et laisse échapper un petit rire nerveux.

— Oh, j'aurais dû y songer plus tôt, pardon ! Tu t'interroges sur ce qui m'a poussé à m'enfuir, l'autre soir, se fourvoie-t-il. C'était idiot de ma part, mon attitude a dû te sembler incompréhensible.

Hésitant, la respiration suspendue, il frôle à nouveau mes doigts des siens, tandis que je le fixe d'un air déconcerté. Finalement, il recule légèrement et relâche son souffle.

— Tu me rejetteras sûrement après ça, mais je te dois la vérité sur ma séparation avec mon ex.

— Théo, ce n'est pas…

Mais il me coupe, prêt à me révéler ce que je sais déjà :

— Jade a rompu parce que nous ne pouvions pas avoir d'enfant. Nous avons essayé durant près d'un an, en vain. Un jour, elle a décidé de faire des tests, juste pour vérifier. Le résultat a été sans appel : son corps fonctionnait normalement. Le problème venait donc de moi. Je l'ai mal vécu, et ce mal-être a dégradé nos liens au point qu'elle a fini par me quitter pour mon meilleur ami. Alors, avant de t'engager dans quoi que ce soit, Émeline, il faut que les choses soient claires entre nous : je suis stérile.

Sans s'en douter une seconde, il vient de me donner l'impulsion que je ne trouvais pas en moi.

— Théo ! je m'écrie, atterrée. Écoute-moi, maintenant : tu te trompes, tu n'es pas stérile.

Merde, mais qu'est-ce que je suis en train de faire ? De toute façon, c'est trop tard, je ne peux plus reculer, je n'ai pas le temps d'être plus terrifiée que je ne le suis déjà. Nous nous observons tous les deux avec la même stupeur. Le bleu de ses iris se trouble, j'y décèle cette pensée qui s'impose et qu'il repousse car il ne peut pas y croire.

— Où veux-tu en venir, au juste ? dit-il prudemment.

Mon Dieu, j'ai l'impression de chuter d'une tour de quinze étages. Rassemblant le peu de cran qu'il me reste, je lui annonce :

— Tu es le père de ma fille.

Il pâlit.

— Si c'est une plaisanterie, elle est très mauvaise, prononce-t-il d'une voix blanche.

Tout ce que je parviens à faire est de secouer la tête.

— Ça paraît dingue après ce que tu viens de me confier, pourtant il ne peut s'agir que de toi puisqu'il n'y a eu personne d'autre.

— Mais… c'est insensé, reprend-il, estomaqué. Je… Comment cela a-t-il pu se produire ?

— Le préservatif a craqué, je ne vois que ça.

Abasourdi, il s'accoude au parapet et enfouit son visage entre ses mains. Il accuse le choc, c'est normal. Je n'ose pas articuler un mot supplémentaire alors que je viens de balayer toutes ses certitudes en une phrase. Lorsqu'il se retourne vers moi, son air furieux me glace le sang.

— Bordel, Émeline ! Je suis là depuis une dizaine de jours, pourquoi me dis-tu cela seulement maintenant ?

— J'ai essayé de t'en parler plus tôt, mais ce n'était jamais le bon moment, jamais le bon endroit. Je n'ai rien voulu te dissimuler, je t'assure.

Le rire amer avec lequel il me répond me paraît bien cruel.

— Ah oui ? Et si je n'étais pas revenu à Vallenot, aurais-tu pris la peine de me prévenir ?

— Alors, là, tu es gonflé ! je m'exclame, ulcérée. Je t'ai écrit sur Messenger dès le début de ma grossesse.

— Je n'ai pas eu le moindre message de ta part, tu as sans doute fait erreur, m'assène-t-il.

Un silence aussi froid que les températures s'abat sur nous. Il me prend pour une débile, ou quoi ? Je sors mon téléphone pour lui montrer que je ne déraille pas.

— Non, aucune erreur possible, je proteste, en lui brandissant le message sous le nez.

Théo le lit, puis il secoue la tête, l'air grave.

— Ce Théo Lormont est un homonyme, j'ai masqué mon profil Facebook après m'être fait virer du journal.

— Quoi ? Oh, non...

Je reprends mon téléphone, les mains tremblantes. Ce n'est pas étonnant que je n'aie jamais eu de réponse ; le type en question a dû me prendre pour une dingue.

— D'accord, tout s'explique, alors. Je suis désolée, Théo, je croyais sincèrement m'être adressée à la bonne personne.

Il pousse un long soupir.

— Les mots me manquent, je n'ai pas les idées claires, là. Je ne sais pas quoi te dire, Émeline. Je n'en reviens pas que tu m'aies laissé dans l'ignorance alors que nous nous sommes revus plusieurs fois. Je me sens dépassé, en colère aussi.

Je ravale un sanglot. Je n'ai fait qu'enchaîner les mauvaises décisions, et à présent, cela se retourne contre moi.

— Je ne voulais pas que ça se passe ainsi, Théo, je te le jure.

— Ah ! s'exclame-t-il, furax. Donc tout va pour le mieux, si ce n'est pas ce que tu voulais ! Faisons comme si cette situation était complètement normale, c'est ça que tu attends de moi ?

Son éclat de colère fige l'air entre nous. Je m'attendais à son courroux, mais le subir de plein fouet me donne l'impression de sombrer dans des eaux sombres et glaciales. Malgré tout, j'ai besoin de me raccrocher à un espoir, aussi mince soit-il. Nous étions si proches, voilà encore dix minutes, mon aveu ne peut pas tout foutre en l'air d'un coup !

— Je sais que c'est soudain, mais je t'en prie, calme-toi.

J'essaie de m'approcher de lui, je voudrais l'enlacer. Il se dégage vivement.

— Laisse-moi, Émeline. J'ai besoin d'être seul.

Son ton inflexible me heurte, mais il ne changera pas d'avis ce soir. Aveuglée par les larmes, je m'éloigne dans le froid mordant, le visage cinglé par la neige fondue qui commence à tomber.

*

— Je nous ai pris des places de cinéma pour *Gremlins* samedi soir ! frétille joyeusement ma mère, en m'agitant les billets sous le nez. Le fils de Valentine gardera Cara, c'est réglé.

— Ah. D'accord, je réponds mécaniquement.

Deux jours entiers se sont écoulés depuis ma dispute avec Théo. Je ne l'ai pas recroisé, je n'ai même pas osé me rendre à l'ouverture de la boutique de Marjorie par peur que cela ne soit interprété comme de la provocation gratuite. D'après Jérôme, qui l'a aperçu en achetant des fleurs pour soutenir la jeune femme dans ses premiers pas de fleuriste, Théo la seconde derrière la caisse. Je n'en sais guère plus, si ce n'est qu'au moins, il se trouve toujours à Vallenot.

Ma mère range nos tickets de cinéma dans son sac à main et lâche un petit rire forcé.

— N'exulte pas trop surtout ! Je pensais que ça te ferait plaisir, c'est l'un de tes films favoris. Tu es stressée à cause de l'interview ?

Je hoche la tête.

— C'est bien ma veine d'être prévue avec Marjorie, elle doit mourir d'envie de m'étrangler après ce qui s'est passé entre Théo et moi.

— Jacotte et moi pouvons t'accompagner, me propose-t-elle.

— Je ne préfère pas, ça ferait un peu trop hostile. En tout cas, merci pour le ciné, j'apprécie l'attention.

— Bon, je vais te préparer un chocolat chaud, ça te donnera du courage. On s'en fait une tournée, les filles ?

Tout le monde acquiesce. Comme chaque jeudi après-midi, le restaurant connaît un pic d'activité proche du néant, aussi Jacotte, Léna et ma mère sont-elles venues me tenir compagnie. Je ne sais pas si elles craignent que je profite de l'absence de Clément pour ouvrir le four et mettre la tête dedans (ce n'est absolument pas dans mes intentions), mais elles ne me lâchent plus d'une semelle. En me confiant à ma mère, qui m'a vue débarquer lundi soir les vêtements trempés et les joues ruisselantes de larmes, puis à Léna, le lendemain, j'avais espéré que mes déboires ne s'ébruiteraient pas… C'était les sous-estimer. Après m'avoir pris dans ses bras en me murmurant que tout allait s'arranger, ma mère s'est empressée d'appeler mon père, qui s'est ensuite pointé chez moi pour traiter Théo de tous les noms d'oiseaux. Quant à Léna, elle n'a pas réussi à tenir sa langue lorsque sa grand-mère lui a fait remarquer que j'avais mauvaise mine. Je ne serais donc pas surprise que tout le village soit désormais au courant. C'est le risque, à vivre dans un patelin de la taille d'une assiette à dessert !

Tandis que ma mère prépare nos boissons, Jacotte se contorsionne sur son tabouret pour attraper mon regard.

— Si je te dis que nous avons testé la roulotte à pop-corn et qu'elle fonctionne, tu acceptes de me faire une risette ? Sinon, je peux aussi aller expliquer à ce grand nigaud de Théo que s'obstiner à te faire la tête ne fera pas avancer les choses.

— Mamie, tu sais très bien que c'est au-delà d'une simple histoire de bouderie, objecte Léna en me glissant un coup d'œil prudent. Si Théo était certain à cent pour cent de son infertilité, l'annonce d'Émeline a dû lui causer un sacré choc.

Je grimace en me remémorant le manque de tact dont j'ai fait preuve. J'ai largué la bombe avec la légèreté d'un hippopotame, je ne peux pas m'offenser du fait qu'il ne veuille plus me voir. Mais ça fait mal quand même. La culpabilité et les remords se mélangent amèrement au fond de ma gorge. J'aurais dû avoir une vision plus nuancée de la situation et envisager la possibilité que j'avais envoyé le message à la mauvaise personne. Pourquoi n'y ai-je songé à aucun moment ? Je rouspète, en prenant le ciel à témoin :

— Pourquoi est-ce que rien ne se passe jamais comme dans mes plans, bon sang ?

— Tu n'avais rien prévu, à ce que je sache, réplique ma mère, en disposant nos mugs sur le bar.

— Ce n'est pas une raison. J'ai tout fait foirer, Théo ne me pardonnera pas d'avoir attendu si longtemps pour lui apprendre la vérité. Avec le recul, même moi, j'ai du mal à me le pardonner.

Je renifle en sentant de nouvelles larmes envahir mes yeux. Décidément, je suis d'une fragilité irritante ces derniers jours ! J'ai horreur de ne pas me maîtriser.

— C'est pathétique, je deviens le cliché de la fille désespérée dans les comédies romantiques, avec la mâchoire qui tremble et le mascara qui coule.

Léna me tend un Kleenex.

— Mmm, c'est exactement ça, confirme-t-elle. Sans le mascara qui coule. C'est un waterproof ?

Je parviens à sourire. Elle a le don de me remonter le moral.

— Waterproof, oui. Je trouvais ça moyen de tourner l'interview en ayant l'allure d'un membre du groupe Kiss.

Durant quelques secondes, nous touillons nos boissons en silence, bercées par la paisible respiration de Cara, en pleine sieste dans son cosy. J'ai envie de coller mon visage dans ses cheveux fins et de respirer son odeur pour le restant de mes jours.

Léna toussote doucement.

— Donc… On a surtout parlé du fait que Théo sait dorénavant qu'il est le père de ta fille ; mais es-tu amoureuse de lui, Émeline ? Ça compte aussi.

Je déglutis en me remémorant ce baiser incroyable que nous avons échangé avant qu'il ne me dévisage avec horreur, comme si j'étais une tueuse en série de bébés écureuils.

— Difficile de définir ce que j'éprouve, la situation est trop embrouillée. Il ne s'agit absolument plus de mes sentiments, mais des siens, et il a de quoi être perturbé. Je ne veux pas qu'il se sente piégé. Je refuse d'être celle qui fichera sa vie en l'air.

Ma mère affiche une expression consternée.

— Tu es bien trop magnanime, ma fille. Perturbé ou pas, s'il se défile sans assumer ses responsabilités, c'est qu'il ne vaut même pas la corde pour le pendre.

— Je suis d'accord avec toi, Angela, approuve Jacotte. J'apprécie énormément Théo, mais Émeline mérite mieux qu'un garçon qui la laisse se morfondre au lieu de réagir.

— C'est exactement ce que je lui disais l'autre jour ! enchaîne ma mère, ravie d'avoir une nouvelle alliée. Il n'est pas encore trop tard pour trouver l'amour. Un neveu de Pascal vient juste de divorcer et…

— Stop, le gang des comploteuses, on arrête tout de suite ! je m'exclame. Vous savez que je suis juste à côté de vous, pas vrai ?

— Elles font ça tout le temps, ricane Léna. J'y ai eu droit au début de ma relation avec Clément, n'est-ce pas, Mamie ?

— Et les événements nous ont démontré que j'ai bien fait d'insister, se défend celle-ci.

Léna reprend, imperturbable :

— Sérieusement, ne te laisse pas abattre, Émeline. Il y a une véritable connexion entre Théo et toi, il suffit de vous regarder lorsque vous êtes ensemble pour le savoir. Je suis sûre qu'il reviendra vers toi, et un beau jour ce sera son tour de se lever au beau milieu de la nuit pour changer les couches.

— Justement, dis-je en faisant tourner ma tasse vide entre mes paumes, je n'ai pas envie qu'il se sente contraint de se caser avec moi en pensant que c'est ce qu'il y a de mieux pour Cara. Au fond, nous ne nous connaissons pas vraiment, ce serait bizarre de se précipiter. Mais ça m'étonnerait que cela se produise, de toute façon, il est si furieux !

Jacotte pose une main consolatrice sur mon bras.

— Tu te tortures trop, ma douce. Laisse-le d'abord assimiler ce gros bouleversement, et quand il aura pleinement réalisé, vous aviserez.

— Oui, enfin, espérons qu'il se réveille avant que la petite soit en âge de passer son permis de conduire, soupire ma mère. Elles ne vont pas l'attendre toute leur vie.

À ses yeux, le fait que Théo n'ait pas déjà mis un genou à terre pour me demander en mariage constitue un crime de guerre. On ne la refera pas. Soudain, l'alarme de mon portable retentit, me rappelant qu'il est déjà l'heure de rejoindre la journaliste de *La Provence.* Léna saute de son tabouret pour me remplacer au bar.

— Tu es sûre de ne pas vouloir que je t'accompagne ? tente une nouvelle fois ma mère.

— Non, ça ira. Marjorie n'est pas Gaston, elle ne devrait pas me recevoir en me jetant des projectiles à la figure.

*Voilà. Sois positive, c'est mieux.*

Cependant, lorsque j'arrive sur le marché de Noël une dizaine de minutes plus tard, mon regain d'optimisme fond comme neige au soleil. Oh, Marjorie ne tient absolument aucun objet pouvant faire office de munitions contre moi, non, c'est encore pire : elle est accompagnée de Théo. Il fallait bien que ma chance légendaire me pète au nez ! Patientant sous les nacelles de la grande roue, ils ne m'ont pas encore repérée. Je pourrais peut-être opérer discrètement un demi-tour… Oups, raté. La journaliste, venue un peu plus tôt prendre des photos de ma vitrine, me reconnaît et m'interpelle avec de grands gestes. Théo se tourne alors dans ma direction. Nos regards se percutent. Au coup d'œil paniqué et lourd de reproche qu'il lance dans la foulée à Marjorie, je devine qu'elle ne lui avait pas parlé de ma présence. Pourvu qu'il ne s'imagine pas que je suis de mèche avec son amie ! La journaliste me faisant à nouveau signe, je les rejoins d'un pas aussi alerte que si je marchais vers la chaise électrique. À moi d'affronter bravement cette situation.

— Salut, tout le monde, je lance, toutefois sans pouvoir adopter un ton confiant.

Un tantinet tendue, mais pas inamicale, Marjorie me dit bonjour à son tour.

— Salut, prononce Théo, au même moment, entre ses dents.

On se croirait à une veillée funèbre, il ne manque plus que le cadavre (ce qui ne devrait plus tarder, manifestement, car mon trépas est imminent, c'est un fait). Seule Audrey, la journaliste, paraît réellement contente de me revoir.

— Émeline ! m'accueille-t-elle avec chaleur. Nous n'attendions plus que vous pour commencer. Que diriez-vous de nous installer dans la grande roue ? La vue doit être très sympa, une fois en haut.

*Pitié, non !*

Je m'efforce de dissimuler mon désarroi.

— Les conditions ne sont pas idéales, Audrey… Regardez ce temps, le vent commence à se lever.

— Rien que pour la prise de son, nous serons mieux au sol, confirme le cameraman.

J'ai à peine le temps de penser *Ouf, sauvée !* qu'une main se pose sur mon épaule. En pivotant, je découvre Violette, la nièce de Léna, qui me tend un lait de poule. J'aurais plutôt besoin d'un défibrillateur, mais on ne va pas chipoter.

— Tiens, c'est pour toi, déclare la jeune fille. Puisque tu seras filmée, Clément a pensé que ce serait bon pour l'image de *L'Edelweiss*.

— Mais je déteste le lait de poule, Clément le sait.

— Il n'a pas spécifié que tu devais le boire, juste que ça pourrait être utile. Bon, je dois retourner au stand, à plus tard ! Tu vas tout déchirer.

Elle s'éloigne, non sans jeter au passage un œil noir à Théo. Je devine que cette histoire de lait de poule n'était donc qu'un prétexte pour déclarer officiellement le décès de sa cote de popularité. En général, j'adore la sollicitude de mon entourage, mais là, c'est étouffant. Je suis mal pour Théo. Hélas, je ne suis pas sûre que lui offrir mon gobelet en guise de paix me soit d'une grande aide ; de toute façon, il est en train d'annoncer à Marjorie qu'il retourne à la boutique.

— Déjà ? s'étonne la jeune femme. Les clients sont avertis que nous réouvrirons après l'interview, il n'y a pas le feu.

— Je vais en profiter pour ranger un peu. On se retrouve quand tu auras terminé, OK ?

Il me gratifie d'un hochement de tête si furtif que je pourrais presque l'avoir rêvé, puis tourne les talons, me laissant seule avec son amie. La journaliste retouchant son rouge à lèvres, nous nous asseyons sans un mot sur les sièges en plastique. Marjorie fait semblant de scroller son compte Instagram ; son malaise est perceptible. Je décide de briser la glace avec mon humour merdique et maladroit :

— Bon, je suppose qu'il est prématuré de te demander d'être la marraine.

À mon grand soulagement, elle éclate d'un rire plus reconnaissant qu'amusé.

— Trop tôt. Beaucoup trop tôt, acquiesce-t-elle. Mais je tiens à ce que tu saches que je n'ai rien contre toi, d'accord ? J'ai juste envie d'arracher la tête de ce gars qui n'a pas jugé nécessaire de te prévenir que tu n'écrivais pas au bon Théo. Sérieusement, qui agit comme ça ?

Je souris, puis je m'enquiers timidement :

— Et le vrai Théo, comment va-t-il ?

— Pas bien, me répond Marjorie, tandis que le caméraman fixe des micros sur le col de nos manteaux. Il ronge son frein et abat une somme de travail que je ne lui demande pas. C'est une première, je ne l'avais encore jamais vu ainsi.

— C'est à ce point ?

— Oui. Il a réussi à mémoriser toutes les références disponibles dans ma boutique alors qu'avant, si tu l'avais mis au défi de te citer un nom de fleur, il aurait seulement su dire « marguerite » ou « rose ». J'exagère un peu, mais tu vois le genre.

— Je suis désolée, je me sens affreusement coupable.

Audrey s'assoit face à nous, empêchant Marjorie de me répondre. Je réalise que c'est la première fois que je vais passer devant une caméra, et bien sûr, il faut que la tristesse m'étreigne le cœur pile à cet instant.

*Respire.*

— Marjorie Hoa, Émeline Lapeyre, bonjour ! commence la journaliste. Vous concourez toutes les deux pour la plus belle vitrine de Noël de Vallenot. Pouvez-vous d'abord nous dire un mot au sujet de vos commerces respectifs ?

Redressant les épaules, Marjorie se lance la première. Devenir fleuriste était le rêve de sa vie, ouvrir son magasin à l'approche des fêtes, un hasard du calendrier.

— Un hasard super bien tombé, en définitive, ajoute-t-elle, car rien de tel qu'une vitrine féerique pour donner envie aux gens de découvrir ce qui se cache derrière.

— Et vous, Émeline ? m'encourage Audrey.

Ignorant mes paumes moites et le poids du stress sur ma poitrine, je force ma bouche à esquisser un nouveau sourire et raconte à mon tour mon rôle au sein de *L'Edelweiss*, qui m'a conduit à créer un décor à la fois familier et réconfortant, à l'image de ce que l'on ressent en poussant la porte du restaurant.

— Le plus beau des spectacles, c'est de voir les yeux des enfants briller pendant qu'ils contemplent nos vitrines. Pour moi, c'est ça, la magie de Noël : leur montrer que le merveilleux existe dans l'ordinaire. Entendre leurs cris de ravissement, comme ceux que mon frère et moi poussions à leur âge. Je veux qu'ils puissent se créer de magnifiques souvenirs, qu'ils auront envie de partager plus tard avec leurs propres enfants.

Je m'arrête en sentant l'émotion me gagner. Pas question de pleurer devant la caméra. La journaliste nous pose encore deux ou trois questions, avant de nous libérer.

— C'était superbe, conclut-elle. On sent que la passion vous anime toutes les deux, il ne sera pas facile pour les enfants de vous départager. Rendez-vous le 23 décembre pour l'annonce des résultats. Bonne chance !

Nous rendons nos micros au cameraman et nous levons. Alors que je m'apprête à prendre congé afin de retourner au restaurant, Marjorie me retient pour me parler.

— Oh, ça y est, tu veux m'arracher la tête à moi aussi ? dis-je en riant nerveusement.

— Eh bien, maintenant que la compétition est officiellement lancée, j'y songe ! plaisante-t-elle. Non, en réalité, je... Écoute, je sais que c'est douloureux pour toi, la façon dont Théo a réagi, et il me tuerait s'il savait que je me mêle de vos affaires, mais c'est le mec le plus réfléchi que je connaisse. Il ne s'éloigne pas de toi pour te punir, il est juste plein de doutes. Tu l'as chamboulé en lui annonçant cette incroyable nouvelle – c'est un grand sensible sous ses vêtements impeccables et ses airs désinvoltes. Il a du mal à accorder sa confiance depuis la trahison de Jade, mais il finira par comprendre que tu n'as pas voulu le duper. En tout cas, moi, j'en suis convaincue.

— Je te remercie, ça me touche. Je regrette la façon dont les choses se sont déroulées, et je ne m'attends pas à ce que Théo m'accorde la moindre chance après avoir merdé comme je l'ai fait, mais il restera toujours le bienvenu dans la vie de Cara.

Songeuse, Marjorie cale son sac sur son épaule.

— Tu sais, je ne t'ai pas menti, l'autre jour : tu occupes une place importante dans son cœur. Lui qui ne fréquentait que des filles insipides, votre rencontre l'a profondément changé. Il est amoureux de toi, quoi qu'il en dise, et je suis certaine que le cœur aura le dernier mot.

Émue par ses paroles apaisantes, je cherche vite une repartie avant d'avoir les yeux trop embués.

— Waouh ! Tu mériterais vraiment que je te laisse gagner le premier prix !

# 19

# Émeline

*Samedi 17 décembre*

Le hall du bâtiment abritant le ciné-club est bondé lorsque j'en pousse la porte afin de rejoindre ma mère. Malgré la soixantaine de personnes qui se pressent sur la moquette rouge, entre le guichet et la machine à pop-corn surmontée d'une guirlande lumineuse, l'effort de décoration me frappe instantanément. Les bénévoles ont suspendu sur les branches du petit sapin des boules avec des personnages emblématiques du 7e art : Dark Vador et Maître Yoda côtoient ainsi Superman et l'incontournable Grinch. Je suis sous le charme (et un peu jalouse, aussi) !

— Salut, Émeline ! m'interpelle Ludovic, alors que je tends le cou pour localiser ma mère.

J'enlève mon bonnet, ennuyée de me trouver face à lui. Je n'ai pas spécialement envie d'une nouvelle tentative de drague ce soir.

— Oh, bonsoir, Ludo ! J'ignorais que tu avais un faible pour les classiques du cinéma.

— Tu es encore loin d'avoir découvert toutes les facettes de ma personnalité, affirme-t-il, en me faisant un clin d'œil. Tu es venue seule ?

— Je dois retrouver ma mère et son mari, ils sont sûrement dans les parages.

Je m'interromps en repérant près du guichet un homme arborant une masse de cheveux blond foncé, ébouriffés façon « j'ai sauvé l'humanité à temps pour arriver à l'heure au ciné ». Théo ? D'accord, je suis peut-être devenue un peu obsessionnelle, ces jours-ci, mais de profil, la ressemblance est frappante… d'autant plus que la jeune femme qui l'accompagne possède exactement le même carré lisse et noir de jais que Marjorie. Merde ! Ludo, qui a suivi mon regard, se penche vers moi pour me parler à voix basse :

— J'ai appris ce qui s'est passé entre le bellâtre et toi. Mais venant d'un type dans son genre, je suis à peine surpris, ils séduisent tout ce qui bouge et se sauvent dès que ça se gâte.

— Théo ne s'est pas sauvé, la preuve, il est là, je réplique un peu sèchement. Il a juste besoin de réfléchir.

— Bien sûr, je n'en doute pas. Enfin, si tu cherches un ami à qui te confier, on pourrait aller boire une bière ensemble, un de ces soirs, termine-t-il, en me pressant l'épaule d'une manière possessive.

Hérissée par son geste, je m'apprête à rétorquer qu'il peut remballer son air mi-condescendant, mi-lubrique, et oublier toute velléité de me consoler, quand ma mère fait son apparition.

— Émeline ! s'exclame-t-elle un peu trop fort. Mais où étais-tu passée ?

Son entrée peu discrète ne manque pas d'attirer l'attention de Théo sur nous, alors que les doigts de Ludo sont toujours agrippés à mon épaule. Détail qu'il ne rate pas, si je me fie à l'éclair de mépris qui traverse son regard et me fiche un coup à l'estomac. Le temps d'avaler douloureusement ma salive, il a déjà tourné les talons et se dirige avec Marjorie vers la salle de cinéma.

— Bon ! je lance en me soustrayant tant bien que mal à Ludo. Si on allait s'installer ?

— J'y vais aussi, a le bon goût de décider Ludovic. Bonne soirée.

— Oui, à plus ! Où est Pascal, au fait ? je reprends, à l'attention de ma mère.

Celle-ci secoue la tête, interloquée.

— Tu n'as pas lu mon SMS ? Il ne se sentait pas très bien, il préfère rester au chaud ce soir. J'ai proposé sa place à ton père, il arrive bientôt.

En sortant mon portable de mon sac, je réalise que j'ai été trop accaparée par mes multiples consignes à mon baby-sitter du soir pour consulter mes messages.

— Zut, je n'avais pas vu, dis-je en sélectionnant le mode vibreur, au cas où le fils de Valentine aurait besoin de m'appeler. Rien de grave, au moins ?

— Juste un rhume, à mon avis, me rassure ma mère. Pop-corn ?

J'acquiesce avec un grand sourire.

— On ne va pas s'en priver ! Donc, Papa doit nous rejoindre ? Mounia vient avec lui ?

Fixant la roulotte à pop-corn, de laquelle s'élève une divine odeur sucrée, Maman me répond, évasive :

— Je crois que Mounia avait des choses prévues de son côté. On prend le grand format, n'est-ce pas ?

Je plisse les yeux. Cette histoire me paraît bizarre, d'un coup. Pascal subitement malade, Papa qui opte pour un samedi soir avec ma mère au lieu de le passer avec sa chérie… Et soudain, je tilte. Mon anniversaire ! Je fête mes trente ans demain. Nous avons évoqué un simple déjeuner entre nous pour marquer l'occasion, après ma matinée de travail sur le stand de *L'Edelweiss* au marché de Noël – Clément m'ayant demandé si je pouvais seconder ses parents –, mais peut-être qu'ils mijotent un truc dans mon dos… À tous les coups, ils ont prévu de m'emmener passer la journée dans une autre ville, ou quelque chose du genre, bien que je ne voie pas en quoi cela mobiliserait Pascal et Mounia ce soir. Perplexe, mais avec un sourire en coin, j'avance avec le reste de la file. Remarquant ma présence, Jacotte s'empresse aussitôt de crier à l'assemblée que l'idée du pop-corn était la mienne et que l'on peut me remercier comme il se doit. En réaction, une salve d'applaudissements retentit dans le hall.

— Bravo, Émeline ! crie une poignée de supporters. Tu es la meilleure !

Rouge écarlate, mais l'ego regonflé à bloc, j'accepte le seau de la taille d'un silo que Jacotte me tend et qu'elle refuse de me faire payer.

— Profite de ta séance et régale-toi ! me souffle-t-elle.

Ma mère passe son bras sous le mien et nous retrouvons mon père à l'entrée de la salle, d'où il a assisté à mon quasi-sacre.

— Tu vas devenir la mascotte du ciné-club ! déclare-t-il en riant. Il ne te manque plus qu'une couronne pour l'intronisation officielle.

— « La reine du pop-corn », super ! je m'esclaffe. Le titre fait rêver à lui seul.

Amusée elle aussi, ma mère nous désigne nos places dans l'une des rangées du milieu. Mon sourire s'évanouit dès l'instant où je percute que Théo et Marjorie sont installés juste devant nous. Karmiquement parlant, on est au top, là. Comme si ce n'était pas assez embarrassant, mon père, qui ne les a pas encore vus, entreprend de me taquiner :

— Tu veux t'asseoir entre Papa et Maman, mon poussin ? lance-t-il d'un timbre chantant généralement réservé aux bébés.

Je lui fiche un coup de coude au moment où Théo se retourne pour découvrir l'identité de ces voisins gênants et bruyants qui risquent de lui gâcher la séance.

*Coucou, c'est nous, les foldingos qui élevons ta fille !*

Théo me considère avec un air qui me donne envie de me cacher sous mon siège. Cette fois, mon père ne peut pas le rater. Toujours très gracieux, il croise les bras sur son torse et se met à toiser Théo exactement de la même manière que s'il venait de lui préparer une pierre tombale avec son nom inscrit dessus. Je ne sais plus où me mettre. Ma mère, elle, semble déjà regretter de l'avoir invité à se joindre à nous.

— Pour l'amour du ciel, Pierrot, assieds-toi ! marmonne-t-elle, en tirant sur le revers de son pull pour qu'il s'exécute au plus vite.

Par chance, les lumières s'éteignent. J'ai cru que cela ne se produirait jamais ! Je plonge mes mains dans le seau de pop-corn et en gobe une poignée. M'octroyant un petit sourire, ma mère se sert à son tour (elle s'est finalement résolue à prendre le fauteuil du milieu), tandis que le film démarre. À l'écran, Randall s'apprête à acheter pour son fils, Billy, l'adorable mogwaï qui va déclencher une pagaille sans nom dans la petite ville de Kingston Falls, où l'ambiance de Noël est à son comble. C'est délicieusement régressif. En me concentrant bien, je peux presque faire abstraction de la présence de Théo. Presque, car il est difficile d'ignorer les effluves de son parfum au vétiver qui osent flotter jusqu'à moi et venir me narguer… Quelle torture ! Le film est bien avancé lorsque mes parents se mettent à échanger quelques murmures. Est-ce à propos de mon anniversaire ? En tendant l'oreille, je saisis distinctement le chuchotement féroce de ma mère :

— C'est bien ce que je dis, tu ne m'écoutes pas !

— Je t'entends, ça en revient au même, riposte mon père. C'est drôle comme tu me fais penser au chef des Gremlins, le petit hargneux à la mèche blanche, ajoute-t-il, alors que ladite créature essaie de trucider la mère de Billy.

Maman souffle pour souligner l'absurdité de cette assertion.

— Et moi, je ne comprends pas pourquoi tu n'as pas été sélectionné à la place de Jack Nicholson dans *Shining* ! Tu es le parfait sosie de son personnage.

Non, mais ce n'est pas vrai ! Ils ne peuvent pas s'en empêcher ! Devant nous, quelqu'un que je soupçonne être Théo pousse un soupir. Si mes parents continuent leur cirque, on va se faire expulser du cinéma, la honte !

— Taisez-vous ! je leur intime, autoritaire. Tout le monde vous entend.

Ma phrase à peine terminée, mon portable se met à bourdonner. *Merde, merde, merde.* Pourvu que ma maison ne soit pas en feu ou ma fille retenue en otage par un sociopathe ! Évidemment, le temps d'extirper le téléphone de mon sac, celui-ci s'est arrêté de vibrer. Mais il reprend aussitôt, m'indiquant que Gaston cherche à me joindre. Dois-je lui répondre ? Supposant que Théo passait son temps libre avec lui, je ne lui ai pas rendu visite hier, par peur de gâcher ces instants qu'ils s'efforcent de rattraper ensemble. Il s'inquiète peut-être de ne pas avoir de mes nouvelles. À moins qu'il ne s'agisse d'une urgence. Ignorant les soupirs qui s'élèvent autour de moi, je me lève et décroche en quittant précipitamment la salle pour ne pas me faire lyncher.

— Gaston ? Tout va bien ? dis-je en déboulant dans le hall, où Jacotte et deux autres bénévoles me scrutent avec curiosité.

À l'autre bout du fil, Gaston émet un grognement qui ne me dit rien qui vaille ; une attaque cardiaque ? cérébrale ?

— Est-ce que vous m'entendez, Gaston ?

— Oui, je te reçois cinq sur cinq, articule-t-il faiblement. Je… Je me suis cassé la figure dans mon garage, c'est con… Je… n'arrive plus à me relever.

Il ne m'en faut pas davantage pour m'affoler.

— Oh, mon Dieu. J'appelle les pompiers.

— Non, pas la peine, se rebiffe-t-il. Je ne suis pas en sucre, j'ai juste besoin d'aide pour me redresser sur mes deux guibolles. Tu peux venir ?

— J'arrive tout de suite.

Jacotte s'approche de moi alors que je raccroche.

— Tu t'en vas ? me demande-t-elle, soucieuse.

— Oui, Gaston a fait une chute dans son garage. Il prétend que ça va, mais j'en doute car il n'a pas réussi à se remettre debout et… Oh, zut, il faut que je prévienne Théo !

La grand-mère de Léna me fait signe de ne pas bouger.

— Je m'en charge, je lui dis de te retrouver dehors.

— Merci, Jacotte.

Heureusement, j'ai eu le réflexe de me munir de mon manteau en sortant de la salle, cela m'évitera de grelotter dans le froid. Un court instant plus tard,

Théo débarque au pas de course sur le trottoir, où je patiente près de ma voiture.

— Que s'est-il passé ? m'interroge-t-il, les traits déformés par l'inquiétude.

J'attends qu'il prenne place du côté passager et que sa ceinture soit bouclée pour lui rapporter l'incident dont Gaston a été victime. Son visage se décompose.

— Oh, non ! Mais que faisait-il dans son garage ? Tu lui as demandé depuis combien de temps il gît par terre ?

À ma grande honte, je lui avoue que, dans la panique, je n'ai pas pensé à lui poser la question.

— Mais ça ne doit pas faire si longtemps, je suis sûre qu'il m'a appelée sur-le-champ.

— Une chance qu'il se soit laissé convaincre d'acheter un portable. Merde, j'aurais dû passer le voir avant de venir au cinéma.

— Tu ne pouvais pas deviner, Théo. Ce n'est pas ta faute.

Il ne répond pas. Sachant que rien ne pourra calmer son angoisse tant qu'il ne verra pas son grand-père de ses propres yeux, je préfère ne rien ajouter. Le trajet nous prend à peine dix minutes, nous le terminons en silence. En empruntant le chemin cahoteux menant chez le vieil homme, je me fais violence pour ne pas poser ma main sur celle de Théo, ne serait-ce que pour l'apaiser un peu. Nul doute qu'il se dégagerait fissa. Les pneus de ma vieille Opel crissent lorsque je freine brutalement devant la maison de Gaston. Théo saute de la voiture sans même me laisser couper le moteur.

— Gaston ! s'écrie-t-il en se ruant vers le garage.

Je le rejoins au moment où il s'accroupit auprès de son grand-père. La gorge nouée, je l'écoute lui parler doucement. Ses gestes délicats et son dévouement évident envers lui me touchent profondément. Allongé sur le sol froid, Gaston me paraît soudain bien fragile. Il redresse la tête en me voyant m'approcher. L'effort lui arrache une grimace.

— Tu n'étais pas obligée de rameuter la cavalerie, plaisante-t-il, en pointant Théo de son index.

Je me contrains à adopter moi aussi un ton comique :

— Ne me dites pas que vous m'avez crue capable de vous relever toute seule ? C'est surestimer ma force, Gaston, je n'ai pas soulevé assez de fonte pour ça.

À mon tour, je m'agenouille, de sorte que Théo et moi nous trouvions de part et d'autre de lui. À première vue, pas d'hypothermie, son garage n'est pas trop mal isolé et lui vêtu d'un gros pull.

— Si tu nous expliquais ce qui t'est arrivé ? lui demande Théo, en l'aidant à se remettre sur son séant.

— Ce n'est pas assez clair ? réplique Gaston. J'ai buté sur le tuyau d'arrosage, là-bas, et j'ai fait un vol plané. J'ai la cheville en feu et l'impression qu'on m'a passé une râpe à fromage sur la figure, mais à part ça, je vais bien.

En scrutant son visage, Théo et moi nous rendons compte qu'il s'est écorché la joue gauche.

— Est-ce que ta tête a touché le sol quand tu es tombé ? le questionne Théo.

— Je crois que oui, parce que j'ai vu trente-six chandelles. Mais ça peut aussi être lié à la douleur dans ma cheville.

Mon sang ne fait qu'un tour.

— Attendez, vous êtes en train de nous dire que vous avez perdu conscience ?

L'air penaud de Gaston parle pour lui-même. Je ne possède pas mon brevet de secourisme, mais je n'ignore pas qu'une perte de connaissance, même minime, n'est pas à prendre à la légère.

— OK, cette fois, vous ne m'empêcherez pas de prévenir les pompiers, je n'admettrai aucune contestation.

Théo me donne son assentiment d'un hochement de tête. Rémi étant de garde ce soir, c'est lui qui reçoit mon appel et le prend très au sérieux.

— Empêchez-le de se déplacer et maintenez-le éveillé, préconise-t-il. On arrive.

— Eh bien, bredouille Gaston, une fois que j'ai raccroché. Euh… Merci de m'avoir sauvé d'une mort probable, ce n'est pas comme ça que je m'imaginais tirer ma révérence.

Soulagé de l'arrivée imminente des pompiers, Théo lève les yeux au ciel.

— Tu n'allais pas mourir, Gaston, d'accord ? Et, avant que tu ne protestes, je pars à l'hôpital avec toi.

— As-tu besoin que je prévienne Marjorie ? je m'enquiers.

Théo me fixe. Je suis presque certaine de voir une lueur d'émotion traverser son regard avant qu'il ne redevienne impénétrable.

— Non, ça ira, je vais me débrouiller.

Entre nous, Gaston pousse un soupir affligé.

— Alors, toi aussi, tu vas laisser ton orgueil prendre le pas sur tes sentiments ? lance-t-il à Théo. À propos, j'ai écrit une lettre pour ta mère. J'avais oublié de ranger les enveloppes que la femme de ménage m'a laissées dans le garage et c'est en venant les chercher que je me suis ramassé mon gadin. Le destin manie l'humour noir à merveille.

— Une lettre ? répète Théo, abasourdi. Tu as écrit à Maman, vraiment ?

— Eh oui, gamin ! Même le plus buté des vieillards est capable de ravaler son ego, parfois. Tu devrais en prendre de la graine.

Je ne saurai jamais ce que Théo allait lui rétorquer, car la sirène de l'ambulance éclate brusquement dans la nuit, s'amplifiant à mesure que les pompiers approchent de la maison. Ensuite, tout va très vite. Rémi et ses collègues font irruption en un éclair pour prodiguer les premiers soins à Gaston. Je me place en retrait, à l'entrée du garage, laissant Théo répondre à leurs questions. J'en profite pour envoyer un texto à mes parents afin de les avertir que je rentrerai directement sans repasser par le cinéma. Théo vient me retrouver au bout de quelques minutes.

— Je te dois des remerciements, commence-t-il, un peu gêné. Il aurait pu passer la nuit par terre, si tu n'avais pas réagi si vite à son coup de fil.

— J'ai agi comme n'importe qui l'aurait fait. Rémi a-t-il pu déterminer l'étendue de ses blessures ?

— Il pense que Gaston souffre d'une bonne entorse à la cheville, et ils vont le conduire à l'hôpital pour un scanner cérébral. Il s'exprime correctement et ne présente aucun signe de détresse, mais à son âge, c'est plus prudent.

J'acquiesce.

— Bien sûr, on ne sait jamais. Il a quand même perdu connaissance, ce n'est pas rien.

Nous laissons le silence s'installer entre nous. Théo me regarde à nouveau, semblant hésiter à ajouter quelque chose. Je déglutis nerveusement et me jette à l'eau la première :

— Théo, je sais que tu m'en veux beaucoup, mais… Tu ne crois pas qu'une conversation est nécessaire ?

Il s'agite, mal à l'aise.

— L'instant n'est pas très bien choisi pour avoir une conversation, me fait-il remarquer, à juste titre.

Il marque une pause, soupire et reprend :

— Mais autant te l'annoncer maintenant : j'ai prévu de rentrer à Paris. On me propose un poste intéressant et je dois prendre certaines dispositions.

Je recule, comme s'il venait de me gifler. S'il s'agit du poste dont il m'a parlé l'autre soir, il n'aura pas traîné pour changer d'avis !

— Oh, tu as fait ton choix, alors…

Je laisse ma phrase en suspens ; les pompiers ont étendu Gaston sur le brancard et ils attendent Théo. J'essaie de faire bonne figure en promettant à Gaston de venir aux nouvelles dès qu'il sera rentré, mais j'ai juste envie de m'effondrer. Rémi me salue brièvement avant de refermer les portières de l'ambulance. Théo, lui, est grimpé à bord sans se retourner. Les yeux pleins de larmes, je me fais violence pour ne pas me réfugier en courant dans ma voiture, avec les miettes éparpillées de mon cœur. Manifestement, le happy end ne sera pas pour moi.

*

Le lendemain, le moral dans les chaussettes, je sers laits de poule et chocolats chauds sur le marché de Noël à des clients matinaux et trop enjoués à mon goût. Ce matin, je déteste la voix de Mariah Carey qui hurle dans les haut-parleurs, je supporte encore moins le chœur choisi pour interpréter sur la place *Mon beau sapin* et autres incontournables chants de saison. Ce matin, je comprends l'aversion que ma mère a pour Noël. Comment les gens peuvent-ils se montrer si joyeux quand la seule chose qui nous tente est de rester sous la couette à nous morfondre sur ce que l'on a perdu ?

Un claquement de doigts près de mon oreille met un terme à mes considérations déprimantes. Je sursaute en réalisant que Josse, la mère de Clément, vient de me parler et qu'elle attend une réponse. Je me confonds aussitôt en excuses :

— Pardon, je n'ai pas entendu ce que vous disiez. Le froid m'engourdit le cerveau.

Ce n'est presque pas un mensonge, les températures ont à nouveau chuté dans la nuit. Les lèvres de Josse s'étirent en un sourire indulgent.

— Je disais que ça fait plus de cinq minutes que tu remues le chocolat avec cette louche, je crois que ça va être bon. Tu ne sembles pas dans ton assiette, est-ce que cela aurait un rapport avec le beau Théo ?

*C'est si flagrant que ça ?*

Je secoue la tête, résignée.

— Ouais, ça ne s'est pas super bien passé entre nous. J'aurais dû m'y attendre, mais je pensais qu'il…

Je suis incapable de terminer ma phrase. À quoi pensais-je, exactement ? Qu'il allait me prendre dans ses bras et me faire tournoyer sous les flocons en me promettant amour et bonheur familial ? Ridicule. Un bip émanant de mon téléphone me dispense de poursuivre ; d'un geste de la main, Josse m'incite à lire le message qui vient d'arriver.

— Je sais que tu attends des nouvelles de Gaston, c'est important.

— Merci.

Mon cœur fait un bond en découvrant que le SMS provient bien du portable du vieil homme.

Mon grand-père a pu sortir de l'hôpital ce matin. Rémi a vu juste, ce n'est qu'une bonne entorse. Aucune trace de commotion cérébrale. Marjorie est venue nous récupérer, Gaston se repose. Théo.

On ne fera pas plus formel, mais je suis tellement heureuse de savoir que Gaston va bien que je ne m'en offusque pas. Je m'empresse de partager mon soulagement avec Josse, qui me promet de rassurer les autres quand ils passeront.

— D'ailleurs, c'est étrange, dis-je en consultant ma montre, il est plus de midi et nous n'avons encore vu ni Léna ni Jacotte.

— Jacotte est sûrement restée tard hier soir pour compter les recettes du ciné, il paraît que l'association a fait carton plein. Oh, il est l'heure que je te libère, tu devrais filer ! Regarde, Violette est là.

Je salue la jeune fille venue prendre ma relève, puis me dirige d'un pas vif vers ma voiture. Je dois retrouver mon père à la maison, après quoi nous déjeunerons au chalet loué par ma mère. La perspective de célébrer mon anniversaire ne m'enchante pas plus que ça, mais je vais jouer le jeu. Mes parents n'ont pas à subir ma mauvaise humeur. En me garant devant chez moi, je repère immédiatement la voiture de Maman. J'en déduis que les plans ont dû changer. À moins que j'aie eu raison, hier, en supposant qu'ils m'ont un peu menée en bateau et comptent en réalité m'emmener à Digne faire du patin à glace ou…

— Surpriiiiiiiise ! s'écrient une dizaine de voix au moment où je pousse la porte d'entrée.

La main sur le cœur et les yeux écarquillés, je m'immobilise en découvrant mes parents qui entonnent un tonitruant *Joyeux anniversaire*, imités par Pascal, Mounia, Jacotte et Lulu, Léna, Valentine, Jules et son petit ami, Jérôme et… oh, mon Dieu ! Gaston est là, assis sur un fauteuil roulant ! À la fin de la chanson, mes joues ruissellent d'émotion et tout le monde applaudit.

— On t'a bien eue, pas vrai ? s'exclame mon père, fier de son coup.

Maman s'approche de moi et me plaque un gros baiser sur la joue.

— Joyeux anniversaire, ma chérie.

Bouleversée, je la serre quelques secondes dans mes bras.

— C'est toi qui as préparé tout ça ? je parviens à articuler en m'essuyant les yeux.

— Avec la complicité de ton père, se rengorge-t-elle.

Pascal et Mounia s'approchent à leur tour. Je gratifie mon beau-père d'une chiquenaude sur l'épaule.

— Alors, comment se porte le grand malade ? je lance, faussement menaçante.

— Comme un charme ! s'esclaffe-t-il en retour. Mounia et moi nous sommes découvert une passion commune pour les travaux pratiques, hier soir, comme tu le constateras en jetant un œil aux affiches géantes que nous avons confectionnées en ton honneur.

Il me désigne les grandes feuilles accrochées au mur, sur lesquelles des photos de moi à diverses périodes de mon existence ont été imprimées. Au-dessus, des ballons « 30 ans » ont été suspendus.

— Vous êtes vraiment timbrés, vous le savez ?

Maman me tend une coupe de champagne (Papa se sent apparemment assez fort pour résister à la tentation) et je me dirige vers les autres invités pour les remercier de cette incroyable surprise. Hilares, ils me racontent avoir planqué leurs voitures sur un sentier pour que je ne les grille pas. Gaston me pince la joue d'un geste affectueux quand je me penche vers lui pour l'embrasser.

— Je n'en reviens pas, vous êtes un sacré dissimulateur ! lui dis-je, extrêmement touchée de sa présence.

— Tu n'imagines pas combien je redoutais de rater cette fête ! me confie-t-il. Il a fallu que je fasse tout un foin auprès de l'hôpital et de Théo pour qu'ils acceptent de me laisser venir. C'est ton père qui a joué le taxi.

— Oh, Gaston ! Je ne vous en aurais pas voulu si vous étiez resté chez vous pour vous reposer. Hormis votre cheville, tout va bien, c'est sûr ?

— Certain, assure-t-il. Je me reposerai un peu plus tard. Tu sais… J'ai entendu ce que t'a dit Théo, avant qu'on m'emmène. Je n'approuve pas son départ, mais alors pas du tout.

Je lui offre un sourire, sans doute un peu triste.

— C'est gentil, mais on ne peut pas le retenir contre son gré. À ce sujet, une question m'intrigue… Comment avez-vous deviné que Théo était le père de Cara ?

— Ce n'était pas très compliqué, me répond-il, malicieux. J'ai rarement vu un bébé ressembler autant à ma fille au même âge. Sachant que Théo était dans les parages au moment de sa conception, j'ai vite raccroché les wagons.

— Je suis contente que vous ayez réussi à développer une sorte de complicité avec lui. C'est précieux.

Gaston toussote pour refouler son émotion.

— Il n'est jamais trop tard pour se rafistoler le cœur. En tout cas, tu m'y as beaucoup aidé, souffle-t-il d'une voix ténue. Bon… Si on allait goûter ce buffet ?

Les heures suivantes se déroulent à la perfection. Chacun bavarde avec les uns ou les autres en piochant dans les plats préparés par mes parents, puis nous massacrons mon gâteau d'anniversaire, confectionné en cachette par Clément (ce qui explique pourquoi il m'a tenue éloignée du restaurant ce matin). J'ouvre mes cadeaux, des livres, des boucles d'oreilles, des produits de beauté aux odeurs paradisiaques, je reçois ma ration de baisers collants et d'embrassades. Jérôme me félicite une nouvelle fois d'être la meilleure collègue et amie dont il pouvait rêver. Contemplant mon sapin brillant de mille feux, Valentine nous confirme que l'avion d'Albane a bien atterri à New York, où elle la rejoindra dans trois jours et Léna nous apprend que c'est elle qui gardera la chienne Pupuce – elle a déjà fait le plein de bougies parfumées. Détendus, mes parents rient avec Jacotte, Lulu et Gaston s'amusent à comparer leurs fauteuils roulants. Je souris devant le joyeux bazar qui règne dans mon salon. J'ai peut-être complètement foiré avec Théo, mais la vue de tous ces gens merveilleux qui ont organisé en cachette une fête pour mon anniversaire me réchauffe le cœur. Ma fille dans les bras, je me laisse pénétrer par la magie de ce moment, en lui répétant que nous avons une chance incroyable d'être si bien entourées. Et j'en éprouve un certain réconfort, en dépit de ma tristesse.

# 20

# Théo

*Lundi 19 décembre*

Les yeux rivés sur les roches de grès visibles depuis la fenêtre du salon de Marjorie, je regarde la neige tourbillonner lentement dans le ciel aussi gris que mon humeur. Derrière moi, ma meilleure amie fait les cent pas et ne cesse d'argumenter pour me convaincre de rester.

— Tu ne peux pas prendre la route par ce temps, enfin ! Tu auras l'air malin, coincé sous une avalanche.

Je sais que Marjorie est persuadée d'agir pour mon bien, mais je ne supporterai pas de rester à Vallenot une journée de plus. Je me tourne vers elle, évacuant sa remarque d'un revers de la main.

— Tu exagères, ce ne sont pas deux ou trois flocons qui vont déclencher une avalanche.

— Tu ne m'ôteras pas de l'esprit que tu fais n'importe quoi, s'obstine-t-elle. Dire que j'ai plaidé ta cause auprès d'Émeline en prétendant que tu aurais l'intelligence de prendre du recul… Et toi, tu te barres sans autre forme de procès.

— Mais justement, Marjo ! Si je m'en vais, c'est pour avoir ce fichu recul. Tu crois que ça m'aide, de la savoir si près de moi, d'avoir envie de la consoler et de la serrer dans mes bras alors que je ne comprends toujours pas son si long silence ? Elle aurait pu provoquer l'occasion de me parler plus tôt, or elle ne l'a pas fait.

En réalité, je suis paumé. Pendant que j'étais en train de tomber amoureux d'Émeline, la seule chose qu'elle attendait probablement de moi était… Quoi, d'ailleurs ? Que je l'aide à subvenir aux besoins de sa fille (*notre* fille, je corrige aussitôt mentalement) ? Ou que je m'investisse dans son éducation ? Cette barrière que j'érige entre nous est mon bouclier, j'ai besoin de me protéger afin de mieux réfléchir. Les émotions qui m'agitent sont encore trop confuses.

— Tu penses avec beaucoup trop de complaisance que tous les torts sont de son côté, m'assène Marjorie. As-tu seulement essayé de te mettre à sa place ?

— Bien sûr, pour qui me prends-tu ? Je conçois que tomber enceinte après une nuit sans lendemain est vertigineux. Elle ne s'y attendait sûrement pas. Mais moi non plus ! J'ai vécu près de trois ans convaincu de mon infertilité, comment tu expliques cela ? Il y avait une chance sur un million que ça arrive.

*Est-ce que Jade et moi aurions pu sauver notre relation, au final ?*

Je lève les yeux vers Marjorie, l'implorant presque de m'apporter une solution sur un plateau.

— Oui, enfin, tu n'as jamais effectué de tests, me rappelle-t-elle. Tu t'es basé sur les résultats de Jade pour conclure que le problème venait de toi alors que c'était un mauvais timing, en somme. Et encore ; peut-être que vous n'étiez tout simplement pas destinés à fonder une famille ensemble.

Elle a raison. De l'eau a coulé sous les ponts depuis notre rupture et je ne regrette rien. Je me rends compte que notre couple n'aurait pas tenu, avec ou sans bébé. Nous formions un couple pour cocher des cases et parce que les gens comme nous se mettent généralement ensemble, mais nos sentiments n'étaient pas aussi forts qu'ils auraient dû l'être.

— Vois le bon côté des choses, reprend Marjorie. Tu peux avoir des enfants, Théo, c'est extraordinaire !

Je soupire.

— Ouais. Pardonne-moi, mais ma capacité à relativiser est plutôt fuyante, là. La révélation d'Émeline m'a mis le cerveau à l'envers.

— Je sais, il est évident que tu n'es pas dans ton état normal. Tu es sûr de toi, alors ? Tu t'en vas ?

— Oui, mais je reviendrai samedi. J'ai promis à Gaston de fêter Noël avec lui.

Marjorie croise les bras sur sa poitrine, dubitative.

— Bon, je ne vais pas te faire de leçon de morale sur ton bilan carbone catastrophique après ces longs trajets rapprochés, mais j'espère que tu sais ce que tu fais et que ton grand-père sera d'accord pour t'héberger.

Contre toute attente, la mère de Marjorie a en effet annoncé à sa fille qu'elle avait allégé son planning pour venir passer les fêtes avec elle jusqu'au Nouvel An. La chambre d'amis sera donc occupée.

— Je vais passer dire au revoir à Gaston avant de prendre la route, je lui poserai la question. À mon avis, il ne se fera pas prier. Et qui sait ? Ma mère sera peut-être de la partie pour mon premier Noël avec lui. En tout cas, je suis content que la tienne fasse le déplacement, Marjo, ça me fait plaisir pour toi.

Ma complice me serre dans ses bras.

— Eh oui, la vie est imprévisible ! Tu vois, c'est la preuve que rien n'est jamais figé, me souffle-t-elle avant de relâcher son étreinte.

Environ vingt minutes plus tard, Gaston et moi sommes assis autour d'un café. Je viens de lui confirmer que je vais me rendre à l'entretien arrangé par mes parents, vendredi, et il fronce les sourcils, d'un air très concentré.

— Je ne comprends pas, je croyais que tu n'en voulais pas, de ce poste.

Je n'en veux toujours pas, sauf que je n'ai guère le choix, désormais.

— Remettre le couvert en tant que journaliste ne faisait pas partie de mes projets, c'est vrai, mais devenir père non plus. Or, il n'est pas question que je me défile face aux nouvelles responsabilités qui m'incombent. Un travail stable me permettra de soutenir financièrement Émeline.

— Mais ce n'est pas possible, qu'est-ce qui ne tourne pas rond, chez toi ? déplore-t-il. Ce n'est pas en reprenant le cours de ton existence parisienne que tu vas marquer des points, gamin. Émeline se fiche bien de ta situation financière. Que fais-tu de tes sentiments, dans tout ça ?

Je secoue la tête, impuissant.

— Mes sentiments… Je doute qu'ils soient réciproques. Tout est trop compliqué et ses proches sont remontés à bloc contre moi. Elle n'a d'ailleurs pas bronché, quand je lui ai annoncé mon départ, ça me paraît assez significatif.

Je la vois encore reculer, mettant un maximum de distance entre nous. Un coup à l'estomac m'aurait fait le même effet. Mon grand-père se pince l'arête du nez, affligé.

— Tu ne souffrirais pas d'une déficience neurologique, par hasard ? Parce que moi, quand j'observe Émeline, je vois une jeune femme qui n'attend qu'un seul geste de ta part. Elle avait beau sourire, lors de sa fête d'anniversaire, le petit air triste au fond de ses yeux m'a fait mal au cœur.

Je veux bien le croire, vu comme je me suis montré glacial avec elle après notre dispute. Elle interprète sûrement mon attitude comme un manque de sensibilité, mais si elle savait la tempête qui fait rage en mon for intérieur ! Terminant mon café, je reprends la parole :

— J'ai besoin de m'isoler pour y voir plus clair, Gaston. J'irai parler à Émeline après Noël. Mais ce n'est pas pour faire le point sur ma situation que je suis là, au départ ; je voulais te renouveler ma promesse d'être avec toi pour les fêtes, quoi qu'il arrive.

Il me jette un coup d'œil revêche.

— Ah oui ? Laisse-moi te dire une chose, alors : si tu n'as pas l'intention d'ouvrir les yeux à propos d'Émeline, ce n'est pas la peine de revenir, me prévient-il. Par contre, j'aimerais beaucoup que tu remettes à ta mère la lettre que je lui ai écrite.

Il sort une enveloppe de son gilet et me la tend. Je m'en saisis, quelque peu hésitant, alors qu'une idée me traverse l'esprit.

— Pourquoi ne viendrais-tu pas avec moi ? je lui propose sur un coup de tête. Ce serait l'occasion de vous réconcilier.

Il me répond par une exclamation sceptique.

— Ah ! C'est la meilleure ! Non, je connais trop ta mère pour savoir que ça ne fonctionnerait pas. Elle n'apprécierait pas du tout d'être mise devant le fait accompli.

Je rigole malgré moi.

— Tu n'as pas tort, Jackie O déteste les imprévus.

— Jackie O ! s'esclaffe-t-il. Bon sang, ça lui va bien, elle enviait beaucoup son élégance quand elle était plus jeune. Je peux compter sur toi, pour la lettre ?

Je lui assure que oui.

— Bon, dis-je ensuite en me relevant, il est temps que je me sauve, si je ne veux pas arriver trop tard à Paris. Je… Merci de m'avoir ouvert ta porte, Gaston, c'était inespéré.

Mon grand-père lève vers moi un regard légèrement embué.

— Eh, oh ! rouspète-t-il. Ce n'est pas un adieu, calme-toi. Je n'étais pas sérieux en te disant que ce n'était pas la peine de revenir. Mais réfléchis quand même, ajoute-t-il, en m'envoyant une bourrade dans l'épaule, ce serait dommage de verrouiller ton cœur à triple tour alors que l'amour te tend les bras.

Là-dessus, j'acquiesce en bredouillant un bref « À très vite », puis je disparais en grandes enjambées décidées avant que l'émotion ne l'emporte sur mes résolutions et ma raison.

# 21

# Émeline

*Jeudi 22 décembre*

Enroulée dans sa sortie de bain, Cara babille joyeusement sur sa table à langer et me sourit tandis que j'entonne pour la énième fois le refrain de sa comptine du moment :

— Les petits poissons dans l'eau nagent aussi bien que les gros…

Le petit son aigu qu'elle émet m'indique qu'elle apprécie.

— Oui, Maman chante bien ! Mais maintenant, mon ange, pyjama et dodo ! dis-je en finissant de la sécher.

Il est dix-neuf heures et la journée a été très longue. J'ignore si c'est l'effet des vacances scolaires, mais des touristes ont afflué durant tout l'après-midi au restaurant, contraignant Clément à appeler Jérôme à la rescousse afin de me seconder au service, Rémi s'étant envolé hier pour New York avec

Valentine. Heureusement pour moi, la nièce de Léna était prévue au planning ce soir, sans quoi j'aurais écopé d'heures supplémentaires au lieu de m'adonner à mon programme de la soirée : m'affaler devant Netflix et éventrer l'énorme paquet de chips au paprika qui m'attend bien sagement dans un placard.

— Tout va bien, là-haut ? résonne la voix de mon père, qui s'affaire à réparer le verrou de la porte du jardin.

Oui, parce que, bien sûr, il a fallu que le froid grippe entièrement le vieux système d'ouverture, que mon père a dû malmener pour réussir à débloquer la porte. Résultat, j'ignore pour combien de temps il en a encore, et je sens que je vais devoir lui proposer de rester dîner pour le remercier alors que j'ai juste envie d'être seule.

— Oui, ça va ! Je couche Cara et je descends.

Veillant à ce que ma fille soit bien installée dans sa gigoteuse, je la couvre de baisers avant de quitter sa chambre sur la pointe des pieds. Puis, une fois dans le couloir, je consulte mon portable pour la centième fois depuis ce matin, en quête d'un message ou d'un appel qui n'a que peu de chances d'arriver. Voilà quatre jours que Théo a quitté Vallenot, me laissant avec le cœur douloureusement comprimé. Il aurait pu revenir sur sa décision, accepter au moins une discussion avec moi, mais même ça, c'était encore tirer trop de plans sur la comète. Refusant toutefois de me laisser abattre, je suis allée trouver Marjorie pour lui demander le numéro de téléphone de son ami. Compte tenu des circonstances, elle me l'a donné sans hésiter.

— Qu'il ose m'engueuler, je l'attends de pied ferme, a-t-elle répliqué quand je lui ai assuré ne pas vouloir la fâcher avec lui.

J'ai réfléchi durant quarante-huit heures avant de me résoudre à envoyer un SMS à Théo ce matin, auquel il n'a pas daigné répondre.

Théo, je sais que tu refuses de me parler, mais je tenais à te dire combien je suis désolée d'avoir semé un tel bazar dans ta vie. Je n'ai jamais voulu t'écarter de l'existence de Cara, au contraire. J'avais seulement peur que tu te sentes contraint. Contraint de nous aimer, contraint de sacrifier tes aspirations pour nous. En me relisant, je réalise que je n'ai aucune excuse, j'ai agi comme une imbécile. Je garde espoir que tu sauras néanmoins accorder une chance à notre fille, je sais que tu es quelqu'un de bien. Donne-moi de tes nouvelles, je t'en prie. Émeline.

J'ai peut-être perdu le peu de dignité qu'il me restait en lui écrivant ce long message, mais je me devais de le faire pour Cara. Je ne veux pas devoir lui expliquer, quand elle sera en âge de me poser des questions, que j'ai laissé filer son père à cause d'un fichu quiproquo et que je n'ai rien tenté pour réparer mes bêtises.

— Je t'ai préparé des roulés à la cannelle, m'annonce mon père alors que je le rejoins dans la cuisine. Ils refroidissent sur la table.

Sa délicate attention parvient à me tirer un sourire. Ce sont mes gâteaux de Noël préférés.

— Merci, Pap', c'est adorable.

Je croque aussitôt dans l'une des pâtisseries au goût délicieux, à la fois sucré et acidulé. C'est tellement réconfortant ! La bouche pleine, j'ai à peine le temps de m'essuyer les doigts que la sonnette d'entrée retentit. Je me fige, surprise.

— Tu attends quelqu'un ? s'enquiert mon père.

— Non.

Le cœur tremblant, je me dirige vers le salon pour ouvrir. La dizaine de secondes qui s'écoule suffit à mon cerveau pour élaborer plusieurs scénarios dans lesquels Théo se trouverait derrière la porte, prêt à me déclarer sa flamme/m'enlever Cara/me sommer de ne plus jamais le contacter. En découvrant le visage impassible de ma mère, j'oscille entre un vif soulagement et une cruelle déception.

— Maman ? fais-je, sans masquer ma surprise.

Un coup d'œil par-dessus son épaule m'informe que Pascal ne l'accompagne pas, mais je ne lis rien d'alarmant sur ses traits. C'est toujours ça.

— Bonsoir, ma chérie. J'aurais peut-être dû t'appeler avant, mais je me disais qu'on pourrait papoter un peu, toutes les deux. Je ne te dérange pas ?

— Euh, non. Entre.

En pénétrant dans la pièce, elle s'avise de la présence de mon père.

— Oh, j'ignorais que tu serais ici, toi aussi, lui dit-elle, confuse. Je ferais sans doute mieux de repasser plus tard.

— Mais non, reste, répond Papa. Je termine de réparer la serrure et je me sauve, promis.

Tandis qu'il file dans la cuisine, j'invite ma mère à prendre place sur le canapé.

— Est-ce que tu veux boire quelque chose ? Grignoter un roulé à la cannelle ?

Elle décline en croisant ses genoux l'un sur l'autre.

— Je te remercie, ça ira. Je vais aller droit au but : tu me sembles déprimée depuis que Théo est parti et ça m'inquiète. Tu sors moins, tu as prétexté je ne sais quelle excuse pour ne pas profiter du marché de Noël avec nous hier soir… J'aimerais savoir s'il y a quoi que ce soit que je puisse faire pour te remonter le moral.

Oh, elle est donc venue me prêter une oreille compatissante. C'est plutôt inattendu, mais le geste me va droit au cœur. Je lui souris.

— Tu sais, normalement, c'est le genre de conversation que l'on a autour d'un verre de vin et de la bouffe des mauvais soirs.

Elle me scrute avec circonspection.

— Tu ne passes pas tes soirées à boire du vin, n'est-ce pas ?

Merde, j'ai été maladroite. L'alcoolisme de Papa a été un tel traumatisme pour elle que, longtemps, elle a craint qu'il ne déteigne sur moi. Au lycée, quand les fêtes adolescentes étaient placées sous le signe de la bière, j'étais l'une des rares à tourner aux sodas, ce qui m'a valu bon nombre de railleries (c'est un fait, les ados sont souvent débiles).

Je m'efforce de la rassurer :

— Non, Maman. Je me contente d'épisodes de *Gilmore Girls* pour remplacer le vin. C'est aussi efficace.

— Tu regardes encore cette vieille série ? s'étonne-t-elle. Je n'ai jamais compris ton engouement, je dois bien te l'avouer.

— La relation mère-fille est drôle et attendrissante. Lorelai est un véritable modèle pour moi, tu sais, elle est si forte !

— Mmm. J'ose espérer que tu n'as pas fait exprès de te retrouver mère célibataire dans le seul but de lui ressembler, me rétorque-t-elle, non sans me gratifier de son regard de chef d'armée soviétique prêt pour un sermon.

*Non, mais pincez-moi, je rêve !*

D'un ton las, je réponds :

— Non. Avoir un bébé toute seule ne faisait pas partie de mes plans. Je n'avais même jamais réfléchi à l'idée d'avoir un bébé tout court.

— Allons, ne dis pas de sottises.

— C'est la vérité. Après mon cancer, j'étais trop terrifiée pour me projeter dans l'avenir. J'ai vécu plusieurs mois persuadée qu'il allait récidiver et se propager au reste de mon corps, j'ai cru que j'allais mourir, moi aussi, Maman ! Et puis Cara est arrivée. Et elle a tout changé. Alors, arrête de me traiter comme un cas désespéré, d'accord ?

— Je ne t'ai jamais considérée comme tel, enfin ! s'indigne-t-elle. Je ne souhaite que ton bonheur... Pardonne-moi si je doute qu'il réside réellement dans le fait d'élever ta fille seule en travaillant derrière un bar.

En cet instant, je regretterais presque de ne pas être sourde de naissance. Tâchant de conserver une expression neutre, je lui réponds :

— Et pourquoi pas ? Il y a quelque chose d'apaisant à préparer un joli cappuccino. À dessiner dans la mousse et voir les yeux ravis de la personne qui va le boire.

— Tu ne comptes quand même pas faire ça toute ta vie ?

Zut. Ce n'est plus une conversation, c'est un champ de mines. Je présume que c'est là que je suis censée lui faire part de mon projet professionnel.

— Non, en effet, dis-je simplement. Dans l'idéal, j'aimerais lancer une entreprise d'événementiel spécialisée dans les fêtes de fin d'année et destinée aussi bien aux professionnels qu'aux particuliers.

Elle pousse un soupir tremblant.

— Si tu avais poursuivi tes études, comme je te l'ai conseillé, au lieu de tout plaquer du jour au lendemain...

Ah non ! Pas encore ce sempiternel refrain !

— Maman, pitié ! Tu sais très bien que je m'ennuyais à l'université, tout le monde n'est pas fait pour étudier. Et puis, je ne vois pas où est le problème ; je ne t'ai jamais emprunté d'argent, j'ai un boulot décent et je le fais plutôt bien. Mon projet n'a rien à voir avec des rêves de grandeur, c'est vrai, mais ce sont mes rêves et ils me rendent heureuse.

Elle prend une longue inspiration et me lance :

— J'ai l'impression qu'en décidant de venir t'enterrer ici, tu m'as volontairement éloignée de ta vie. Ça me fait mal, figure-toi. J'ai parfois la sensation d'avoir perdu mon deuxième enfant.

Son timbre d'ordinaire maîtrisé se brise. Je sens les larmes me piquer les yeux. Elle perçoit sans doute ma volonté de rester ici comme une forme de revendication ; si je parviens à ne plus éprouver de colère envers mon père ni à voir le fantôme de mon frère partout, alors c'est la preuve qu'elle pourrait en être capable, elle aussi. Ce n'est pourtant pas le message que je cherche à lui envoyer, mais c'est ma mère, championne toutes catégories pour s'imaginer que je la défie en permanence.

— Ce n'est pas contre toi, Maman, je ne suis pas venue m'installer à Vallenot pour te tenir à distance. Je suis faite pour vivre là où sont mes racines, c'est tout. Je me sens bien, dans ce village. Certes, je me sentirais encore mieux si Théo pouvait me pardonner, mais tant pis si ce n'est pas le cas, car je suis entourée de personnes extraordinaires.

— En somme, tu n'as plus besoin de moi, renifle-t-elle.

— Mais ce n'est pas bientôt fini, ton cinéma ? tonne soudain la voix de mon père, que nous découvrons planté à l'entrée de la pièce. Émeline a le droit de choisir la vie qui lui convient, Angela, cela ne signifie pas qu'elle te renie pour autant. Où vas-tu pêcher de telles idioties, bon sang ?

Oh, non… La tournure qu'est en train de prendre cette soirée ne me plaît pas du tout. Les narines de ma mère se mettent à frémir, elle ne va pas tarder à exploser.

— Des idioties ? répète-t-elle, outrée. C'est facile de me juger maintenant qu'Émeline s'est rapprochée de toi. Où étais-tu pendant que je m'efforçais de nous reconstruire après l'accident de Willy, hein ?

— Angela ! gronde mon père, les lèvres serrées.

Le visage courroucé, elle se relève d'un bond du canapé et se plante face à lui, poings sur les hanches. Elle va aller trop loin, je le sens.

— Angela, quoi ? le défie-t-elle. « Ne commence pas à brasser ton ressentiment ? » C'est ça, le fond de ta pensée ? Va te faire voir, Pierre, je n'ai aucune leçon à recevoir de la part de celui qui a préféré se complaire dans le chagrin et la bouteille au lieu de s'occuper de notre fille !

Un silence choqué retombe sur la pièce. Abasourdi, Papa devient blême. Je sais que le souvenir de mon frère est là, il est vif et flotte entre nous, il est dans le regard marqué de mon père, dans celui, colérique, de ma mère. Tous deux souffrent de son absence et leur seule façon d'esquiver ce sujet encore trop éprouvant est de se jeter des horreurs à la figure.

Brandissant son index en direction de ma mère, Papa perd patience à son tour.

— Je t'interdis de m'adresser à nouveau la parole, Angela ! Tu m'entends ? Je te l'interdis !

Il attrape son manteau et se précipite dehors, faisant claquer la porte derrière lui. Une colère froide monte en moi, je fusille ma mère du regard.

— C'est dégueulasse, ce que tu viens de faire ! Ça fait un an qu'il n'a pas bu une goutte d'alcool et toi, tu détruis tout. Tu es contente ?

Sans lui laisser l'occasion de se défendre, je sors de la maison afin de rattraper mon père. Constatant que sa voiture est toujours là, je marche vers le sentier qui serpente derrière la propriété et le trouve à la lisière du bois, tirant sur une cigarette au bout rougeoyant. Le tabac est la seule parade qu'il a trouvée quand la tentation de céder aux affres de l'alcool devient trop forte. Il doit être si mal !

— Papa, dis-je en m'approchant avec précaution, je suis désolée pour ce qui vient de se passer. Maman n'aurait pas dû prononcer ces paroles blessantes.

La cigarette crépite entre ses lèvres. Il souffle une colonne de fumée et me répond, accablé :

— Ta mère a raison, j'ai commis une terrible erreur en ne me battant pas pour sauver ce qui restait de notre famille. J'ai cru pouvoir soigner ma douleur dans l'alcool et j'en ai payé le prix fort. Au fond, je le méritais.

Je lui frotte doucement le dos.

— Arrête, tu ne le penses pas. Personne ne mérite de subir une telle épreuve.

Il secoue la tête en fermant brièvement les yeux. La culpabilité se devine sur chacun de ses traits.

— Il y a une chose que tu ignores à propos de l'accident, consent-il alors à me révéler. C'est à cause de moi qu'il s'est produit.

Sonnée, je déglutis et murmure :

— Comment ça ?

— Tu sais que Nicolas, mon collègue qui conduisait le véhicule, était au téléphone quand il a percuté ton frère.

— Oui, je m'en souviens.

— Ce soir-là, il m'avait envoyé plusieurs textos, il n'arrêtait pas de ruminer au sujet de ses problèmes conjugaux. Pressé de m'en débarrasser, je lui ai conseillé de mettre les choses à plat avec sa femme, c'était juste pour lui rendre service... Je ne pensais pas qu'il l'appellerait dans l'instant, en étant au volant de sa voiture. Il... Le ton est rapidement monté entre eux et il n'a pas vu ton frère arriver dans ce virage. Si je m'étais abstenu de lui donner ce stupide conseil, Willy serait encore de ce monde.

— Oh, Papa...

Je me tais, la gorge envahie de sanglots. Les épaules de mon père s'affaissent.

— Perdre un enfant, c'est dévastateur, reprend-il. Quand c'est ta faute, c'est encore pire. C'est pour ça que j'ai plongé dans l'alcool, parce que je ne supportais plus cette réalité à laquelle je devais me confronter chaque jour.

Cette fois, je ne parviens plus à contenir mes larmes, elles dévalent le long de mes joues, incontrôlables. Pourquoi ne s'est-il pas confié plus tôt à moi ?

— Je suis tellement triste que tu aies eu à endurer cette culpabilité durant toutes ces années, parviens-je à articuler. Mais le seul coupable, c'est cet abruti qui n'a pas pu attendre d'être rentré chez lui pour passer son coup de fil. Ce n'est pas toi.

Il se passe la main sur le visage, pleurant lui aussi.

— C'est ce que Mounia prétend aussi, me concède-t-il. Mais je crois que j'avais besoin de savoir que tu étais capable de me pardonner. Après un tel drame, comment faire en sorte d'être un bon père pour toi ? Je n'ai pas su être cet homme-là, Émeline.

Je pose une main sur sa joue râpeuse, plongeant mon regard dans le sien.

— Tu n'as pas su à un moment donné, peut-être. Ça ne t'empêche pas de te rattraper avec brio ! Non seulement j'ai une chance folle que tu sois mon père, mais en plus, je n'aurais pu rêver meilleur grand-père pour Cara ! Je suis certaine que, de là où il est, Willy est fier de nous voir aller de l'avant, lui qui souriait toujours à la vie. Et je crois que je ne devrais pas pleurer comme une fontaine devant toi, mais merde, je t'aime, Papa.

Ma phrase finit étouffée contre son large torse.

— Moi aussi, je t'aime, ma puce, souffle-t-il dans mes cheveux.

— Tant mieux. Parce que, maintenant, tu vas me suivre et t'expliquer avec Maman.

Nous essuyons nos larmes tant bien que mal et retournons à la maison. La mine défaite et rongée par l'inquiétude, ma mère nous attend sur le perron en tirant sur sa vapoteuse, la porte entrouverte pour guetter Cara d'une oreille. Lâchant la main de mon père, je les regarde tour à tour et leur lance :

— Bon, voici la manière dont nous allons procéder : je vais monter dans ma chambre avec mes chips au paprika et me vautrer sur mon lit en regardant ma série pendant que vous discuterez calmement. Vous êtes priés de ne pas me déranger tant que vous n'aurez pas fait la paix une bonne fois pour toutes, compris ?

Aucun des deux ne pipe mot.

Un peu plus tard, j'ai eu le temps de m'enfiler deux épisodes et un quart du paquet de chips quand ma mère frappe à la porte de ma chambre et s'y faufile à pas feutrés.

— Je peux ? me demande-t-elle d'un air timide. Ton père est rentré chez lui.

— Bien sûr, dis-je en mettant l'écran en pause.

Elle s'assoit sur le rebord du lit et laisse son regard errer quelques secondes à travers l'immense fenêtre qui s'étend sur une majeure partie du mur, m'offrant une vue imprenable sur la forêt et les sapins. Bien entendu, j'ai orné le rebord d'une guirlande lumineuse.

— C'est très joli, commente-t-elle, en esquissant un sourire. Je… euh… Je tiens à te présenter mes excuses, ma chérie. J'ai conscience d'avoir franchi les limites, avec toi comme avec ton père.

Je me redresse pour m'asseoir en tailleur.

— Alors… Tu ne vas plus chercher à me convaincre de quitter Vallenot pour épouser un type vaguement apparenté à Pascal et me débarrasser de l'étiquette de parent isolé ?

— Non, glousse-t-elle. Je reconnais que ce n'était pas très futé. Si tu veux tout savoir, j'étais un peu jalouse de ton père, surtout. Te voir si proche de lui après avoir tout mis en œuvre pour te protéger de son alcoolisme, c'était rude pour moi. Bien sûr, j'ignorais combien il se sentait coupable, sans quoi je l'aurais davantage soutenu.

— Tu n'étais pas au courant ? Du tout ?

Elle secoue la tête.

— J'étais focalisée sur mon propre chagrin, admet-elle tristement. Chaque souvenir, chaque photo, chaque référence à ton frère a longtemps été un uppercut pour moi. Quand ton père a plongé… Je n'ai pas compris cette façon de se réfugier dans l'alcool. Je croyais qu'il cherchait à oublier Willy. C'était comme si on m'arrachait le cœur une deuxième fois. Cette horrible soirée nous a volé tant de choses…

Je lui prends la main, émue. Ma mère s'est toujours montrée si solide que je n'ai jamais pris la peine de m'intéresser à ce qu'elle éprouvait. Je l'admire d'avoir su garder la tête hors de l'eau alors qu'elle a sûrement eu envie de mourir plus d'une fois.

— Je n'ai pas fait preuve de beaucoup de patience à ton égard, suis-je bien forcée de reconnaître. Ton rejet de Noël, entre autres, m'énervait. C'était très égoïste de ma part, je te demande pardon, moi aussi.

— Ah, Noël... Cette période était la plus douloureuse pour moi. Ton frère l'aimait tant ! Mais c'est toi qui as raison, déclare-t-elle en souriant, ce n'est pas parce qu'il nous manque que l'on doit s'empêcher de vivre. Il aurait détesté.

Je lui rends son sourire.

— Carrément, il n'aurait pas toléré une seconde qu'on se laisse aller ! En tout cas, ça me fait du bien de savoir que Papa et toi avez pu régler vos différends.

— Il nous faudra sans doute un peu de temps pour prétendre être amis, mais nous avons convenu que cette guéguerre entre nous était ridicule. Oh, au passage, ton projet dans l'événementiel est absolument génial. J'ai été maladroite, tout à l'heure, je n'avais pas l'intention de te décourager. Il en faut, du cran, pour devenir le personnage principal de sa propre vie ! Tu en possèdes une sacrée dose.

Je la dévisage, incrédule.

— Tu le penses sincèrement ?

— Bien sûr que oui, chérie. Tout comme je pense qu'il serait dommage que tu attendes une éternité pour te lancer. La vie est trop courte pour faire des concessions. En parlant de ça... As-tu des nouvelles de Théo ?

Je pousse un soupir résigné.

— Non. Je lui ai envoyé un texto, ce matin, il n'a pas répondu. S'il accepte ce nouveau travail à Paris, il ne reviendra pas, c'est sûr.

Ma mère passe un bras autour de moi, attirant ma tête contre son épaule.

— Allons, me dit-elle, en me caressant les cheveux, où est passée ma petite fille optimiste qui croyait aux miracles de Noël ?

Je ne réponds pas et nous restons ainsi deux ou trois bonnes minutes. Sans crier gare, ma mère se redresse d'un coup pour s'emparer du paquet de chips et de la télécommande, avant de lancer :

— Bon, si on se faisait deux ou trois épisodes de *Gilmore Girls*, maintenant ? Je ne te l'ai jamais dit, mais j'ai toujours eu un faible pour Paris, l'amie de Rory.

Paris étant l'incarnation parfaite d'un tyran, j'éclate de rire.

— Non, mais tu es incroyable, Maman !

Puis, adossées à mes oreillers, nous passons l'une des meilleures soirées de notre vie.

## 22

## Théo

*Vendredi 23 décembre*

L'immeuble dans lequel j'ai rendez-vous, avenue Hoche, est l'un de ces bâtiments conçus par des architectes amateurs de l'alliance entre le verre et le métal pour abriter des bureaux. Depuis la baie vitrée de la salle dans laquelle je patiente, la vue sur les arbres aux branches dénudées et sur l'averse qui inonde la chaussée, en contrebas, me déprime. Autour de moi, ce n'est guère mieux : le minuscule sapin artificiel orné d'une unique guirlande et posé près du bureau de la secrétaire saturée d'appels fait triste mine, à prendre la poussière. Nul doute qu'il rejoindra le chemin de la poubelle dès lundi matin. Putain, Vallenot et son ambiance festive me manquent ! Puisque personne ne semble bouger, je tire mon portable de la poche de ma veste et relis pour la cinquantième fois le SMS qu'Émeline m'a envoyé hier.

J'avais seulement peur que tu te sentes contraint. Contraint de nous aimer, contraint de sacrifier tes aspirations pour nous.

Ce message me remue, je n'ai pas trouvé les mots pour lui répondre. Je ne sais plus où j'en suis et, le pire, c'est que j'en souffre. À mon retour de Vallenot, j'ai passé deux jours entiers à ne rien faire. Ma seule activité étant de tâter cette nouvelle zone sonnée et étrangement douloureuse de mon cœur : je n'ai même pas eu la possibilité de tenir mon enfant dans mes bras. Moi qui me suis toujours targué d'être un mec bien et réglo, je me demande si en fin de compte je ne serais pas plutôt un sale con, à m'être enfui au lieu de faire connaissance avec ma fille. Je n'ai pas encore informé mes parents de son existence, je prévois de me rendre chez eux tout à l'heure pour tout leur raconter et donner la lettre de Gaston à ma mère. Je n'ai aucune idée de ce qui arrivera après cela. Je présume que mon entretien imminent déterminera la suite des événements. En parlant de ça…

— Théo Lormont ? m'interpelle la secrétaire. M. Chinsky vous attend dans son bureau, deuxième porte au fond, à gauche.

Je la remercie et me remets debout pour me diriger vers ledit bureau, dont je trouve la porte grande ouverte. À l'intérieur, un homme de haute stature, cheveux bruns à peine grisonnants, yeux gris, costume bleu foncé et cravate assortie, se lève de son fauteuil pour m'accueillir d'une franche et énergique poignée de main.

— Vous devez être Théo ? me demande-t-il, par pure politesse puisqu'il connaît déjà la réponse. C'est un plaisir de vous rencontrer ! Le système d'alarme conçu par votre père est exactement ce dont j'avais besoin pour protéger ma maison, je ne cesse de le recommander à mes amis. Mais asseyez-vous, je vous en prie.

Nous discutons d'abord de façon informelle, puis il aborde rapidement le chapitre professionnel. Durant plusieurs minutes, je l'écoute me présenter les différentes rubriques de la revue avec un désintérêt que je m'efforce de dissimuler, parvenant à rebondir aux moments propices. Dans mon cerveau, les images de ces dernières semaines à Vallenot tournent en boucle. Le sourire d'Émeline, sa personnalité pétillante et la douceur de ses lèvres. Son regard blessé face à ma froideur.

— Vous gériez une rubrique consacrée aux voyages, c'est ça ? m'interroge soudain Chinsky. Vous aimez barouder, je présume ?

Retour à la réalité. J'acquiesce machinalement.

— Oui. Les voyages, bien sûr. J'ai toujours adoré ça.

Mon manque de conviction est tel que j'en suis moi-même dépité. J'aurais tout aussi bien pu être en train de lui parler de ketchup ou de mayonnaise. Il enchaîne avec tact :

— Bien, c'est important de savoir cultiver ses passions. Pour être franc avec vous, Théo, votre père m'a expliqué ce qui a conduit à votre licenciement. C'est le genre de comportement que nous ne tolérons pas d'ordinaire, mais j'ai décidé de vous accorder ma confiance, par amitié pour lui. La politique de notre entreprise est…

Je ne l'écoute déjà plus, mes pensées dérivant à nouveau vers Émeline. À présent, ce sont les dernières paroles de Gaston qui me reviennent à l'esprit : « Ce serait dommage de verrouiller ton cœur à triple tour alors que l'amour te tend les bras. »

— Théo ? Tout va bien ?

Pris en flagrant délit de décrochage, je secoue piteusement la tête.

— Je… Pardon, je crains de ne pas avoir bien entendu ce que vous me disiez.

Chinsky m'adresse un sourire conciliant.

— Il n'y a pas de mal. J'imagine combien cela peut être stressant, comme situation. Je vous demandais quelles étaient vos ambitions quant à l'avenir proche. Envisagez-vous de devenir chef de rubrique, par exemple ? D'après votre CV, votre expérience jouerait en votre faveur.

D'un geste un peu brusque, j'essuie quelques gouttes de sueur perlant à mon front. C'est fou ce que mon nœud de cravate me semble trop serré, d'un coup ! Je m'éclaircis la voix pour reprendre contenance.

— Mes ambitions ? Eh bien, je…

« J'avais seulement peur que tu te sentes contraint. Contraint de nous aimer, contraint de sacrifier tes aspirations pour nous. »

Mon cœur se contracte. Je m'interromps, frappé par l'évidence. Je n'ai pas envie de travailler pour cette revue que je n'ai jamais lue, je n'ai pas envie d'intégrer une rédaction prise à la gorge par la concurrence et lancée dans la course au titre le plus racoleur. Merde, mais qu'est-ce que je fous ici ? Je ne peux plus rester dans l'immobilisme, à subir ma vie, alors que ma place se trouve sans conteste dans un ravissant village de montagne, auprès de la seule femme que j'ai envie de serrer dans mes bras et de notre bébé.

Je me lève d'un bond, comme si je venais de recevoir une décharge électrique.

— Excusez-moi, Philippe. Je suis en train de vous faire perdre votre temps. Je ne veux pas de ce travail, vous savez tout aussi bien que moi que je claquerai la porte au bout de deux semaines si vous me recrutez.

Il plisse les yeux, sans doute peu habitué à ce genre de scène.

— Théo. Vous avez traversé une période difficile, mais on peut encore…

D'un large sourire, je lui fais comprendre que ce n'est pas la peine de poursuivre.

— Je vous remercie de m'avoir consacré ces quelques minutes dans votre agenda chargé. Mais la vie m'appelle pour la plus belle des aventures et, cette fois, je n'ai pas du tout envie de passer mon chemin.

*

Deux heures plus tard, après avoir troqué mon étouffant costume contre une tenue plus confortable, ignoré le SMS de mon père me demandant si j'avais complètement pété les plombs, et rassemblé mes affaires, je me gare devant la maison de mes parents, serein comme je l'ai rarement été. J'ai pris la meilleure des décisions, j'ai le cœur plus léger que jamais, je me sens ivre de liberté, cette liberté d'être enfin moi-même et de m'entourer des personnes qui comptent vraiment. Reste à convaincre mes parents d'en faire partie eux aussi.

— Théo, te voilà enfin ! s'exclame ma mère, lorsque je pénètre dans le hall. J'étais folle d'inquiétude ; selon ton père, tu es parti en plein entretien d'embauche. Que s'est-il passé ?

Je prends le temps de l'embrasser, avant de la rassurer :

— Tout va bien, Maman. J'ai simplement beaucoup réfléchi et… Je vais vous en parler à tous les deux. Papa est là ?

— Dans le salon, nous t'attendions. Il n'est pas très content, tu sais.

— Je m'en doute. Mais, promis, je vais vous expliquer, je répète en lui emboîtant le pas.

Comme chaque année, la pièce est parée de ses décorations de Noël, dont rien ne vient rompre l'harmonie. Sapin traditionnel, bouquets hivernaux savamment disposés dans des vases dénichés chez des antiquaires, on est loin de la fantaisie à laquelle j'ai eu tout le loisir de m'habituer à Vallenot, mais c'est élégant, à l'image de ma mère et de son éternelle allure à la Jackie O. Debout, près de la cheminée, mon père me dévisage. Aucune trace de sévérité dans son expression, plutôt de la déception.

— Bonsoir, Papa, dis-je en espérant ne pas ressembler à un petit garçon sur le point de se faire engueuler.

Tendu, il me fait une bise rapide.

— Salut, Théo. Tu veux boire quelque chose ? Nous allions ouvrir une bouteille de vin.

Un peu gêné, j'essaie de détendre l'atmosphère :

— L'occasion se prêterait plutôt au champagne, j'ai de très bonnes nouvelles à vous annoncer.

Mes parents échangent un regard interloqué.

— Philippe aurait-il accepté de passer l'éponge sur ton attitude consternante ? s'enquiert mon père, désapprobateur. Je me suis senti très stupide quand il m'a prévenu que tu l'avais planté au beau milieu de votre rendez-vous. Peut-on savoir ce qui t'a pris ?

Ma mère s'installe sur l'un des deux petits canapés entourant la table basse et nous l'imitons. À l'évidence, nous trinquerons plus tard.

— Alors ? insiste mon père. Nous t'écoutons.

Je prends une profonde inspiration, puis je déclare :

— Je retourne à Vallenot. J'ai la ferme intention de m'y installer.

— Et voilà, soupire ma mère, je savais que Gaston finirait par te faire perdre la raison.

Je lève la main pour lui signifier que je n'ai pas terminé.

— Il ne s'agit pas de Gaston. Je… Bon sang, ça va vous paraître dingue ! Durant mon précédent séjour, j'y ai rencontré une jeune femme, Émeline, et… Eh bien, je ne vais pas vous faire un dessin, mais elle est tombée enceinte. De moi.

— Tu te moques de nous ? réagit mon père.

— Non.

En quelques mots, je leur relate toute l'histoire. Au fur et à mesure de mon récit, le regard de ma mère se fait tour à tour surpris, sidéré, puis méfiant.

— Mais… je croyais que tu ne pouvais pas avoir d'enfants, bafouille-t-elle, ébranlée. Seigneur, il va me falloir quelque chose d'un peu plus fort que du vin ou du champagne.

Elle était si peinée par mes problèmes avec Jade et tout ce qui en a découlé, mon annonce a de quoi l'étourdir. Estomaqué lui aussi, mon père se relève et se dirige vers le minibar, d'où il sort une bouteille de whisky ainsi que trois verres pendant que ma mère lisse avec nervosité un pan de sa jupe en soie.

— Es-tu certain que ce bébé est le tien ? finit-elle par me demander.

— Cela ne fait pas l'ombre d'un doute, Maman. Émeline n'a aucune raison de me mentir à ce sujet.

Mon père revient vers nous.

— Sincèrement, je ne sais pas quoi dire, déclare-t-il en nous servant nos verres remplis du liquide ambré. Je m'étais préparé à tout, sauf à ça. Est-ce ton sens du devoir qui te pousse à prendre une telle résolution ?

Je lui certifie que non.

— Émeline et moi n'avons certes pas fait les choses dans le bon ordre et je lui en ai voulu, sur le coup, mais le fait est là : dès que je ferme les yeux, c'est son visage que je vois. Je ne veux pas passer le reste de ma vie avec des regrets.

— Et si ça ne fonctionne pas entre vous ? objecte ma mère, tout en sirotant son whisky. Que feras-tu ? Tu l'as dit toi-même, tu ne la connais pas tant que ça, au fond.

— Je prends le risque, il en vaut la peine. Même si cette relation ne nous mène nulle part, je tiens à être présent pour ma fille, je ne veux rater aucune étape de son existence. C'est aussi pour ça que je pars… Et accessoirement, parce que j'ai promis à Gaston qu'il ne fêterait pas ce Noël tout seul. Souhaites-tu te joindre à moi, Maman ?

Une lueur de panique traverse ses yeux verts ; elle fait mine de regarder le fond de son verre. Je reconnais que ça fait beaucoup à assimiler en une seule soirée.

— Non, désolée, Théo. Je ne pense pas être la bienvenue.

Quelques jours en arrière, ce discours m'aurait fait fulminer. Mais maintenant, je sais qu'il ne sert à rien de la brusquer. Je lui saisis doucement la main.

— Maman, je sais combien cette situation t'attriste. Tu te planques derrière ton caractère affirmé, mais je t'ai vue pleurer dans ta chambre, en regardant des photos. Tu en veux à Gaston de t'avoir rejetée à une certaine période et, d'accord, il a agi comme un con. Lui-même l'admet, il n'en est pas très fier. Ne crois-tu pas qu'il mérite une dernière chance ?

Sa main se crispe dans la mienne.

— Une dernière chance de nous faire souffrir à nouveau ?

— Non, une dernière chance de se faire pardonner.

Je repose mon verre sur la table et sors de ma poche l'enveloppe qu'il m'a remise.

— Gaston m'a demandé de te donner ceci, Maman. Je n'ai pas lu cette lettre, j'ignore totalement ce qu'elle contient, mais je vais attendre que tu la lises et après cela, uniquement après cela, tu me diras si je pars seul demain. Si tel est le cas, je te jure de ne plus insister ensuite. D'accord ?

Le front plissé, ma mère réfléchit. Puis elle soupire, effleure l'enveloppe du bout des doigts avant de se décider à la prendre. Mon père me lance un coup d'œil interrogateur, je me contente de hocher la tête pour lui faire comprendre que ça va aller. Au bout de plusieurs secondes, les lèvres de ma mère se mettent à trembler, elle déglutit.

— Mon Dieu, il est persuadé que je le déteste, murmure-t-elle tout en lisant. Il implore mon pardon de n'avoir pas su nous ouvrir son cœur quand j'ai décidé de le quitter pour fonder notre famille. Et… Il parle de toi, Théo. Il écrit que ta détermination à vouloir le connaître malgré son fichu caractère lui a appris une leçon précieuse.

— Laquelle ? je demande, la voix légèrement enrouée.

Les yeux noyés de larmes, elle hoquette :

— Que nier ses sentiments ne les fait pas disparaître. Il… Oh, il ajoute qu'il m'aime et qu'il donnerait n'importe quoi pour me le dire de vive voix. Ce n'était jamais arrivé, termine-t-elle, en reposant la feuille sur ses genoux. Il m'aime !

Mon père fait le tour du canapé pour se glisser derrière elle et l'enlacer par les épaules.

— Eh bien, cette lettre est une très bonne chose, affirme-t-il, en lui embrassant le sommet de la tête.

Ton père et toi valez mieux que toutes ces rancœurs qui vous opposent.

Soudain submergé par les émotions de la journée, je ressens le besoin impérieux d'appeler mon grand-père pour partager ma joie avec lui. Toutefois, cela me paraît prématuré, j'ignore encore si ma mère acceptera ou non de conclure une trêve. Elle est touchée, mais peut-être pas au point de bousculer tout son programme pour venir avec moi à Vallenot. Elle doit deviner mes pensées, car elle tourne son visage vers moi et me sourit à travers ses larmes.

— Je ne suis pas un monstre, non plus, répond-elle à ma question muette, avant de se tourner vers mon père. Je suis navrée pour toi, Cédric, mais tu fêteras Noël chez ta sœur sans moi. Je prends la route avec Théo.

Je pourrais en chialer de joie. Mon père nous détaille, ma mère et moi, et il s'esclaffe :

— Oh, et puis zut ! Au diable ce Noël chez ma sœur ! Je me joins à vous, c'est décidé. J'ai un beau-père à remercier et un rôle de grand-père à endosser. Théo, mon garçon, viens dans mes bras que je te félicite !

— C'est vrai, renchérit ma mère, nous avons une petite-fille ! Tu avais raison, Théo, ça mérite bien de sabrer le champagne !

Le sourire aux lèvres, nous nous étreignons en trinquant aux merveilleuses surprises de la vie.

# 23

# Émeline

*Samedi 24 décembre*

Il est vingt heures et presque tout le monde est arrivé à *L'Edelweiss.* Clément se démène en cuisine depuis plusieurs heures, secondé par Violette. Je n'ai pas osé les déranger, mais je vais pouvoir leur faire envoyer les premiers plats. Autour de la table dressée au milieu du restaurant que j'ai parsemée de fines étoiles pailletées, les membres du Vallenot Social Club discutent avec entrain en compagnie de nos invités du soir : Émilienne, quatre-vingt-six ans, une veuve sans enfants qui vit dans un hameau isolé et ne conduit pas ; Daniel, soixante-huit ans, divorcé et malvoyant ; Marguerite et son fils, José, qui a renoncé à toute vie sociale pour s'occuper d'elle. Antonio, le forain à qui appartient la grande roue est venu également, ses enfants vivant à Montpellier. Avant de les rejoindre, je suis passée récupérer Gaston, qui n'a reçu aucune nouvelle de Théo, lui non plus. Je ne pouvais pas le laisser tout seul ce soir, et j'ai bien fait car il n'a pas rechigné à me suivre. Mon père est là, lui aussi, accompagné de Mounia, et la mère de Léna vient d'arriver avec son mari. Maman n'a pas souhaité prendre part à notre réveillon, elle préfère avancer étape par étape et consacrer son énergie à nous préparer un bon repas pour demain. Je ne peux pas lui en vouloir, sa réconciliation avec mon père et les efforts qu'elle s'est promis de faire pour apprendre à apprécier à nouveau Noël constituent déjà un très grand pas en avant. Si elle ne dînera pas avec nous ce soir, en contrepartie Pascal et elles ont proposé de jouer les baby-sitters en gardant Cara et le fils de Léna.

En jetant un coup d'œil à la baie vitrée, je vois d'ailleurs mon amie remonter l'allée du restaurant entre Jacotte et Lulu, tous deux coiffés d'un bonnet de Père Noël. Pupuce, la chienne de Valentine, trottine gaiement devant eux, tout en essayant de gober les épais flocons qui volent dans l'air glacial.

— Émeline, tu es jolie comme un cœur ! s'exclame Jacotte, tandis que je l'accueille à l'entrée de *L'Edelweiss.* Ta robe, c'est quelque chose !

— Je sais, dis-je en pouffant. Je veux qu'on m'enterre avec.

À côté d'elle, Léna nous lance une moue légèrement moqueuse.

— Ce n'était pourtant pas gagné, explique-t-elle à sa grand-mère. Sans mon intervention, elle se retrouvait habillée comme une nonne.

Je souris en songeant à sa réaction après avoir reçu (à sa demande) une photo de ce que je comptais porter ce soir : un pantalon noir et un sweat portant l'inscription « Joyeux Noël ! ». Léna s'est empressée de me rappeler que j'avais claqué une somme indécente à Colmar dans l'achat d'une petite robe argentée au bustier brodé de sequins et à la jupe cloche. Je n'avais pas le moral pour m'apprêter, mais Léna n'a pas tort, si je ne porte pas cette robe ce soir, elle risque de rester longtemps au fond de mon placard. Et puis, nos invités valent bien un petit effort vestimentaire, après tout.

— Tu es ravissante, Taylor Swift n'a qu'à bien se tenir ! approuve Lulu.

Jacotte surenchérit en se mettant à entonner le refrain de *Shake it Off*.

— OK, se marre Léna, après Blake Lively, ils connaissent aussi Taylor Swift. Dans quel monde vit-on ?

Nous rejoignons les autres à table et Jacotte reste debout pour prendre la parole.

— Merci à toutes et à tous d'avoir répondu présents en cette veille de Noël, commence-t-elle d'une voix forte, sa coupe de champagne à la main. Cette année, nous fêtons les trois ans de notre association, et c'est avec émotion que nous avons décidé d'organiser cette soirée. Nombre d'entre nous n'ont plus aucune famille avec qui célébrer Noël, or, nous savons combien cette fête peut devenir une véritable plaie quand personne n'est là pour nous. Ce soir, nous sommes fiers de pouvoir vous réunir afin de partager ce moment ensemble. Je tiens à remercier particulièrement Émeline qui, en tant que nouvelle bénévole, s'est impliquée avec passion dans sa mission et a obtenu des résultats inespérés… N'est-ce pas, Gaston ?

Quelques rires se font entendre, alors que je cherche de quelle manière je pourrais me soustraire à la quinzaine de paires d'yeux braqués sur moi.

— D'ailleurs, reprend Jacotte, toutes mes félicitations, Émeline, j'ai appris que c'est toi qui as remporté le concours de vitrines, tu n'as pas volé ta victoire !

Que tout le monde applaudisse cette incroyable jeune femme, et belle soirée à vous !

Mon père me presse la main tandis que chacun me complimente. La mairie m'a téléphoné hier soir pour m'annoncer cette nouvelle fabuleuse, qui me vaudra un article dans le plus grand quotidien régional. Je n'en reviens toujours pas ! Marjorie est arrivée deuxième, elle rafle donc un assortiment de chocolats, et le coiffeur, dont la vitrine entièrement constituée de figurines Casse-Noisette a séduit les enfants, complète notre podium.

— Tu iras loin, ma grande, me prédit Gaston, en se penchant vers moi afin de mieux se faire entendre.

— Merci. Comment allez-vous ? Je veux dire... Je sais que vous espériez être avec Théo, ce soir, alors...

— Je suis en excellente compagnie, me coupe-t-il, que demander de plus ?

Derrière son sourire de façade, je vois bien que le fond de son regard est triste. J'en veux à Théo pour cette désillusion que son grand-père doit ressentir. Me serais-je trompée sur toute la ligne en me persuadant qu'il ne le laisserait pas tomber comme il l'a fait avec Cara et moi ? Violette nous apporte nos entrées (millefeuilles de foie gras aux épices de Noël et potimarron, velouté de panais aux noisettes grillées pour les végétariens) et, m'efforçant de repousser ma colère, je me concentre sur les différentes conversations autour de moi. La plupart de ces personnes ne se connaissent pas, pourtant un joyeux brouhaha émane de ce groupe peu banal. José, le vieux garçon, parle de la grande roue avec Antonio et mon père, Jacotte sonde les vieilles dames pour agrandir son club de tricot et Gaston est en pleine conversation avec Marguerite, qui rit comme une petite folle à ses blagues.

Mounia me regarde avec un air de connivence.

— Tu te rends compte que ce vieux bonhomme aigri s'est transformé en un Roméo sur le point de chanter la sérénade à une veuve ? C'est grâce à toi, ma caille.

C'est vrai. J'ai au moins réussi à redonner un peu de joie de vivre à notre tempétueux Gaston. Cette constatation suffit à me réchauffer le cœur.

Notre repas est soudain interrompu par de légers coups frappés à la porte du restaurant. C'est étrange, nous n'attendions personne d'autre. À moins que ma mère n'ait changé d'avis ? Je lance un regard surpris à Clément, qui me fait signe de rester assise.

— Je vais voir qui c'est.

Une fois la porte ouverte, il m'est impossible de décrypter les murmures qu'il échange avec son mystérieux interlocuteur, mais je devine à l'instant où il revient qu'il ne se trouve pas seul car le doux ronron des bavardages cesse aussitôt.

— Bonté divine ! souffle Jacotte, stupéfaite, tandis que la chienne de Valentine se met à glapir de bonheur.

*Nom de… C'est vraiment ce que je crois ?*

En pivotant, je découvre Théo qui me fixe en me souriant alors que Pupuce tente de lui bondir entre les bras. Mais, au lieu de venir vers moi, il se dirige vers le propriétaire de la grande roue et lui chuchote quelque chose à l'oreille. En retour, Antonio hoche la tête avec énergie.

— Nous allons faire ça tout de suite, acquiesce-t-il.

Sous nos regards médusés, Théo s'approche alors de moi. Je sens la réticence de mon père au moment où il me tend la main et déclare à l'assemblée :

— Vous ne m'en voudrez pas si je vous emprunte Émeline une petite heure ?

— Tant que tu ne nous la ramènes pas en pleurs, bougonne mon père.

— Pas cette fois, promis. Ta robe est sublime, mais prends ton manteau, Émeline, nous allons dehors. Nous avons des choses importantes à nous dire, développe-t-il en me voyant écarquiller les yeux, et j'aimerais mieux que nous soyons seuls.

J'ignore si c'est lié aux deux verres de vin que j'ai bus, mais quelque chose cède en moi et je me lève, soudain prête à le suivre au bout du monde si c'est ce qu'il désire. Après une petite engueulade de rigueur, bien sûr. Son sourire est l'arme fatale, je suis totalement impuissante face à ça. À côté de nous, Gaston se racle la gorge.

— Eh bien ! Théo, tu m'épates.

— Ne parle pas trop vite, tu n'es encore pas au bout de tes surprises, lui répond Théo. Clément t'attend pour te raccompagner. Tu prendras le dessert chez toi, en compagnie de mes parents.

Gaston en reste interdit. Jacotte, elle, pousse un cri de ravissement, à deux doigts de s'évanouir d'adoration.

— Ce garçon est formidable ! roucoule-t-elle. Il faudra prévoir une béatification à sa mort. Allez, Gaston, ouste ! Ne faites pas patienter votre fille plus longtemps.

Les prunelles humides, le vieil homme se redresse et serre brièvement Théo dans ses bras, avant de filer avec Clément.

— À plus tard, dis-je à mon père.

Le froid me saisit lorsque Théo et moi quittons à notre tour le restaurant, Antonio sur nos pas. La présence du forain éveille comme un gros doute en moi.

— Théo, tu peux me dire où on va, au juste ? Antonio n'est pas là pour nous servir de chaperon, n'est-ce pas ?

Amusé, Théo me montre le village en contrebas, puis sa voiture.

— En effet, ce n'est pas le rôle que j'ai assigné à Antonio. Ce soir, le marché de Noël joue les prolongations rien que pour nous. Prête ?

Cinq minutes plus tard, la neige a redoublé d'intensité quand nous atteignons le bourg. Antonio s'éloigne le premier en direction du marché.

— La grande roue ? je lâche, à moitié terrifiée.

Théo me sourit.

— Je n'ai pas trouvé plus romantique, dans le coin. Tu n'as rien contre, au moins ?

Je ne sais plus si je dois en rire ou en pleurer. La partie avinée de ma personne m'assure que tout va très bien se dérouler.

— Eh bien, je suppose que si je fais une crise d'angoisse à cause de mon vertige, tu m'aideras à me calmer ? je ricane bêtement.

Passant son bras sous le mien afin de me guider vers l'attraction, qu'Antonio vient de remettre en marche, il me susurre à l'oreille :

— Je te promets de te garder contre moi jusqu'à ce que tu te sentes apaisée.

Ma volonté est apparemment au cimetière, puisque je le suis sans broncher et m'installe avec lui dans la nacelle que nous désigne Antonio, avant de nous tendre un plaid et…

— Une bouteille de champagne, rien que ça ! je m'exclame.

— Oui, rétorque malicieusement Théo en nous servant chacun une coupe, pour t'aider à surmonter ton vertige. Et pour célébrer le début de notre histoire. Enfin, si tu es d'accord.

Antonio nous quitte et la nacelle commence à s'élever doucement, au rythme du *Let it snow ! Let it snow ! Let it snow !* de Dean Martin. J'ouvre la bouche, exhalant un petit nuage blanc.

— Théo, je croyais que tu avais décidé de quitter Vallenot. Ce poste dont tu m'as parlé…

— Je l'ai refusé, me répond-il. J'ai cru… Peu importe ce que j'ai cru. Je me suis trompé. Quand tu m'as envoyé ce message, avant-hier, j'ai compris que je n'avais pas envie de gâcher ce qu'il y a entre nous. Tu es la plus belle chose qui me soit arrivée, Émeline, et je veux te donner le meilleur en retour, ainsi qu'à notre fille.

Il m'observe, le regard sérieux. Les émotions se bousculent dans ma tête. Je trempe mes lèvres dans le champagne avant de formuler une réponse convenable.

— Tu ne dois pas te sentir obligé, tu sais. Ce n'est pas pour ça que je t'ai parlé de Cara.

Théo lève lentement la main et fait glisser son pouce sur ma pommette.

— Et moi, ce n'est pas par obligation que je choisis de rester, me dit-il, en soutenant mon regard. Je reste parce que j'ai essayé d'imaginer ma vie sans toi… Ça ne m'a pas plu. Je sais que tout est allé très vite entre nous, bien trop vite, ça peut paraître effrayant. Mais le fait est que tu as complètement chamboulé mes certitudes, mon existence entière. Et je veux tout. Ton amour. Celui de ma fille, de notre fille. Ton sourire, votre sourire à toutes les deux. Votre bonheur. Je veux vous savoir heureuses. Vous entendre rire et me dire que j'y suis un peu pour quelque chose. Mon cœur vous appartient à toutes les deux.

Ses mots chuchotés m'atteignent en plein cœur. Des larmes chaudes emplissent mes yeux, je me blottis contre lui pour ne plus jamais bouger. Théo m'enveloppe tout entière, puis je sens ses lèvres effleurer les miennes. C'est doux et rapide, mais cela suffit à faire battre mon cœur à une vitesse folle.

— Nous sommes en haut, ça y est, me fait-il remarquer.

Sous le plaid, mes doigts enlacent les siens. Jamais je n'aurais cru être capable d'éprouver une telle béatitude en étant perchée en haut d'une grande roue. J'ignore si c'est lié à mon euphorie, à l'alcool ou au fait que ce soit la nuit, mais ce soir, le seul vertige que je ressens, c'est celui que Théo provoque en moi. Le champagne, ma robe de princesse et cet instant juste parfait… Si nous étions dans un conte de fées, les cloches carillonneraient. Je me serre davantage contre lui.

— Toutes ces lumières, c'est magnifique.

La neige tombe à gros flocons sur le village qui se déploie tout autour de nous. J'envisage de ne plus bouger pendant mille ans. C'est si romantique !

— Moi aussi, je pourrais contempler ce spectacle toute ma vie, me dit Théo. Mais d'abord…

Il me sourit et, le regard brûlant, plonge ses doigts dans mes cheveux.

— Nous avons beaucoup de choses à rattraper, conclut-il, en promenant ensuite sa bouche le long de mon cou.

Mon corps fait des étincelles. Je l'enlace et nos lèvres se joignent dans un tendre baiser. Sa bouche m'enivre et me possède, plus rien n'existe que cette magie, cette alchimie qui crépite entre nous. Quand Théo me relâche, la promesse dans ses yeux est le plus merveilleux des cadeaux.

*

*25 décembre*

# Théo

— Non, mais vous êtes dingues ! s'exclame Émeline, en contemplant l'amoncellement de cadeaux sous son sapin. Cara n'aura jamais assez d'une vie pour s'amuser avec tout ça.

Ma mère ayant tenu, hier matin, à dévaliser un magasin de jouets juste avant que nous ne prenions la route (ce qui a entraîné notre arrivée tardive à Vallenot), je comprends sa stupeur.

— Je reconnais qu'on a peut-être vu les choses en grand, glousse ma mère, en lui désignant un immense paquet qui, si ma mémoire est bonne, contient une maison de poupée. Mais il faut bien marquer le coup, non ?

Angela, la mère d'Émeline, assure à Jackie O qu'elle a bien fait.

— Nous pouvons bien revendiquer notre droit à être des mamies gaga ! s'esclaffe-t-elle.

C'est drôle, toutes les deux se sont aperçues qu'elles étaient copines durant leur enfance, et fréquentaient la même école. Dans le genre retrouvailles, la famille est au grand complet ! Hier soir, à notre retour de la grande roue, Émeline et moi avons été accueillis au restaurant sous les vivats. Constatant que les yeux de sa fille scintillaient de bonheur, son père m'a donné une franche accolade et a décrété que nos deux familles devaient se retrouver aujourd'hui autour de Cara. Lui qui semblait toujours sur le point de vouloir me tuer, je crois qu'il m'aime bien, finalement. J'ai accepté son invitation, sous réserve de réconciliation entre Gaston et ma mère. Eh bien, le miracle a eu lieu ! Émeline et moi ayant convenu de prendre notre temps, je suis ensuite rentré chez mon grand-père, que j'ai trouvé dans le salon entouré de mes parents, où ils feuilletaient de vieux albums photos, cette fois sans pleurer. La vie ressemblant parfois à l'un de ces épisodes de *Gilmore Girls* dont Émeline semble raffoler, nous voilà tous réunis dans sa chaleureuse maison.

Cara s'est endormie juste avant notre arrivée, je suis donc un peu frustré de ne pas pouvoir la prendre encore dans mes bras, mais cela n'ôte rien à ce bonheur incommensurable que je ressens à me trouver ici, entouré de ces personnes qui me rendent heureux.

Tandis qu'Émeline, sa mère et la mienne s'ébahissent devant la maison de poupée, Gaston me donne un léger coup de coude.

— Et si tu lui offrais son cadeau, maintenant ? m'encourage-t-il.

— Excellente idée.

Je me dirige vers le sapin et m'empare du paquet destiné à Émeline.

— Tiens, ce n'est pas grand-chose, mais j'ai pensé que ça pourrait te plaire, dis-je en lui tendant son présent.

Elle arrache le papier avec curiosité et un sourire naît sur ses lèvres quand elle découvre la peluche de Gizmo, dont la tête est surmontée d'un bonnet de Noël.

— Je l'adore ! affirme-t-elle en m'embrassant. Ton grand-père t'a dit qu'il nous a réservé des places pour la dernière séance ? Cette fois, pas question de rater la fin !

Nous rions, puis Émeline me tend à son tour un cadeau.

— Je n'imaginais vraiment pas que tu allais revenir, alors je ne t'ai rien acheté, m'explique-t-elle, embarrassée. Par contre, j'ai passé la nuit à le fabriquer, alors j'espère que ça te plaira.

Intrigué, j'ouvre le paquet et y découvre un cadre décoré de paillettes, contenant un pêle-mêle de photos. Toutes représentent Cara depuis sa naissance jusqu'à maintenant. Touché, je l'attire près de moi.

— C'est magnifique, merci.

Au même instant, des gazouillements se font entendre à travers le babyphone. Je ne peux pas résister, j'attrape la main d'Émeline et la supplie du regard. Elle hoche doucement la tête.

— Viens avec moi.

Les autres ne protestent pas lorsque nous disparaissons pour monter à l'étage sans eux. Ils ont compris que je m'apprête à vivre l'un des moments les plus forts de mon existence. Je vais rencontrer ma fille. Émeline pousse la porte de la chambre, mes jambes flageolent. Je suis incapable de faire un pas de plus. Consciente de mon émotion, elle ne prononce pas un mot et se penche au-dessus du lit minuscule pour prendre Cara dans ses bras. Alors, elle s'avance vers moi. Je retiens mon souffle tandis qu'elle efface le dernier mètre de distance qui nous sépare.

— Théo, je te présente notre fille.

Le cœur gonflé d'un sentiment inédit, j'admire ce petit être dont les yeux bleus me dévisagent avec intensité et curiosité. Je tends la main vers elle et murmure, la gorge nouée :

— Cara… Que tu es belle ! Joyeux Noël, mon trésor.

Le petit ange me sourit. Émeline et elle se blottissent contre moi. Rien ne pourrait me combler davantage.

— Joyeux Noël à toi aussi, Théo, me répond Émeline.

Pour la première fois de ma vie, je découvre qu'il est possible de pleurer de bonheur.

# Épilogue

## Émeline

*Cinq mois plus tard*

En ce dimanche de mai, le doux soleil rasant de la fin d'après-midi réchauffe le jardin de Gaston, dans lequel nous sommes rassemblés pour fêter les quatre-vingt-treize ans du vieil homme. Les parents de Théo ont répondu présent, les miens aussi, tout comme nos amis Jacotte et Lulu, Léna et Clément, Valentine et Rémi, Jérôme, Marjorie. La maison de Gaston a bien changé, elle n'a plus rien à voir avec l'antre tristoune que j'ai connue en décembre dernier, à l'époque où je le fournissais en calendriers de l'Avent pour l'amadouer. Sous l'impulsion de la mère de Théo, il a consenti à rafraîchir l'ensemble, et le jardin auparavant en friche est devenu un endroit agréable où nous aimons papoter autour d'un café. Ou d'un gâteau d'anniversaire, en l'occurrence, comme celui dont Gaston vient de souffler les bougies.

— Alors, Émeline, me lance-t-il, d'un air malicieux, raconte un peu, c'était quoi, cet énorme carton que tu as reçu l'autre jour ?

J'éclate de rire, ce qui déclenche la même réaction chez Cara, assise sur les genoux de son père. Vallenot étant Vallenot, quand le facteur a paradé dans tout le village en début de semaine avec mon colis qui prenait un maximum de place dans sa fourgonnette, chacun s'est demandé ce qu'il pouvait bien contenir. J'ai réussi à tenir ma langue jusque-là, mais je suis bien contente de pouvoir enfin leur dévoiler le pot aux roses.

— Eh bien, j'ai l'honneur de vous annoncer que ce mystérieux carton contenait des pistolets à peinture, des branches de sapin, des pots remplis de paillettes, des nœuds de toutes les couleurs, des boules de toutes formes et une multitude d'autres fournitures dont vous ne soupçonnez même pas l'existence. Tout ça, c'est pour honorer ma première commande : un hôtel niçois a décidé de me confier sa décoration de Noël et, s'ils sont satisfaits, je me chargerai ensuite des deux autres établissements de leur chaîne.

Les congratulations s'élèvent autour de la table. Pourtant, j'ai encore du mal à y croire ! Quand le patron de l'hôtel en question m'a contactée, parce qu'on lui avait montré l'article consacré à ma vitrine de Noël, j'ai d'abord pensé qu'on me faisait une blague. C'est tellement dingue !

Mon père, la seule personne à être dans la confidence en plus de Théo et de ma mère, s'empresse d'ajouter :

— Vous avez devant vous l'une des futures cheffes d'entreprise les plus prometteuses du pays !

— Dois-je en conclure que tu comptes nous quitter ? s'inquiète Clément.

— Pas tout de suite, non… À moins que tu me forces à ingurgiter ton lait de poule. Beurk.

— Ta recette de chocolat chaud devrait rester à la carte un bon bout de temps, me rassure Rémi. Les clients en ont raffolé au même titre que le lait de poule.

— En tout cas, c'est formidable, ma belle ! me félicite Léna. Tu as trouvé un nom pour ton entreprise ? Parce que je tiens à dessiner ton logo !

J'échange un regard complice avec Théo, qui pose sa main sur mon genou.

— Vas-y, mon amour, dis-leur.

— Oui, dis-nous ! s'impatiente Jérôme, ce qui fait glousser Marjorie.

Amusée, je pince les lèvres en songeant que ces deux-là se tournent autour depuis plusieurs mois sans qu'aucun ne parvienne à se jeter à l'eau. Il faudra s'occuper de leur cas… Mais chaque chose en son temps. D'abord, l'instant présent.

— OK, pour tout vous avouer, le nom a fait débat au sein de ma famille. Au départ, j'avais envie de rendre hommage à mon frère en la baptisant *Willy et ses lutins*, mais nous avons convenu que ce n'était pas une si bonne idée. C'est Maman qui m'a convaincue de me focaliser sur les valeurs que je souhaite transmettre, alors voilà, j'ai tranché pour *La douce magie de Noël*. C'est canon, non ?

Je glisse un coup d'œil à ma mère, qui me sourit en retour. Je lui dois tant ! Elle a tenu à me donner les fonds qui me manquaient pour me lancer dans cette aventure. C'est fou ce qu'elle a évolué en l'espace de quelques mois ! En aplanissant la situation avec mon père, elle a pris conscience que le vieux rêve de Pascal de s'installer un jour à la montagne ne la rebutait plus tant que ça. Mieux, elle pourrait voir régulièrement sa petite-fille. Du jour au lendemain, ils ont donc vendu leur maison en Bretagne, acheté un petit chalet situé à quelques minutes de Vallenot et ils ont emménagé le mois dernier. La vie est décidément pleine de surprises !

— Je n'ai absolument aucun doute sur le fait que tu vas cartonner, m'assure Jacotte. Tu seras sur l'application de ton Théo, j'espère ?

— Bien sûr, lui confirme-t-il. Le réseau est en train de s'étendre à toute la région, je vais devoir bientôt recruter pour faire face aux nombreuses sollicitations, mais Émeline proposera une belle remise pour les clients passant par l'application. *La douce magie de Noël* va devenir incontournable.

Il embrasse ma tempe et Cara, déjà éperdument amoureuse de son père du haut de ses presque neuf mois, s'écrie avec emphase :

— Paaaaa-paaaa !

Les mois qui viennent de s'écouler ont été idylliques. Mon histoire avec Théo ressemble exactement à ce que j'imaginais en rêvant au grand amour : elle est belle, solide et passionnée. Au départ, nous avons décidé d'aller à notre rythme, mais il nous est apparu très vite évident que nous ne pouvions plus nous passer l'un de l'autre. Après avoir logé deux mois chez son grand-père, Théo est venu vivre avec Cara et moi. Son application ne lui permet pas encore de se verser un véritable salaire, aussi, en attendant il travaille à mi-temps auprès de Marjorie, qui a su le convertir à sa passion pour les fleurs.

Je ne saurais être plus heureuse, j'ai tout ce que je désirais, et même au-delà : des parents capables de s'apprécier et de sortir parfois à quatre, avec leurs conjoints respectifs, un homme qui m'aime d'un amour sincère, un bébé merveilleux, une belle-famille à nouveau unie et un avenir professionnel qui s'annonce radieux. Nous ne formons pas une famille parfaite, ni très conventionnelle, il nous arrive parfois de nous engueuler, de rouspéter, mais les réconciliations n'en sont que meilleures. De toute façon, qui peut prétendre que la perfection existe ? Nous trimballons tous nos fêlures, nos rédemptions et nos espoirs. Dans un monde où la bienveillance et l'amour de l'autre peinent à trouver leur juste place, je mesure ma chance d'être entourée de si belles personnes. C'est pourquoi ce bonheur, Théo et moi avons décidé de le leur rendre au centuple. Nos regards se croisent, je lui adresse un clin d'œil.

— Hmm, toussote-t-il. En fait, Émeline et moi avions une deuxième chose à vous annoncer.

À l'autre bout de la table, Jackie O émet un ricanement excité.

— Quoi ? Un autre bébé ?

— Tu es enceinte, chérie ? bondit ma mère.

Hilare, je secoue la tête pour leur faire signe que ce n'est pas ça. Puis, avec un large sourire, Théo et moi nous exclamons d'une même voix :

— Nous allons nous marier !

— Et comme Émeline prend très au sérieux toutes ces histoires de chocolat chaud et de sapin, nous avons prévu un mariage de Noël ! complète Théo.

Évidemment, chacun laisse éclater sa joie. Mon père me soulève dans ses bras pour me féliciter, nous croulons sous les embrassades. Dans l'euphorie générale, Théo et moi nous dévisageons avec intensité.

— Je t'aime, articulons-nous silencieusement et à l'unisson.

Les yeux emperlés de larmes, Gaston nous serre dans ses bras.

— Vous ne pouviez pas m'offrir de plus bel anniversaire, les enfants ! Vivement Noël prochain !

Alors que le soleil déclinant caresse la crête des montagnes à l'horizon, nous levons nos verres à la vie et à la douce magie que Noël a su répandre sur nos cœurs.

# Remerciements

Tout de suite après avoir terminé ma précédente comédie de Noël (*Sous un ciel étoilé*, parue elle aussi aux éditions Charleston), j'ai su que notre prochaine excursion à Vallenot serait pour vous conter l'histoire d'Émeline et de Théo. Votre enthousiasme, au moment où je vous l'ai annoncé sur les réseaux sociaux, m'a confirmé que ces deux personnages avaient su vous toucher et que vous aviez hâte d'en apprendre davantage à leur sujet. C'est donc vers vous, ma chère communauté de lectrices et de lecteurs, que vont mes premiers remerciements. En entamant l'écriture de *La vie est belle et drôle à la fois*, en 2018, j'étais loin d'imaginer que Vallenot et ses habitants vous apporteraient autant de joie et de réconfort, au point de devenir une série de romans. C'est grâce à vous que cette aventure est devenue possible, c'est parce que chaque année vous demandez à y retourner pour savourer le lait de poule de Clément, les reparties de Jacotte et les péripéties de mes héroïnes. Merci infiniment ! J'ai décidé de prendre une pause l'an prochain afin de me consacrer à ma saga historique, mais je vous promets que vous aurez des nouvelles de toute la bande par la suite… Marjorie et Albane, entre autres, ont très envie que je vous parle d'elles.

Pour leurs encouragements et leur soutien sans faille, mille mercis à Karine Bailly de Robien et à Pierre-Benoît de Veron. Cela fera bientôt dix ans que vous m'accordez votre confiance, je souhaite à tous les auteurs de si belles rencontres humaines et éditoriales !

Merci à Danaé Tourrand-Viciana pour ta compréhension quand des contraintes médicales ont retardé l'avancée de ce roman, et d'avoir cru si fort en moi dans la dernière ligne droite ! À ma super équipe d'éditrices : Laury-Anne Frut, toujours si perspicace dans tes remarques (même si j'ai rejeté ta suggestion d'un lancer de nains de jardin à la place des clémentines), Jeanne Pois-Fournier (je suis à peine navrée que mon roman t'ait mis les larmes aux yeux) et Christine Cameau, grâce à qui mon texte arrive bien plus abouti entre vos mains. Vous êtes géniales, les filles !

Merci à Alice Bercker, Camille Juré et Sophie Bogaert (« Les Fugueuses ») pour les ultimes relectures, à Caroline Obringer, Stéphanie Moennard, Émeline Loysier, Laure Paradis, Aloïse Uséo, Virginie Lancia, Anne-Sophie Corre et toutes ces fabuleuses équipes qui œuvrent avec énergie pour promouvoir mes romans auprès de mes lectrices et de mes lecteurs, des libraires, des médias et des éditeurs étrangers.

Merci aux libraires qui me lisent et mettent mes romans en avant, merci aux organisateurs de salons qui m'invitent régulièrement et tout au long de l'année à travers la France, en Belgique et en Suisse, aux bibliothécaires, aux Instagrameuses et Instagrameurs, ainsi qu'aux lectrices Charleston qui ont aimé cette histoire. Votre soutien et nos échanges sont si précieux !

Merci à ma famille, à mes cousines, mes cousins, mes tantes, ma grand-mère et mon père. Merci à mes amis, plus particulièrement à Marine et à Clara, qui ont lu patiemment les premiers chapitres alors qu'ils n'étaient pas encore peaufinés, ainsi qu'à Aurélie et Sébastien pour l'organisation d'une certaine soirée pyjama suivie d'une journée vélo afin de me permettre de mettre le point final à ce roman. Et bien sûr, merci à Steeve et Armaël de me supporter telle que je suis : une compagne et une mère qui a plus de fantaisie que de sens pratique. J'ai beaucoup de chance de pouvoir me consacrer à l'écriture et de vous voir chaque fois intrigués par ces nouveaux personnages sortis tout droit de mon imagination, alors que vous savez qu'ils monopoliseront mon temps et mes pensées durant des mois entiers.

J'espère que cette histoire aura su vous faire rire, vous faire sourire et vous émouvoir. Il me tarde déjà de recevoir vos photos et vos petits mots sur les réseaux sociaux !

À bientôt pour de nouvelles aventures !

Clarisse

# La communauté Charleston a aimé !

*Chez Charleston, nous sommes convaincus que, loin d'être une aventure solitaire, la lecture est une invitation au partage. Nous échangeons constamment avec nos lecteurs et lectrices, et nous sommes fiers de la belle communauté d'amoureux des livres que nous formons tous ensemble. Chaque année, nous choisissons au sein de cette communauté vingt lectrices et lecteurs qui nous accompagnent tout au long de l'année, et découvrent nos romans en avant-première. Voici leurs avis !*

*« Poser mes valises à Vallenot est source de réconfort, de détente et de bien-être. Ce nouveau roman est beau, vrai, sincère et drôle. »*

@dans_tous_mes_etats

*« Entre ambiance hivernale, personnages attachants et situations cocasses, ce roman est un régal ! Une parfaite lecture de Noël, avec ce je-ne-sais-quoi d'addictif que Clarisse Sabard sait ajouter à ses livres. »*

@unlivreabordeaux

*« Une comédie qui se dévore et qu'il est impossible de lâcher. Un merveilleux roman de Noël tendre, drôle et doux. »*

@djustinee

*« Une comédie de Noël fabuleuse et réconfortante du début à la fin ! Un énorme coup de cœur ! »*

@doresixtine_lecturesdesixtine

*« Clarisse Sabard aborde avec justesse des thèmes universels tels que la famille, l'amour et la résilience. Une lecture parfaite pour se plonger dans l'esprit de Noël et s'immerger dans une bulle de tendresse. »*

@carnet_litteraire

*« Clarisse Sabard s'impose définitivement comme la reine de la comédie de Noël à la française avec ce roman à la fois cocooning et pétillant. »*

@myjolielibrairie

*« Une fois de plus, dans ce petit village plein de charme que j'adore, grâce à la plume de l'autrice, la douce magie de Noël a opéré. »*

@monrêvedété

# DE LA MÊME AUTRICE

Découvrez les autres romans
de Noël de Clarisse Sabard !

Dans le petit village de Vallenot, les fêtes de fin d'année sont toujours mouvementées ! Secrets de famille et révélations inattendues s'enchaînent pour des personnages hauts en couleur, au cœur d'une ambiance de Noël irrésistible !

Lola a été adoptée à l'âge de trois mois. Près de trente ans plus tard, elle travaille dans le salon de thé de ses parents en attendant de réaliser son rêve : devenir libraire.

Sa vie bascule lorsqu'elle apprend que sa grand-mère biologique, qui vient de décéder, lui a légué une maison dans le petit village d'Aubéry. Grâce aux lettres et aux objets qu'elle découvre dans cette demeure, Lola se plonge dans les mystères qui entourent ses origines.

Mais tous les habitants ne voient pas d'un bon œil l'arrivée de cette étrangère, notamment Vincent, son cousin. Et il y a également le beau Jim, qui éveille en elle plus de sentiments qu'elle ne le voudrait…

Réveiller les secrets du passé lui permettra-t-il de se tourner vers son avenir ?

Zoé est en pleine dispute avec sa conseillère Pôle emploi lorsque sa vie bascule. Ses parents viennent d'avoir un grave accident de moto et son père est décédé sur le coup. Dans un dernier souffle, sa mère lui avoue son plus grand secret : l'homme qui l'a élevée n'est pas son père biologique.

Avec pour seul indice « la plage de la mariée », Zoé arrive dans le village breton de Saoz. Elle y décroche un emploi de serveuse dans un salon de thé, où touristes et habitués se croisent sous le regard bienveillant d'Alice, une ancienne psychologue franco-américaine. Avec l'aide des habitants du village, Zoé se lance alors à la recherche d'une vérité qui bouleversera toutes ses certitudes…

1910. La jeune Agathe, repasseuse, fait la connaissance de la belle Otero, célèbre danseuse, dans la villa dans laquelle elle est employée. Une rencontre qui va bouleverser sa vie, deux destins liés à jamais par le poids d'un secret.

Un siècle plus tard, Faustine, journaliste qui se remet tout juste d'une dépression, se rend dans l'arrière-pays niçois afin d'écrire un article sur la Belle Époque. Sa grand-tante va lui révéler l'histoire d'Agathe, leur aïeule hors du commun. En plongeant dans les secrets de sa famille, la jeune femme va remettre en question son avenir. Et la présence du ténébreux, mais très secret Sébastien y est également pour quelque chose…

À Londres, Stella porte sa famille à bout de bras depuis trop longtemps, alors qu'elle rêve d'ouvrir des chambres d'hôtes à la campagne. Aussi, lorsqu'elle reçoit un mystérieux message de sa grand-tante récemment décédée, elle saisit cette occasion de prendre du temps pour elle. Direction *Les Agapanthes*, la villa normande dont elle a hérité avec ses cousines, et où un tableau ayant appartenu à sa grand-mère, Hortense, a disparu.

Quelques jours à peine après son arrivée, elle découvre sur le pas de la porte un carton. À l'intérieur, un kaléidoscope, une boîte à bijoux vide et des lettres écrites par Hortense dans sa jeunesse.

De mannequin à photographe, de Paris à Londres en passant par New York, c'est une femme au courage infini qui se dévoile entre les lignes. Et si le mystère du tableau disparu cachait bien d'autres secrets ?

# Ce roman vous a plu ? Dites-le-nous !

Rejoignez la communauté Charleston
et échangez sur vos lectures

Retrouvez-nous sur

editionscharleston.fr

et sur

Inscrivez-vous à notre newsletter et recevez
des informations sur nos nouveautés, nos événements,
nos jeux-concours… et des cadeaux !

Cet ouvrage est composé de matériaux issus de forêts gérées durablement certifiées PEFC™.
Le Programme de reconnaissance des certifications forestières (PEFC™) est le plus grand organisme mondial indépendant de contrôle pour une gestion durable des forêts.
Pour en savoir plus, consultez le site www.pefc-france.org

PEFC™ PEFC/14-38-00277

Achevé d'imprimer en juillet 2025
par Novoprint
Dépôt légal : octobre 2025
*Imprimé en Slovaquie*